贾平凹文选

长篇小说卷

商 州

14

贾平凹／著　｜　作家出版社

目　录

第一单元

一

有这样一个后生，性情乖觉，不愿披露名姓，但祖籍商州，诞生于鼠年，属十二相之首，相推则为金命。商州是黄河流域和长江流域接壤交错地面，人有南北特点，秀中有骨，雄中存韵；这后生五官还好，身长却一米六二，以当今女子选婿标准，只能是"半残废"角色。他不安分得厉害，好文，亦好武术，是太极八卦掌一类，功于内而不张牙舞爪于外。因此，其文其武其言，似乎与其人不能一统。这是未久处谙熟之缘故。他更有一秉性，极喜游览新境，考察种种奇域异地风物习俗。这种秉性很早就产生，以至在"人之初"期间，便涉足了他老家周围的大小村镇。可惜商州七山二水一分田，他没能走出山川河道。河是丹江河，发源于甚地，归宿于何处，他是不甚了了，但见江两边大山，铁一样的黑脊，一座接着一座，恰又被其中的无数小河分割成段落。他便以为这个世界，就是山与水的构成。河的两岸上，山是极想亲恋，河却冷冷，碧水长流；南北群山又极欲姻联，丹江又从中隔绝。于是形成万山众壑一起向河的方向奔趋，临于河岸，便突然绝望，岸上之崖就显出因为惯性而立足不稳的前倾，看得见那山的构造线如裁开的树木质纹一般。在读小学课本的时候，他就常常注目于这山的阅读，读得有滋有味，当知道了王母娘娘以簪划天河隔断织女牛郎的神话后，对任何河流就愈发认定是无情物了。

当日这个世界还比较平和，虽然经历了一场"文化大革命"的祸乱，但河南的水灾已消，邢台的地震也归于安静；即使外边发生了什么天崩地裂之灾，这商州却风气坦然。此地去陕西省城三百六十多里，居四山中，众妙悉备，庄严，清净；地低温和，有杂草奇木，土产林果；引水灌田，又丰稻麦，盛菽豆；毛驴数头驮粪负筐山上，无人控御，自知往来。山地有山地之趣，乡人有乡人之乐。这后生也便常到南山或者北山去砍柴，一走三十里四十里，这倒不是仅仅为了生计，而是满足一颗好奇之心。当他爬到最高的小天竺山顶，心胸为之一振：世界原来竟像一个偌大的牛的百叶，一轮太阳就在那褶皱里跳跃。他不会写诗，那一次却诗意充溢心脾，激动得脱了衣服，在那山空的五彩光圈里看见了自己的身影，高兴得大喊大叫。当然，这种叫喊在这个世界上是微不足道的，犹如花园里一只蜜蜂的几声嗡嗡。他返回的时候，柴砍得很少，因此落下了娘的埋怨。娘并不是他的生母，父亲命硬，先后死掉了两个老婆，这位第三续弦者一向待他刻薄，总逼着他去割草砍柴采橡子捡毛栗，干粮是二道面的黑饼，甚至是一手巾包的熟洋芋。他在山上劳作前，那干粮便和背篓放在一棵树下，然后满崖上爬动，日过午后，负重而归，乌鸦就偷吃了他的干粮。他只好忍饥驮了背篓回来，在仄仄斜斜的石碥道上作匆匆行。愈是负重，愈要匆匆，因为山阴道上有固定的歇息处，他必须咬紧牙关赶到那里。这种艰辛近乎于残酷，但又陶冶和膨胀了他的意志和耐力。每每一到家，柴在院子里放了，继母却要嘟囔："饭不比别人吃得少，柴就砍得这么一点呀！"他气愤，却报复不了。也就在后来，他们家从后沟移居到长坪公路边上，公路上常来往大车小车，还有自行车。也就在他那一次爬上小天竺山顶回来之后，继母又在数说他的无能，他将这位一肚子下水和狠毒的女人叫出门来，指着公路上骑自行车悠然而过的妇女说："娘，我是不如隔壁人家砍的柴多，可你却怎么不去骑车子呢？"继母无言可对。

他报复了继母，获得了满心满怀的快活，就十分感激起门前的长坪公路。公路为什么叫长坪，村里人讲，它始于省城长安，终于河南西坪，是疏通关中和豫西的唯一官道。以后，他就在官道上见识了许许多多异地之人，最使他惊美的自然是那些省城"洋人"。村里见过世面的长者都在说：省城是了不得的地方，城的周围渭、灞、浐、沣、潏、滈、泾、涝八水绕流，人民充满欢娱安乐，城街为井字，其平整洁净，随便拣一块儿都可以和这里最好的打麦场一样。有一座大雁塔，是《西游记》里唐僧读书的经堂，一共七层，爬上去，北可以看见渭水素波，南可以观望终南积雪；暮色里钟音敲响，如潮声一般，令人肃穆森严。城中有钟楼，金碧辉煌。相传楼下是海眼，是此楼镇压了海龙保守了省城风水。而且说到省城之人，皆住空中楼阁，穿皮鞋毛呢，食牛奶面包，可以听各种韶乐，看砖头厚的书本。这种都市的诱惑，极合了他不安分的心境，甚至使他从此废寝忘食，荒嬉了课业。于是他大胆去接触那些"洋人"，他们乘坐的汽车常常在这里要停下来，或者去茅坑里解手，或者在沿路两旁的小贩摊上买三只花翎子死山鸡，两只缩头硬背的甲鱼，或者黄鳝、兔子、鸡蛋、核桃、柿饼、软枣叶泡制的凉粉。他目睹了这些人的荣容风采，甚至在人家问他一句话的时候，他可以连续回答十句二十句，虽然这些人对于他是不屑一顾，处处流露出优越神情和倨傲态度，但他仍不失其崇敬之心，以致厕身其间，只感觉到一种自惭形秽的难堪罢了。在学校放学之后，在田地劳作之余，他往往怀着那么渴慕的心情在长坪公路上溜达，凝视着一辆辆从省城而来的汽车，和一群群搭车去省城的人们，并在想象之中自己也随风飘越过千山万岭，到了那文明的世界。

这种向往竟然获得了实现。前边已经说过，他是能文能武的，他在十九岁那年终于走出了商州，到了省城在那里的一座学校里学习了三年，三年之后，又在那里工作了五年。八年的省城生活，他的见识多起来，思想也渐趋成熟。但是，他却意想不到地慢慢产生出一种厌烦，感到生活得太累，时不时脑子里横翻出商州山地的野情野味的童年。

这座省城，最炫耀于世的是保留着完整无缺的明代城墙，东西南北四大城楼威武壮观，虽然没有了铁皮铜钉包镶的城门和吊桥，但冬夏春秋门洞飕飕凉风，使经过者无不为之动容。城北的广漠上十八座帝王皇陵，及王公伯爵文臣武将的墓堆，积土石平地崛起，使本地人得以列宗列祖曾受命于天的历史而得意忘形，和使外地人来到这块皇天之下、后土之上而惊目咋舌。但是，这黄龙赤凤的风水宝地，反映在这位后生的心上，并没有"皇恩浩荡"的幸福，却感觉到城墙有如商州的四山周匝的沉闷，以致当他参观所有皇陵时隐隐感觉到的一种滞凝气息，尤其每每置身汉大将军霍去病墓前的石马群雕中，就激动不已，也惶恐至极：古人崇尚的是志在千里的良骏，今天却提倡秦川孺牛的忍辱温顺。更不能容忍的是一座城市竟所有商店大部分出售各类化妆用品，所有的货物装潢一倍两倍地大于物质本身，所有的背街十字口一溜一片的鸟笼里取悦声色的飞禽，他就要气喘咻咻地逃回他的住屋。他是居住在高高的七层大楼上，房间的总面积是三十六点七平方米，门有五个，大门一闭，这三十六点七就属于了他，可以当主席，也可以当百姓。第五个门是后门，一推开就可以极目远眺，往下却头晕眼花，像是住在树上的鸟窠里。当然有一个凉台，这算作是院落，可以在七七四十九个花盆里种植花草，构设山水。他已经知道世界是无其不大，但这如同一只鸟儿可以遨游宇宙，歇息下来，却只占据一个树枝；凉台就是他的大自然。吃水是方便的，厨房里龙头一拧，水便要哗哗流出，但水是漂过了白粉，其中可能没了细菌，却也没了甘甜，只有以茶遮味。他不曾到隔壁家去串门，甚至不知那人家姓甚名谁，因为人家也不曾到他家来走动，亦不知道他姓赵钱还是孙李。他也整月整月不往大街上去，街道上总是人头攒拥，步行艰难，谁也不认识谁，谁也不注意谁，只是看十字路口的红绿指示灯：红灯亮了，停止；绿灯亮了，通行。偶尔车辆相碰，发生语言交流，却是一种不共戴天的咒骂，且立即会集拥来围观者，一人引动二人，二人引动四人，四人引动八人，而后二十人，五十人，结果街巷堵塞。这位后生曾在曲艺剧场看过一个独角戏，说的是一位外地的结巴人到了城里，不知路程，拉住一个人结结巴巴地打问，但被问者却一语不发，过后人问为什么不回答，那人一张口却也是个结巴，说是他不能回答，因为一回答，问路者还以为是学他哩。剧场观众捧腹大笑。这后生心里却疼，觉得城市人与人的关系极像是两个哑巴生人相遇一样隔膜。更使他头痛的，是在他的单位，一沓一沓收来和发出的公文，公文上是各个部门按上的一个一个图章，和负责人书写得十分流利的朱色圆圈。几案上的电话在拼命嘶鸣，五分钟一次，三分钟一次。没完没了的会议，香烟的消耗量越来越大，茶杯里的茶垢愈积愈厚。一次一次的报告，一次一次的检讨，开头，结尾，起承转合，成了老少皆知的格式。上班，下班，下班，上班，在按着固定节奏流逝的时光之中，既缺乏动人心魄的事件，也缺乏令人企羡的奇遇。这位后生便想到公园去了，公园的面积不能说不大，但自然都是人造的，草木修剪，台石雕琢，且人又太多，本来是为了安静，反倒同大街上一样热闹。不同的是笼罩了一片情味，这情味却外露和放荡，便又失去了情味的脉脉。当狼虫虎豹关在铁笼子里任人围观的时候，野物的兽性，使围观的人却暴露了人性之外的动物属性，少男少女们就可以当众拥抱，一个甜蜜的啃，竟使众多的人皮起栗色。

　　不知何时，他甚至感到自己作为一个文人的可悲。文人本应是灵魂的工程师，于世不能缺少，亦不能过多，但据说报刊编辑部每天的来稿竟要装几大麻袋，必须雇两个临时工专门用剪刀剪信封。几乎在街上随便拉住一个人问爱好，答曰便是"搞创作"。年轻人热于艺文，务虚不务实，此风并不是好事，况且极尽生编硬造，区区一个城市，这么点生活，这么多文人，犹如一个杯子里装一把黄土，却养百十条蚯蚓，岂不是你要吃了我，我要吃了你？于是，这位商州后生，就思念起商州山地，想起那连绵不绝的群山众岭，想起那明月之下的丹江流水。甚至觉得那吃过他砍柴干粮的乌鸦可爱，那待他苛刻的继母可怜。他读过一本书，上边说：这是一种生活的反思。他读书从不求甚解，只觉得回忆商州是一种享受。他也十分清楚地明白，世界的发展趋势应是城市化，商业金融化，而中国正处于振兴年代，改造和摒弃了保护落后的经济而求以均衡的政策，着眼于扶助先进的经济、发展商业及金融，政策是英明的。但中国之所以是中国，它有它的历史传统，它有它的道德观念，而往往以道德代替法制，势必又会出现许许多多的问题来的。以此深思，他慢慢竟产生出一种哲学提问：商州和省城相比，一个是所谓的落后，一个是所谓的文明，那么，历史的进步是否会带来人们道德水准的下降而浮虚之风的繁衍呢？诚挚的人情是否还适应于闭塞的自然经济环境呢？社会朝现代的推衍是否会导致古老而美好的伦理观念的解体或趋向实利世风的萌发呢？他回答不了，脑子里一片混乱，只直觉感到在这"文明"的省城应该注入商州地面上的一种力，或许可以称作是"野蛮"的一种东西吧。

这一想法愈来愈驱使他，他便规定自己着眼考察和研究他的诞生之地的地理、风情、历史、习俗，想动笔写一本商州的民族学和商州的风俗学。但这项工作谈何容易！在他从商州山中走向陕西省城，他仅仅熟悉方圆百十里的地面，只好在单位告假，走遍商州的每一个县，每一个村镇，实际地进行考察。这样，就得到了一张商州地图，面对着地图，他才惊悟到这块土地的广大和复杂！商州为专区，一市七县，市是商州市，居于商县地面，东是丹凤、商南，北是洛南，南是山阳，西是镇安、柞水，势如北斗勺星。县与县长短不一，宽窄各异，且区域犬牙相错，常发生一个村落为两县分治，甚至有的人家屋建立一县，院子建立一县，便有了一鸡唱三县的奇谈美誉。而使这位后生惊异的是，原来从中原到关中，并不是长坪公路这唯一官道，而在北面，商州与关中平原交界之处的西岳华山脚下也仍有一个通道，称作洛华路的，洛华路，始于关中的华阴，一百八十里路到洛南。洛南往南行一百二十里，便到商县，归于长坪公路了。这一新的发现，使他喜之不尽。以往他从商州往省城，从省城返商州一直走的是由东向西的长坪路，沿的是由西向东的丹江河，对那依河上下，沿路左右，认得每一处的县城、村镇，但对于洛华通道则处于茫然，知识甚至等于零。

"我便要从这里走一趟商州了！"

离开商州，已经八年。八年里，正是中国的社会处于一千九百七十年的末，和一千九百八十年的始，末始交替，也正是农村新的经济体系调整、改革的过渡期。一路搭车走陇海线，经灞桥、临潼、零口、渭南、赤水、莲花寺、华县、罗敷、桃下，到华阴，处处村镇崭然，市场繁荣，而偏僻的闭塞的商州将又是什么个模样在等待他呢？

后生想，这种等待似乎庄严而伟大，一边是山、森林，是赫赫洪洪荒荒的太阳，这是一块古土，古自五行八卦以前，古自汉时云秦时月战国的鼓声以前；一边是他，是在省城闹市，是人和人工建造的莲湖、假山、楼、机器组合的四堵城墙内的地方的他。八年里，是二千九百二十天的乡愁，他的魂魄，已经化成了一只雕鹰，向着商州的山地扑去。

二

夏天的中伏，太阳像膨胀了许多，长久地在头顶上辉煌，直至天已经黑下来，热气还不肯退去。巩一胜坐在沙滩上，呼哧呼哧喘气。他是个胖子，人还不到四十，肚子却凸了起来；虽然刚刚从水里爬出，肚皮子上就又出现了一道一道的汗，月光下像是无数蠕动的蚯蚓。沙滩过去的岸上，槐树、药树、皂角树，虬虬蟠蟠；野生的杂木一人多高就肆意横生，养成无拘无束的懒散，以至酸枣棘、黄拉木条子、狼牙刺梅，还有黄蒿、三棱草，就势长上来，和这些树股相绞相缠。刚才还看得清楚，渐渐就黝黑，月亮泛上，又似乎是一种青蓝的幽色，望一眼就毛骨悚然，疑心有魅出没。岸的这边，是一片杨树林子，这是整个河滩最伟岸的材料，无人修剪，高大的主干从底部就丛生了细枝，一株一株，直立的斜倾的，像是南方的瘦瘦的木塔。落叶、腐草，以及沙石洼中的死水滩里的烂鱼、烂虾，还有浅水边的石头下，水退之后旱死的螃蟹、蜉蝣，经太阳暴晒了一天，散发出热腾腾的臭气，一股一股冲了过来。巩一胜有些不耐烦了，拖着很重的鼻音，冲着河面喊：

"顺子，出来！什么时候了，还泡不够吗？河里有淹死鬼，他要托生，就会拉你去顶替呢！"

河面上并没有人的响动，流逝的只是月光一样的水，和水一样的月光，呜呜溅溅。顺子只将脑袋探出水面，其实也不算脑袋，仅仅是一对眼睛和鼻子，像是一只河马。两只手在水下抱住了一块儿大石头，这便像是河里的船下了锚，身子就动也不动地浮漂在里面。

"急了？头儿！"顺子自看了美国电视剧《加里森敢死队》，就将巩一胜叫头儿，叫一声，眼睛就一挤，立即一边的嘴角就皱上去。他的面皮似乎过大，包装脸的骨骼有了剩余，皮肉便可以做出许多滑稽可笑的表情。"反正已经是黑了，走到哪儿就算是哪儿，哪里不能睡呢，塞他娘的，咱这一趟可好，夜夜都在荒山林子里钻，局里那些干部怕是跳罢舞，搂了老婆睡过一个翻身觉了！"

河对岸的黑暗处，立即嘎嘎大笑起来，怪森森的，像是夜猫子叫。说：

"你小子真活该是没有结过婚！这么热的天，谁还会和老婆睡觉？你以为那是很自在的事吗，你这蠢小子！"

巩一胜已经习惯了这种远无人烟之地的独特会话，只是小声骂一句"这臭尿嘴"！头发里的热痱子就扎痒得难受起来。衣服才一穿上身，汗水立即就粘上了。顺子终于丢掉了那块石头，身子被水冲走了十米，就掠起身，扑扑通通向岸边蹬过来。

对面岸上，几乎在大声叫骂了，说是草丛里有蚊子，同时听见手拍屁股的啪啪声。

"娘的，这是什么鬼地方！顺子，你把火柴拿来，我要大便呀！"

"你是屙金尿银，跑那么远的地方！"

"屁话，我能在水里拉吗？你这小子，到公安局半年了，还是这一种嘎劲？！"

河那岸的说着，又很响地拍打了一下肉体，花脚蚊子几乎是成团地叮在他的腿上、胳膊上、屁股上，一个巴掌打下去，手心里黏乎乎的，凑近鼻子嗅嗅，一股腥臭，他便日娘捣老子地骂得更凶了。

"老子再不到这里来了，钻了三天山，浑身上下都让蚊子叮成癞蛤蟆背了，天爷，这怎么回去见老婆啊！"

顺子已经向巩一胜要了火柴，涉水过去，帮着揪了几把枯草点着了。黢黑的对岸，燃起了一团火光，烟在黑暗里是看不见的，顺子借着火光看见同伴在烟火中蹲下去，那一张丑陋的麻子脸流着汗的黑道，他不觉就哧地笑了：

"麻子，蚊子叮了好啊，身上不光了，那上下就匀称了！"

麻子却烟得眼睛睁不开，以极快极快的速度完成了废物处理，走过来，一边走一边说：

"你小子现在是知道了干公安的不是充人的事吧？这次还好，山里没碰着野猪，上次在孟家坪，嗨，我正蹲在那里拉屎，听见呼呼响，扭头一看，野猪就来了。一猪二熊三老虎，那不是好玩的，我提了裤子就爬上一棵树，那野物不得上来，就用牙啃树，啃得像在吃萝卜。"

"啃断了吗？"顺子有些紧张了。

"啃断了你还能听到这故事吗？我慌得直叫，一声枪响，它倒下了。"

"你这么好的枪法？"

"枪法当然准极了，但不是我打的，是咱们的头儿。其实那时他并不是头儿，后来他倒领导我了，年轻人嘛，比我老头子能干了，我不嫉妒。他也离不得我，我手脚是不灵活，喜欢喝一口酒，可我的判断力是这个。"

他叭地甩了个指炮儿。

两个人过到河的这边，巩一胜已经穿好了衣服，将高勒胶鞋带子勒好，又扎了裹缠。麻子忙坐下穿好衣服，将裹缠扎起人字纹。

"还要往哪儿走呢？"顺子说，"这里是什么地方？"

麻子抬头看看四周，说：

"这就要我来判断了。这里是没有名的，河也叫无名河，顺河下五十里，就到了商南地面了。"

三个人结结实实扎好了裹缠。在这一带梢林地，常常会突然蹿出蛇来的，这种毒虫又有奇特的保护色，伏在青草野花之中的，样子就斑斓，附在竹林青竿之上的，样子就碧绿，那老树枯藤上的，竟是一种褐色。顺子中午时候，拿过麻子的旱烟锅吸烟，往一截枯枝上弹烟灰，不想那枯枝唰地蹿去，竟是一条大蛇，吓得魂飞魄散，以后行走，裹腿就扎得特别严了，手中也不敢丢开那杆树棍，不停地在草丛里磕打。

"这就是抽烟人的好处了！"麻子曾经自豪着自己烟瘾大，浑身烟草味，蛇闻见这种呛味就不轻易近身。

顺子将麻子的旱烟锅拿过来，挖了烟屎涂在自己裹腿上。脚却在胶鞋里沤得难受，他索性将鞋塞在水里灌灌，再抬脚动步，就咕咕价响。

月亮开始没进了梢林，三个人沿着无名河边的浅草里往前走，麻子在前，顺子其后，巩一胜再后。麻子拧开了怀里的一个扁形瓶子，往嘴里倒了酒，接着就努着破锣嗓子唱起花鼓了：

后院里有一棵苦李子树，小郎哟，

未曾开花，亲人哪，

你先尝，嗨，哥呀嗨！

"麻子，"顺子最烦这种花鼓，他崇尚流行音乐；每每麻子一唱，他就要百般作践，"你是不是想老婆了？"

"是想了，小子！"麻子说，"这阵老婆一定是在想我了。我真担心家里没有煤烧了，本来我是下午去买煤的，接到命令，就出发了，走时还没有给她打个招呼呢。已经说好了的，晚上她要给我做一顿漏鱼儿吃的。这他娘的刘成，老子抓起他来，先扇他个耳光好了，我要解解气，为我老婆解解气。怎么搞的，蚊子又来了？"

蚊子果然从什么地方飞来，追着他们嗡嗡，顺子惊慌失措起来，麻子就更正起抓住刘成后的处罚办法：不打他了，只要将他衣服剥了，让在这儿待一晚上喂喂蚊子就可以了。

"哼，那太便宜了。"顺子说，"省城的新蕾乐团到了市上，害得我一场也没看成呢！"

"我真不明白你们年轻人，怎么就喜欢起那怪声怪气的洋嗓子！"麻子说，"你以为蚊子咬咬是轻罚吗？如果往东去三十里，那里的蚊子会咬死人的，人肉是甜的，轰地就扑上一层，赶也赶不及。听说'文化大革命'中，有一派抓了一个人，就在那里喂蚊子，很快就咬昏了。他娘赶来，一边哭，一边用手在儿子身上抹，一抹一手血，可抹后又是一层黑，这么抹到天黑，那儿子果真死了。有人后来说，不能抹，因为第一层蚊子爬严了，后边的就不能再接触到肉，那就不会被咬死的。"

"吓，真吓死人了！"顺子突然笑起来，"我明白了，你不是老吹嘘你在山里砍柴，你那麻脸一定也是蚊子叮的！"

巩一胜在黑暗里乐了一声。

麻子就反身过来揪顺子的嘴，顺子身子灵活地扭着，他是在溜冰场上训练过灵巧的，麻子没有得逞。他就又说：

"我真不明白，你老婆怎么就看上了你这张麻脸？"

"黑馍包酸菜，各取心头爱嘛！"麻子这回倒得意了，"你等着瞧吧，抓回了刘成，你跟我到我家去，你会知道我在她心中的地位了！我永远在她眼里是一位英雄！二十年前我追拿一名逃犯，立了功，我老婆还是学生，给我写了求爱信，说我是高山上的青松，是风雨中的雄鹰！头儿！你可以证明的。"

巩一胜是不大言词的人，当下又是一下笑。

麻子见巩一胜并没有接他的话茬，就又对着顺子夸口他们曾缉拿走私犯的英雄业绩来。

"哈，三年前在洛南鹰嘴岩，那天夜里也是这么黑，也是过了一道河，我们往一个石洞里扑去，那里果然藏着几个银元走私犯，还正在那里赌博！银元全部收没了，有一个光头的，问什么却总是不言语，腮帮子鼓得圆圆的。我说：你听见了吗？我在问你，你是哑巴，没有舌头？那家伙只是点点头，嘴却不张。不是哑巴怎么嘴不张？我明白他是有鬼了，一个巴掌打过去，叮当两声响，那嘴里吐出了两块银元！"

顺子嘎嘎地笑了起来。

"干这一行，光有力气不行，你别以为你学了几下拳脚，不会察颜观色是不行的。这些干坏事的，没有一个是傻子。你知道他们收下银元怎样往出运？是在锅盔馍里垫着！"

"注意！"巩一胜突然叫了一声。

麻子噤了声，已极快地闪在一棵枯了半边的老柳树后，那支五四式手枪机头打开，提在手里了。

夜静沉沉的，闷热的空气像是要凝滞了。顺子睁大了眼睛，两只耳朵可惜是不能活动的，若能活动，他一定会感觉到那是唰的一下竖了起来的。就在他卧倒的一丛刺芥菜前，有几声凄厉的青蛙哀叫。月亮在云里钻行，他看不清那是一只什么样的青蛙，只感到惊奇：这无人来过的地方，刺芥菜竟能抽出茎，开花结籽，半人高的。

"顺子，快到我这儿来！"巩一胜在低声说。

"嗯。"

"你那儿有蛇，蛇在吞青蛙。"巩一胜猫腰将顺子拉过来。

月亮从云缝钻出来，果然看见那草丛前，一条大蛇在吞一只青蛙，这青蛙并没有被吞进口去，它站在蛇的面前半尺之远，蛇嘘着气，它先是哀叫，接着就极度的恐惧丧失了叫声和逃跑的力量，竟顺着蛇的嘘气，向着蛇口一跃一跃。

顺子差点叫出声来，身子靠在巩一胜的身上，软得要往下溜。

巩一胜掏出一把刀子，丢手，一道白光之后，顺子看见那把刀子已经将蛇头固定地扎在地上，六尺多长的蛇身如甩鞭一样在那里翻动，抽打，又盘成一盘，再一下子缠在旁边一棵树上，但立即哗哗哗散开来，瘫得像一堆扔在那里的乱绳。

麻子在那枯柳后也看清了这边的一切，才要说句什么，巩一胜一声嘘叫，便听得见远处的河汊里，有汩汩的碎响。不过三分钟，透过梢林，白花花的河面上出现了一只木排。木排！麻子冲着巩一胜和顺子又甩出一个指炮儿，那神情在告诉他们：我们的任务要完成了，或许刘成会坐在这木排上潜逃，或许这是一些走私人；要么这么深的夜里，在这么个地方撑排？！木排撑过面前的拐弯，三个人忽地冲过去，在岸上命令：

"什么人？干什么的？"

木排在河面上打了个转儿，立即有男人的粗声：

"你们是什么人？"

"专区公安局的！"顺子拍着手中的枪，"把排撑过来，上边还有什么人？"

排撑过来，排上是一男一女，男的通身上下不挂一条线，女的也只穿了红红的短裤，那赤身男子立即用身子挡住女的，让穿好了衣服，自己也提上裤子，将手中的竹篙往岸头的石头上一钩，木排吱悠一声靠了岸。

"这是我的女人。"那男人说，"你们是查走私的吧？你们查吧，咱可是正南正北的人家！"

三人踏上排去，这是山区最常见的木排，葛条将胳膊粗的树枝扎成排，排下四边，系着八个汽车内胎，那排上就堆放了几十个麻包，一律装着苞谷棒芯子，然后以其为基础往上垒，愈垒愈高，犹如一个高高的台子。顺子疑惑地看着撑排人，这是一条粗糙的汉子，光着头，满腮帮的胡子，胸口上、胳膊上也长着黑浓浓的毛，一张口，喷一股酒气。那女人却娇小生怯，似乎永远也不能配做这汉子的老婆，应该是他的女儿。顺子惊奇的是这女人眼睛生亮，她拿眼睛看他的时候，似乎是将所有的月光都收聚在里边了。

"运这么多苞谷芯子做什么用场？"巩一胜在问。

"这是原料啊，武关糠醛厂收购，一斤八分钱呢！"

麻子却叫起来了：

"到武关？吓，要到武关了！既然不是走私的，咱们就是同志了！这排上还能坐人吗？我们三个可以掏钱的。"

"这同志说到哪儿去了！"那男人声调也和气了，"就坐我的排子，再走三十里，武关差不多就到了。"

三人上排坐下，一个闪动，汩汩汩地木排向下漂浮了，那男人就站在排头，女人坐在排尾。麻子开始掏酒，喝了一口，让那男人，男人也不客气，接过也喝了口。顺子时不时地眼光就和那女人的眼光相碰，女人立即就低下头去，身子斜斜地仄着，温顺得像一个小猫儿。

"这条河上，常有走私的吗？"巩一胜在问。

"是有，"那男人说，"这一带产枸杞子，质量好极了，但这里离县城太远，山里人轻易不大出门，原是收购站来收的，可后来就来了许多人，五角一斤就整袋地买走了。听说在西安卖到九角钱一斤，在广州，广州是什么古怪地方，竟然可卖到一元五角的好价钱！晚上就常有木排将这药材往出运哩。"

麻子说：

"他没有碰到老子手里，让他吃不了兜着！"

那女人就插言了：

"商南公安局也来过几次，抓了好多哩。"

"都是些什么人？"

"各县都有，商州市的人最多。"

巩一胜就从口袋掏出一张地图，摊开来，拿手电照着，终于寻到了这条无名河，他便拿一张照片，让那女人看。

"这个人，鼻根有一颗肉瘊儿的，二十四五岁，你们见过吗？"

"没有。"那女人俯身来，在手电光下细细看了很抱歉地摇摇头，顺子立即闻到一股奇异的香味，叫道：

"什么味，好香！是麝香？你们排上有麝香？！"

那女人却哧地笑了，月光下，她解开了衣领下的扣子，将白净细长的脖子伸得老长，那里有一道五彩线织就的花绳儿，系着一个小木棒槌和一个鸡心样的小布包儿。

"这里边有麝香，端阳节里，我们结婚，他送我的香包哩。"那女人又是一声笑，"你们不要凑到鼻子尖去嗅，那会流清涕的。鼻子真灵，怎么没有嗅到薄荷味呢？他害头疼，额角还贴了薄荷叶呢！"

那男人就回过头来，额角上果然贴了薄荷叶，说：

"妇道人家身上有味，又是贪睡，毛毛虫儿就会上身，我们一出门就要在鼻子耳孔涂些雄黄，送她个木棒槌和麝香包，能辟邪呢。"

木排下行得飞快，眨眼几十里路就过去了。夜死沉沉的。一放松下来，麻子就陷入迷糊状态，发着难听的鼾声。醒着的人也都不再说话，听着两岸黑黝黝的崖石上、梢林中，一声夜鸟的怪叫。不知在什么时候，巩一胜和顺子也困眼蒙眬，似睡非睡了。

木排突然停下来，而且靠了岸。

"怎么不走了？"巩一胜霍地站起来。麻子也立即停止了鼾声，慌乱中先摸到了枪。那男人却稳稳地放下篙竿，点着了一支烟说：

"前边就是和丹江的汇合处，这里是鬼水区哩。"

"鬼水？"顺子说，"有我们在这里，还怕什么鬼不鬼的！"

"行排的到这儿都要停下来的，你们要是不坐了，我也是不强留的。"那男人阴沉地说着，似乎倒有些生气了，就从排上跳上岸，双手在梢林下抓了几抓，抱上一抱枯枝败叶，再将一块儿薄薄的平面石板抱上来，在上边燃起一堆火。火光照着他的粗糙的脸，顺子觉得那脸像是斧子砍出来的，比麻子的脸还难看。

"一年前，"那男人说，"有两个走私枸杞子的排撑到这里，也是子夜，一共运了八百斤，乖乖，这一倒手，是多少钱呢！其中一个就起了贼心，想一个独吞，遂拿了酒来喝，喝到五成，抄起酒瓶就向另一个头上砸去。那人头便破了，瓶子也砸碎了，但却没有死，两人就在木排上打起来，打得好凶，当时谁也不知道，结果那排就翻了，将两人压在排下。瞧这里水是多深，两条河在这里相汇，那边岸下是回水区，死水一样，又都旋着涡儿，两人都没了力气，就淹死在了里边。第二天，有人经过这里，那水面上一层枸杞子，将那排翻开，下边两人都泡得像气蛤蟆一样了。从此夜里经过这里，就能听见鬼叫，必须在排上点火，才敢通过呢。"

顺子顿时觉得浑身发冷，不敢看那崖石下的水面。水面被崖石梢林的阴影铺了一半，几只萤火虫在忽明忽灭，另一半起一片幽光，水雾迷丽，幻影无常。"叭！叭！叭！"麻子扬手在空中放了三枪，那女人啊地叫了一下，就再不动了。"过吧！"巩一胜拿过那女人手中的竹篙，木排就缓缓地向前驶去。麻子喝了一口酒，又唱起了花鼓："后院里有棵苦李子树——"顺子也唱起来，他不能不唱，但一唱起就又不敢停止，一遍一遍反复地唱。

三

"噢"的一下，一块儿拳头大的土疙瘩在黄狗的身上开了花，黄狗一声惨叫，翻了个滚儿，卧在那里喘气。秃子用两条腿紧紧夹住了狗的脑袋，回头看时，街巷短墙豁口处，三四个孩子的脑袋在得意地笑，立即就不见了，立即又冒出来，大喊小叫。他换了一下肩上的粪担，同时却在黄狗的胯下踢了一脚，骂道：

"狗子，你这瓷熊！你怕那些碎熊崽子？咬！咬！"

狗仗人势，刹那间兽性发作，汪汪声暴如豹。豁口处一片惊呼，随即听见瓦片落下去的破裂声，接着是一阵"哎哟"，有人喊道："头出血了！"又有一个脑袋冒出墙头，愤怒扭弯了脸面，一边揭墙头瓦雨点似的向黄狗打，一边叫道：

"秃子！你听着，今天的流血事件完全是你一手挑起来的，你走着瞧吧！"

秃子哈哈大笑，眼泪也差不多颤了出来，说：

"流血事件？哈，以为我就怕了你们？队长我也不怕了，何况你们！我怕你们怕得牙都要长成骨头了，小拇指头要长到边里去！"

秃子显得很满足，终于制止了狗咬，迎着夕阳的黄晖，那满头的癞疤晃着，一直往深巷里走去了。

巷道窄，两边的房子就显得很高，犹如钻了一条甬道。他挑着粪担，前头是个尿桶，后头是个粪筐，尿桶梁上挂着一个偌大的木尿勺，一边摇摇晃晃地走，一边唱着花鼓《十爱姐》。《十爱姐》是从姐儿的头发往下爱，一直要爱到脚上。唱完一折，就舌头当着锣鼓来敲点，那尿桶里的尿水就星星点点溅出来，落在他的裤腿上，也洒在青石板的巷道上。

巷道里的人都瞧着他笑，笑他的模样，也笑他的服饰。他的腰间系着一块儿黄布，是在山上娘娘庙里收回的一截香客还愿的锦旗，上边有墨写的四个大字：有求必应。别人看着笑，他也就回笑着。常常他笑着脸四顾街巷，没有了人时，只觉笑被浪费，就用脚踢踢黄狗，用狗的吠声来回应和弥补他的尴尬。在这个镇子上，养狗的人家不少，但声响如豹的，要数秃子的这条走狗，当然，招孩子们石头瓦块袭击的最多者，也仍是秃子的这条走狗。大凡秃子这么踢着黄狗汪汪不已时，满巷的人就知道是秃子来了。时常便会有年轻白脸的小妇人在喊：

"秃子，秃子！"

叫喊着秃子其实是在喊着那黄狗，因为又是小妇人的孩子拉下屎了；这黄狗便最机灵不过，会像主人一样受宠若惊地走近去，舔吃了拉在地上的新鲜屎，又会伸出长长的软和的舌头将孩子的屁股眼舔得一干二净。

这当儿，秃子就在一旁叮咛着走狗：

"慢点慢点，别将宝宝的小牛牛咬掉了！"

这话最惹得小妇人开心，于是，这些人就倚在门框，耸着大奶子和秃子说几句话了：

"秃子，听说你会唱《十爱姐》？"

"唱得不好。"秃子说，似乎有些害羞。

"唱一段吧，让我们听听。"

秃子就唱起来，他唱得很认真，小妇人乐得嘻嘻笑，他也笑，笑得颤和和的，那曲调儿更多一层柔和味儿。

"听说你这花鼓是为珍子唱的？"

"你听谁说了？"

"是这样吗？"

"你说呢？"

秃子还在笑着，却有几分狡黠。狡黠得并不可恶，反倒滑稽可笑，小妇人们就十二分地满足了，自个嘎地笑起来，两个大奶子上下涌动着。

"我看你爱珍子，说不定真能成哩，世上咻事，都是瞎的搭好的，哭的配笑的，那个嫩白菜真不准儿会叫你拱了呢！"

秃子没有回答，却走开了，因为他看见那边走来了一头母猪，正要撅了尾巴撒尿，就近去用尿勺凑近那尾巴下接满了，倒在尿桶里。回过头来，看那小妇人们已经进屋去了，心里说：这小狐子脸子这么白，白得像白面，眼睛这么大，大得像鸡蛋。但立即便否定了：她们哪儿有珍子好呢？珍子是大拇指，她们就是小拇指了！就一口唾沫吐在自己的小拇指上。

在这个镇子上，最有名的有两人，一个是丁字口大院里的区委书记，是个胖子，最不受全镇所有商店欢迎，因为那里的衣服号码都小，必须托人到省城特号服装店代购，但全镇的理发店却最希望他的光临，他肥头大耳，头发却稀有几根。他的特点最为明显，再加上是万人之上的人物，没有不认识他的。再一个名人，就要算做秃子了。全镇头上有疤的自然不能算他一个，但冬冬夏夏，有秃疤却不戴帽，不戴帽又在街巷人窝中往来走动，接游猪屎尿，又能唱花鼓的却只是他一个。所以，方圆一提起秃子，这不是一个泛指，而完全成了他的尊名大姓。他原本不是这里的人，早年家住北山，亲爹上山滚了坡，娘带他进了镇关一户孙家。后爹待他不好，他就很小离家，四处浪逛，直等到亲娘后爹全死了，才成了这一家之主。四十岁上，没有女子能看中他的，就养了这条黄狗，人炕也就是狗窝，狗食也就是人饭，亲得是朋友，是兄弟，是儿子女子，是拜天拜地的夫妇。这黄狗可谓天下第一忠诚之物，又通人性，马前马后寸步不离。土地分包以后，他有三亩薄田，却懒得去做，倒在门前修了一口大粪池，要做粪大王。这镇子奇怪，家家都养猪，猪却没有圈，满街游走，随地拉屙，他就成了唯一的清洁工，一天五担粪尿，积在粪池，专又出售给附近农家，一担二角钱，竟勉强管住了吃喝开支。当然，他养成了喝酒的恶习，一喝酒经济出现赤字也会在粪水上使鬼，三更半夜将河水挑来倒在池里，再将草木灰搅在里边，弄得颜色乌黑。在当今很少喂牛的农户人家，多半没钱买化肥的，或者少半有钱没后门买到化肥的，就只有来买他的尿粪水了。他是独户生意，无人和他竞争，又不上税，见天把粪捡了，又游游逛逛，自由自在，按他的话说，"给个皇帝都不当了"。

他把《十爱姐》已经唱到八爱，正是到了爱姐儿的好裤子，就走到了镇子的皮影剧团门口，立脚站住了。剧团门口的橱窗里，有好多幅剧照和演员照片，有一张是珍子的。她虽是永远不化妆，但却十分疼人。珍子是穿着一条筒裤的，显得两条腿直条条的长，这和花鼓上的词儿不符，词儿是说姐儿有一条丝绸裤儿，裤管上还绣了娇娇的荷花。那鞋，珍子穿的也不是窄窄的弓弓的尖口鞋，穿的是皮鞋。他顺嘴唱到第十爱：

> 十爱姐儿爱完了，
>
> 姐儿浑身都是好。

唱罢，没词了，呆呆地往剧团的门里瞧：院子里没有人。他快快地走过街来，将粪担放在墙边，就走进斜旁的一家酒馆，要去喝几盅了。

"秃子，"店主人说，"你又来要听戏吗？今晚不演了！"

"咋个不演？"

"镇东刘仁厚今年承包了梨园，成了全镇冒尖户，县上给披红戴花，刘仁厚回来就庆贺，私人掏钱把皮影团请去给他们队热闹去了。"

秃子吃了一惊，立即心下倒酸酸地起了醋意。他并不是眼红刘仁厚如何有钱，只是嫉恨人家竟能把皮影团请去！

"他真的就发了！"

"人家哪个不发呢？"店主人说，"秃子，你什么时候能包一场皮影戏呢，你卖粪的钱攒了几个了？"

秃子倒被这种奚落惹气了，从怀里掏出包儿，是猪尿泡做的，里边鼓鼓囊囊的钱，当下乱七八糟地抓出来，猛地一拍，手却拍疼了，说：

"来三两，猪蹄四个！"

"三两，三两行吗？"

秃子是这里的常客，差不多三五天里，就在这里喝酒，一边喝，一边拿眼睛盯着剧团的大门口。皮影团并不是正式国营剧团，从团长到团员，全是这个镇子上的，土地分包以后，人在地里干活，一晌可以顶住过去的三天，秋麦二料忙活毕了，就都闲下无事，镇文化站就组织了这个剧团，逢年过节演出，谁家红白喜事，只要掏钱包场，也去演。秃子几乎场场必到。他不识字，但几乎能背出所有演出剧目，而对于珍子的唱腔，竟能一字不漏地唱下来。常常天黑时分就到这里，等着那戏开演，有时一直到点了灯，知道不演出了，便闷闷地喝半斤八两，醉得酩酊，横卧店门口。也没有人扶他回家，家里的炕和这台阶是一样的硬，一样的凉，只有那黄狗忠实守卫，不至于夜半三更，被小偷们偷拿了他怀里的那个装钱的猪尿泡。

"你是让我喝醉吗？你不知道天黑了，我还要去刘仁厚那里看戏吗？"

秃子喝干了三两酒，四个猪蹄啃到六成，喊黄狗进来，让连肉带骨头嚼得咽了，看看天色已晚，挑了担回家。家住镇南，是一独院，院墙差不多全倒塌了。进屋烧中午的剩饭，火生起来，火光里尽是跳着的珍子，那好头发，好眼睛，好腰身。就端了油灯往炕头去，那界墙上贴满了破字破画，有一张是皮影团的演出海报；能进屋看着海报就是一种享受，夜里便笑笑地心满意足地睡下，一宿的好梦。

饭热了，盛一碗放在炕沿，偏要放两双筷子，说一声：

"来，珍子，抄呀，抄肉！"

他便抄起来，那不是肉，是一块儿萝卜，香香地在嘴里咬。

这时候黄狗在外边汪汪叫，他走出来，见是一伙娃娃又用石子在掷打粪池边的那棵大桑树了。他的继父并没有给他留下什么遗产，值得纪念的是这半搂粗的桑树。今年桑葚结得不多，还未紫黑，村里的孩子们就来偷吃，他曾经用枣刺扎了树身，结果被孩子们用火烧掉，爬上树去用竿子打落了一半。他又用粪池里的粪涂抹在树身上，但这些馋嘴的小东西却免不了用石子来掷。他走出去，破口大骂：

"还吃不够吗，一树都让你们吃光了，你知道树顶上的那些是给谁留的？你们想吃，怎么不在嘴上画上桑葚，怎么不把嘴在石头上磨磨！"

孩子们哄地逃散了。他倒想起应该尽快把那些熟透的桑葚摘下来，就将炕上的单子揭了，铺在地上，然后举了长长的竹竿去磕打树枝。黑雨似的桑葚就落下来，有的在床单上溅出了黑汁。他一边往一个小竹笼里捡，一边叮咛着狗：

"你不要吃！你怎么敢吃？！你不要过来，你那身上干净吗？珍子是卫生人呢，你要弄脏了，人家怎么下口呀，你这傻瓜，你什么都不知道，我是见过的，人家的衣服三天就换一次的。可惜那衣服不是穿烂的，倒是洗烂的。被头儿都用头巾罩着，吃饭的碗绝对没有黑圈儿道，可一早一晚还要刷牙的，你怎么敢弄脏了桑葚，让她吃了生病吗，你这蠢货！"

秃子提了桑葚笼儿穿过镇街，慢慢向刘仁厚家走去。黄狗是不肯一个留在家里看守门户的，不远不近地厮跟着。这是条和主人一样秉性的小兽，喜欢接近女人，但每一次的讨好的接近，却常引起女人们的惊恐，和孩子们的乱石击打；它只好垂头丧气地回来，站在不远的地方，将一只脚搭在墙上，亮出那下贱肮脏的玩意儿来撒尿。当主人拐过丁字口往东走去的时候，它突然看见旁边的一个小巷口，一群孩子在那里玩一只捉到的老鼠：老鼠身上浇上了煤油，然后点上火，放其逃生。火老鼠拼命奔跑，在黑黑的街巷石板路上，犹如一个火球。黄狗待在那里看了一会儿，正碰着火球迎面滚来，它竟充满了勇敢，一脚踩去，火球灭了，老鼠已经成了一块儿稀烂肉饼，它同时负伤，脚烫烂了，一瘸一瘸在那里兜圈子。孩子们的恶作剧被黄狗破坏，立即向它打杀而来，它的背上、头上挨了四五块石头，夹着尾巴没命逃窜。等躲过了灾难，却再也寻不着它的主人了。

秃子到了刘家，看见姓刘的新修了院墙，盖了门楼，青堂堂一砖到顶，脊上又雕塑了鱼虫花草。皮影戏在屋前场子上演出，人多得挤不到里边去，秃子一听那音乐，就知道演的是《赶坡》，果然见投影布上，好一个娇小人儿王宝钏，提了竹篮，一步一唱，万般作态。当然这是珍子在唱，一到"奴的夫一走无音讯，住寒窑十八载孤苦凄凉"，他就鼻子发酸，眼泪要流下来了。这折戏文，他听珍子唱过十四五遍，每一次都替古人担忧，其实为了古人更是为了珍子，一时迷糊，倒将王宝钏和珍子合二为一，感叹珍子这般年纪，如此人才，竟受这么大苦楚，恨不能自己就是薛平贵，立马三刻赶到台上去。猛一清醒，又觉得自己可笑，倒又觉得王宝钏就是他自己：宝钏女寡了十八年，他秃子也孤男了四十二岁！他提了桑葚笼儿，就往戏台后去，他想亲眼看看珍子，他看不够她的身段，唱起来嘴不大不小，腰不直不弯，虽在幕后配音，却一脸表情，两眼生光。但这次他却无论如何挤不到那后台席棚缝前，又退回来，在人窝里硬钻。周围的人突然闻到了一股难闻的气味，扭脸看时，他一个秃脑袋斑疤生亮，就纷纷四面闪开。秃子冷不丁发觉众人离去，心里骂道：哼，还嫌弃我呢！你们知道我是珍子的什么人？知道我这笼儿里是些什么？要去送给谁吗？这么一想，倒得意起来，觉得他真的和珍子是亲属了。

前边有两个年轻人，开始了议论，秃子先并不在意，后来听见说起珍子的名字，就爹了耳朵逮听。那人在说：

"这声多中听，我浑身的关关节节都酥了。"

"下边的湿了吗？守着我那嫂子一表人才，你还这么不安分啊！"

"可惜我现在不行了，要没结婚，我一定要娶了她的。"

"为什么一定要娶呢，你不会和她偷偷好吗？"

"听说那小东西心性蛮高，镇上的人没一个能在眼里的。"

"你真傻，这种人面如桃花，眼似水波，必然是怀春的小蹄子，你知道她娘的事吗？"

"她娘也漂亮吗？"

23

"她娘年轻时，长得和她一个样的，嫁了一个学校里的，婚后那男的夸口媳妇多么贞洁，一个朋友说：'我去试一试。'就一天夜里来，她娘正在纺线，他去陪着说了半宿话，末了就将一元钱丢在纺车前，她娘没有动，只是纺她的线，男的又丢去二元钱在她怀里，她娘还是不动，还是纺线。这男的就又掏出五元钱丢过去，她娘还是不理不睬。这男的相信了珍子爹的话，叹了一口气，起身要走。没想她娘倒说话了：'你们这有文墨的人真是怯胆儿，你要来就来，光是丢钱，你算什么呀！'灯就一口气吹了。"

"这是真的？"

"可不就是真的？逮猪娃看母猪，这小蹄子能正经吗？只要你有贼心，就要有贼胆！"

"放你娘的猪狗屁！"秃子恨恨地骂了一声，"珍子是你糟蹋的吗？"

那两个年轻无赖吓了一跳，回头见是秃子，当下也就消了胆怯，骂道：

"你这癞疤子，你还配来看戏？那是你娘你奶，你管得着老子的事？你想挨老子的拳头吗？"

当下就在秃子的怀里打了一拳，秃子忙用手挡，又是一拳打在桑葚笼上，他大叫：

"有种的，是娘生的，不要打我的竹笼！"

边叫边退。周围的人忙来拉架，那两个无赖越发气恼，叫嚷着要教训教训秃子。秃子退出来，身上已挨了几拳几脚，竹笼也打翻了，倒出许多桑葚，他越是要保护竹笼，身上越是遭打。

这当儿，黄狗跑了进来，它是在外转悠了许久，没有找着主人，瞧见这边热闹，就赶来蹲在场边，听见了秃子的叫喊声，汪汪大叫扑来，一下子咬住了一个无赖的裤管。秃子叫道：

"狗子，狗子，你来看着这竹笼！"

当下放了竹笼，黄狗便坐在那里，守着一笼桑葚，谁也不敢走近。秃子腾出两只手，左右开弓，和那两人斗打一团。毕竟寡不敌众，退到门楼墙角，被那两人围着上三拳下五脚，口鼻出血倒在那里。皮影戏因此骚扰而暂时停止，观众一片骂声，得知秃子和人打架，一声吼，要把他们轰出去。那两人早逃之夭夭，可怜秃子就被一群人赶出戏场，那黄狗就用嘴叼了竹笼，一路紧随主人而来。

秃子坐在街巷口，一肚子委屈说不出来。直等着戏完人散，他只是不走，在黑影里等着珍子。三星已经西偏，珍子来了，黑影地里他叫了一声：

"珍子！"

"谁？"珍子停下来，一个二十四五的女子，腰肢柔软，胸部高隆，是正在开着的一枝花。秃子奇怪地却闻到了一股夜槐花的清香。

"是我。"秃子说，却害羞得不敢走出黑影地。

"你是谁？"

"是我，珍子。"

秃子在心里大骂着自己的没出息，在大腿上狠狠抓了一把，走过来，双手捧着竹笼。

几乎同时，珍子"啊"了一声，身子后退了。路灯下，她看见一个贼亮的秃脑袋，和一张口鼻流血的丑陋的瘦脸。

"珍子，这竹笼是我给你的。"

"给我？笼里是什么？"

"桑葚。再不给你，就让那些孩子全偷吃完了。"

珍子看着他，却突然笑了一下，拧身走了。

"珍子，你听我说！"

珍子头没有回，石板路上，一步一个回响，影子在身前投得很长。

第二单元

四

如果说商州是八百里秦川的门户，那么这门户上的一把铁锁，就该是武关了。打开商州地图，或者，是全国的地图，没有不标出武关的，据说渤海湾的山海关城楼上书有"天下第一关"字样，但武关上也仍有一原石大碑，写着"天下第一关"的隶书。究竟谁为第一，商州一市七县六百四十二镇，众口执一，眼里只有这个武关。外人若有不屑神色，他们会恼了，怒了，论你个高下，争你个雄雌，颇有"悠悠万事，唯此为大"之霸悍势。但世上事，也常常盛名之下，其实难副，这武关便也论其物产，不丰；论其土地，不广；人民群居，仅是个小极小极的镇落。之所以为关，关在险峻，俯空下视，可见丹江从秦岭下行四百三十里，到了此地，南北两山相对靠拢，北形如盘龙，南势如卧龙，两龙欲搏欲斗，别说兵家自古看重此地，即使一般村孺顽童，也懂得在此能一夫当之，万夫莫开。走遍两岸山崖，石皆赤褐，杂木不长，寸草不生，只有柏树。又都棵棵枯瘦细长，身扭七匝八匝，顶挂三片五片的叶丛，墨黑如漆，敲之叮叮作金鸣，伐下做材料，油心发红，几乎全部没了白色。也正因此，这里的棺木寿材最为著名，商县、丹凤、商南大凡有钱有势之人，往往以高价购买。一副寿材八大块，最贱者也要二百六十元，却生意是捏破手背的生意，至今外县外乡，论起谁家儿女孝顺能干，不免要说：吓，人家给老子备的什么寿材，武关的货啊！可见这柏树的声名！

据民间流传，说在古远的时候，这盘龙一心恋那卧龙，北边的山头就慢慢向南突出，竟然在一夜之间，突出了上百丈，眼看不久，两山就要相合，丹江水无出路，百姓将遭祸殃。玉帝得知，使此地大雾了三天，三天里方圆四十里百姓全然沉睡，梦中似乎觉得卧龙被斩首，又有宝塔镇压了盘龙，三天之后，村人苏醒，但见大雾散去，盘龙突出的山嘴上真真地有了一塔，北山再不能突出了；南边卧龙山，果然山首之处裂一大缝，这缝裂得奇特，从山头到山底，二尺宽一道空隙直上直下。百姓大惊，家家观看耕牛，皆汗流满背，知是玉帝借了耕牛日夜搬运了那宝塔的砖石的。这传说是真是假，无人考证，但北山突出的山嘴却插入丹江河中，山嘴最高之处至今仍有一塔，砖石结构，粗为三人可搂，高则仰头观望不得其顶。也正有了这突出的山嘴，也便从此有了这武关：三面临水，高三百米，壁陡如削。南边崖下为丹江河道，流水浪浪荡荡几百里，骤然在这里束身通过，响声如狮吼一般，斗大石头投下去，没踪没影。急流过去，就是万仞高岭，岭巅之上，又有古城围的遗址，那实在也是多余的工事，任何山羊野鹿难以攀爬，何况两脚四脚的人马？河北沿着石嘴，便是长坪公路，这公路硬是在石崖上用铁钎大锤掏出来的，以至数十里地，行车自不会淋雨了。山嘴之上，四边仍有城墙，皆三丈青石条构筑，数百年俨然完好，中间原有一座城楼，是守军所在，可惜岁月长久，荡然无存，现是红瓦白墙百十间平房，为武关镇中小学校。人家住户则一律退到关内，沿长坪公路两边建筑，门对门，窗对窗，这也便是武关的镇街了。

区委便在街面后边，高高地修在半山腰上。前后三个院落，一个院落的屋顶，就是另一个院落的屋基，那屋舍就前墙十丈十五丈之高，后墙却三尺四尺之矮，院墙刷了白灰，一截一截顺山势往下投，如一圈折尺。这建筑物里就有一个汉子，方脸阔嘴，军人出身，先是这里某公社的武装干事，因工作不错，提拔为区长。每天早晨，区长在门前要抢一个小时石锁，石锁重六十斤，在他手里如拎一个茶壶，全武关人没有不服他的膂力的。三年前，县上调他去县城，照顾他能和县城的妻子老小生活在一起，他打问去干什么工作，答曰：剧团。就摇了头：我不去，我就是打一辈子独身，也不想离开武关。

这话可是真的，区长好武功，这武关正是好武好强之地。或是这里民众的祖先当年都是军兵的缘故吧，或是这里自古以来为军事要地吧，至今无论男女，刚强的秉性就一直遗传下来。当然，边关要塞，会出英雄，也会出土匪，旧社会，以至从老年人口中所讲到的清朝末年，这里便是土匪窝。那时，此地设有巡检司，设有官府，但官府年年季季却收纳不起所有的官粮；北山，南山，有十八个山头，建有寨子，寨子沿岩石而筑，上下石壁凿有石孔，横栽长石，架置木板，人过去后便抽掉，固若金汤。寨子里有前厅后舍，外有石垛女墙，明碉暗堡，土匪坐山为王，常常下山与官府争收民粮。官兵打不过，攻不破，只好明剿暗拉，只求互不侵犯。这土匪之中，有无赖之徒，亦有落草贫民，却常常攻入关去，杀官抢粮，据《商州志》记载，从清末到民国初年，这里就有七任御官成了无头之鬼。到了解放前，这些土匪之中，势力最大者，有白魁和黄毛。白魁原是河南嵩山少林寺和尚，从西峡县方面逃来，收集一批流氓无赖，骚扰四方，国民党武关区部却和白魁交拜八字，送了好多枪支弹药以图拉拢，共同镇压我陕南游击队。这姓白的杀人如麻，又是一色狼，半年就要换一压寨夫人。这年夏天，得知武关北十里的姚家沟有一生意人的女人颇具姿色，竟跑下山来，将生意人五花大绑在门前苦楝树上，当着面强奸其妻。结果生意人双目紧闭，将头颅撞碎在苦楝树上，这女人见丈夫身死，只哭了一声，就答应跟白魁上山，白魁大喜，当晚山上酒席相庆，全寨土匪喝得酩酊大醉，白魁回到洞房，却被那女人躲在门后，一刀刺入腹中。白魁惨叫一声，倒在地上，众喽啰闻声赶来，却见那女人牙咬长发，用刀正一下一下在白魁身上乱扎，七十刀，八十刀，窟窿如豆腐网一般，血流满地，竟使一百六十斤重的躯体，轻得一只手便提了起来。众喽啰呆若木鸡，眼看着那女人一步步走出，走到山寨边上，双足一跳，飘荡而去。

这故事流传甚广，视那女人为女中英杰，没想，故事却同时带来副作用，所有商贾之人，大都不敢经过此地，实在不过不行的，必是前是保镖，后是保镖。一般过路百姓，身有钱票的，大多要装在草筐之中，身着乞丐破衣，脸涂锅灰泥土，那一只手中，又起码少不了捏一块儿三棱石头，以防不测。唯有邮差，可以畅通无阻。早在远古，这里便是一大驿站，边关军事，朝廷钦旨，都是驿站换马传递。武关区委门卫老张，有一老母八十，她是亲眼看见过当时的邮差的，说是那差人五短身材，结实却如钢锉，那马，银一样雪白，嚼鲜草，饲精料，极通人情。邮递道上，马是脖子上系绿带，缀满铜铃，人是右肩上斜挎大红标带，缀满铜铃，一经走过，不闻蹄声，但闻丁零，每每到了武关，时间必是黎明四更。那时张家开的有吊面坊，听见铃响，张家老人就要吆喝家人起来套牛推磨磨麦面了。如今交通通讯发达，有线电话，无线电报，即使是来往信件，也不必以马传送，那些驿站只是成了遗址，为某某村的村名。但热爱邮递人员，尊重邮递人的德性却保留下来。十年前，这里就发生一事，本镇邮局孙某，因为身在邮局，受人器重，年纪到了二十六岁，提亲说媒的甚多，终于订成一家姣好的女子。要结婚时，为了排场，一时丧了良心，竟私扣信件，贪污邮件汇款。事情被那女子发觉，告发出去，镇人大惊，前来声讨时，那孙某悔之不及，无脸见镇上父老，就用剪刀自己挖了双眼，然后上吊身死，一命呜呼。

武关人刚强好武，不但扬名商州，而且声震整个陕西。如果细细考察全镇五百二十六户人家，家家都有一段刚烈轶事，不论好的、坏的、行义的、作恶的，样样做来自有与外地不同之处。更有大惑不解的是，好多人家祖籍并不是武关人，这地方离河南旱路一百八十里到西峡，离湖北水路行二百三十里到郧西，两省来人居住的甚多，这些人在外省性多温和，入武关则刚烈，正应了"水土异也"之说。老庄老户的人自可不说，单说从河南移居的姓杜人家，八岁随母改嫁到此，长到二十，独身孤影，无力娶得媳妇传宗接代，就喜爱使枪弄棒。当然，他的武功在外可算强手，在武关则本事平平。长到三十五六，腰粗体壮，一顿可以吃升二小米干饭，喝要社火敲的二尺开口、深三指的一铜锣凉水。村里人有砌墙的、上梁的，必是请他，砌墙他包和泥，上梁他包架担，一人可顶三人四人，但头疼的是他的饭量怕人，一人又能吃过三人四人。所以每季口粮总不够吃，有人建议他打篮球，可以为省为国效力，那热腾腾的白面馍馍任你吃，但可怜他年近四十，又在边远山地，哪里有篮球教练能访得到他？只好一匹千里马，无伯乐到来，自己就饲养起一头公猪为生。全镇公猪仅此一头，每每要给母猪配种，远近都来找他。规定是：配一次，收款三元，另加五升苞谷，这苞谷名为种猪壮阳，实则全果了他腹。猪养得也好，和他一样有一副好胃，有一股使不完的精力，如此过了两年，家里有了吃穿，他也便奢侈起来，迷上喝酒，那积攒又如流水一般耗去。于是苛刻起种猪，一天必要配种二次，使猪日渐虚弱，实在不能时，他竟用手去扶那猪鞭，结果不到半年，猪就成了药渣一样，倒地死了。从此他恶了名声，被镇人视为可耻之徒。没想"文化大革命"之中，这公猪老杜则大放异彩，雪耻了他以往的污点，赢得镇人的歌颂。

那是一九六七年夏天，县城中闹造反的分为两派，武斗不可开交。有一派逃出县城，另一派追杀而来，形势万分险恶，溃军逃至武关，负隅顽抗，两派关上关下展开攻坚。枪声大作，学校后院的一棵古药树便成了重要阵地，关上人以树作掩护，架机枪射击，关下也以机枪对扫，可怜三人合抱的药树，枝叶尽落，满身弹洞。围过二十八天，关下的撤兵回县，准备搬邻县战友前来攻击，关上的为了保存实力，就私开区上粮仓，要炸那药树烧柴。消息传开，镇人大惊，便秘密商议要赶出这些亡命之徒，保卫古药树。一天夜里，正是风高天黑，这老杜翻墙进了学校，先在那派的伙房里偷吃了一个二斤重的锅盔，开了后门，将镇上民众引进，使拳弄棒，直打得那派二三百人抱头鼠窜出了关去。这一举动，威震八方，都知道了武关人的厉害，也更知道了公猪老杜。没想事过半年，被赶走的那一派势力又大起来，打散了对立面，自己宣告"红色政权"成立。那造反派头头忘不了武关受辱，便带了人马一个清早冲进关内，要捉拿老杜。老杜此时家里断粮，三天未能吃饱一顿，就躲在镇龙塔的门洞里。造反派捉不到人，就集合全镇人，以"红色政权"名义，要炸掉这棵古代药树，为他们迁埋"烈士"配制棺材。结果就在树根凿了一洞，塞上炸药，一声巨响，古树倒下。当炸药爆炸之后，老杜在塔的门洞里听见了，发疯似的冲出来要保护古树，就和那伙人厮打起来，他手脚并用，左右开弓，打倒了六七个，但那头儿一枪打在他的胸口，扑地倒了，却出奇地又站起来，抓起了一根炸断的树枝，身子向前一斜，双腿和树枝三足鼎立似的固定在那里，人围过去，他已经死了。

这伙造反之人，炸倒了古树，就用大锯来解板，但谁也解不开，八张大锯全部折断。因为满身的弹洞，弹头全嵌在里边，而且发现还嵌有远古时期的箭头，成为一棵不能用的原木。"文化大革命"后，这位造反派头儿又连连高升，任了地区革命委员会副主任，武关镇人不服，联名上告，上告一年，状子到县上，到地区，到省委，不能解决，这位副主任以种种罪名，逮捕了镇上四个人，杀鸡给猴看。但武关人还是不服，民间集钱，送三人几千里路云和月，要吃讨喝到了北京，半个月坐在国务院门口不走。结果便将这位副主任告倒，以杀人者偿命之罪押在武关镇前河滩里就地正法。死了一个英雄，死了一个恶棍，恶棍的尸体被野狗葬入腹中，英雄的坟墓就高筑于学校后院，那棵古药木一直放在关上，镇人修了一座亭廊，将它保存下来，看作是武关的第一保护文物。

到了公元一千九百八十三年，农村里实行新的经济政策，武关镇上，门面房就迅速扩张，向商业发展，原镇上街房，一间只能出售三百元，猛然上涨五百六百。有了屋舍门面，干什么的都有，但武关人毕竟是武关人，他们做生意也不同于外地，满共一条镇街，除了三家饭店、四家酒馆、两家旅社之外，差不多倒是办了作坊，有养蝎子的，有养蛇配药的，有养娃娃鱼的，有养貂的，有养蜂的，尽是些听了令人毛骨悚然的营生。说那养蛇配药的吧，这是一户握有祖传秘方的中医人家，共饲养了三千条粗细长短色彩各异的毒蛇。这地方山阴地潮，是商州蛇的集中营，尤其往北往南走十里八里，那蛇随处可见。但本地人并不怕蛇，他们男男女女，老老少少，皆识什么蛇有毒，什么蛇无毒，大凡遇到有毒之蛇，必用乱石砸死，而无毒之蛇，七岁孩童也会蹑脚近去，突然捏住蛇头下的地方，正是七寸，再一手抓住蛇尾，猛地一抖，蛇的骨节便节节碎开，面条一样软软垂下，他们便可以用手绕之，以脖缠之，如裤带围巾一般。也常在夏天睡觉，夜半听见吱吱声响，翻身而起，揭了炕席，窗外月光照着，看见席下有一盘青蛇，只需骂一声"鬼东西"，扬手抓起就从窗口摔出去了。也常在吃饭之时，猛一抬头，看见屋梁之上，纠缠一条大蛇，正在吞食一只老鼠，吞便吞去吧，吃饭的只顾吃饭，倒觉得这蛇比养猫还济事。当然，若是看见屋梁上，山墙的"吉"孔里有一条白蛇，那就要全家跪下磕头，出外对人相说。他们代代传下来，说白蛇是福禄之神，白蛇进屋，屋可夏不热、冬不冷，年添岁月人添寿，春满乾坤福满门。但这种人间至善至美之事实在太少，几十年间，还没有听说哪一家有了白蛇。很自然，被毒蛇咬伤之事，也时有发生，这中医自有秘方蛇药，一服就好。中医的声名在本镇倒还罢了，在外却如神仙一般，自他家养起蛇后，取蛇毒，取蛇胆，取蛇皮，远销商州各县，也有走私带到广东、广西、云南、贵州，赚了高价。这种走私与这中医无关，所以公安人员是从不寻他的是非的。这中医因此家境十分之好，三个儿子娶过门的每一个媳妇，公公都会给买一只手表的；旧社会讲究戴银镯，时代变了，手腕上的装饰也要有时代精神。可以说，这家人在物质文明建设上，第一个领导了武关镇的新潮流。可惜之处，是此地人却无吃蛇肉的习惯，蛇肉就整筐整筐卖给了那户养貂人家，养貂人家也是得知貂吃蛇肉才养起来的。

那养蝎子的呢，更是一位传奇人物。姓赵名久，奇丑无比，有如古书上描写：三分人相，七分鬼相。他大字不识，却一肚子精明，后院里八个大瓮，十六个瓷坛，三十二个瓦盆，全是蝎子，一般人甭说饲养，单是隔那物什往里一看，那恶物黄的褐的，张牙舞爪，纠成一团，积成一堆，便要吓得面失血色。赵久却一天三晌有事无事便要近去拨拨弄弄，伸手就抓一只上来，出奇的是蝎子从不蜇他，或是蜇了并不觉疼。据他说，他养蝎子是出于一种偶然，当初干完地里活，百无聊赖，就抓了蛐蛐斗。一日，得了一匹"青豹头"，正用草茎逗弄，叭，屋梁上掉下一只蝎子来，不偏不倚落在蛐蛐罐里，当下，两者惧怕，都不敢冒犯，如此到天黑，静伏而不动。他觉得有趣，也不取出那蝎子来，要看出谁个雄雌。第二天打开罐子看时，蝎子完好，蛐蛐却仅剩一条大腿，于是作想：养蛐蛐倒不如养蝎子好玩，就四处搜寻饲养起来。没想愈养愈多，竟专门成了一项生意。当今国营药铺，最紧缺的是蝎子，他就可以每年出售一千条，一条五角，这是多大的数目字！一家老少也就随之平头整脸，衣着鲜亮，尤其那八斗瓮般肥胖媳妇，更是家里有钱，人前屁股摇得圆。农民发家，一般总不亮富，怕的是招人偷盗，这媳妇却逢人就讲：又卖了多少蝎子，又赚了多少钱，去窑上号了瓦砖要盖房呀，去木铺订了合同要割家具呀。他们家不怕贼来偷，贼也没有敢来偷的，因为到处都有蝎子，曾有一个不知趣的偷过一次，一文钱未拿到，反叫蝎子蜇了住医院，险些丢了一条贱命。这赵久为了养蝎事业繁荣，夜夜月明风静之时，要趴在后院瓮口观看蝎子，认真地真要充个科学家的角色。世上有书为证，都认为蝎子交配是相搂相抱，母蝎裂背而生其子，子出之则以恶报德，口食母体。但他却观察到蝎子交配，是雄雌二个两头相牴，触器嬉戏，接触逗弄至感情饱和之时，雄的便从泄殖腔排出精袋坠腹下，拉雌者过来，将腹部贴在精袋上吸内物入生殖腔，良久，分奔东西互不相顾。而生产，小蝎则是从生殖腔出，一次二三十，出世便能走，三五分钟后上其母背，再三五天后，下背独立生活，到处觅食可行凶作恶了。这些观察来的东西，他以为有趣，逢人便讲，讲时口若悬河，手舞足蹈。后来县通讯组有人来写他的经验，他又如此这般说了一通，那人全写进了稿件，没想这篇报道被省城一位蝎专家得知，如获至宝，认为极有科研价值，打破国内外许多专著的说法。便亲自来武关一趟，住了半月，帮忙整理了蝎子交配和生产的论文，在科技报上发表，轰动全国。这赵久以养蝎得利，也以养蝎出名，一跃成为省生物学会特邀理事了。

还有那养娃娃鱼的，更是叫绝。武关地险，丹江流水湍急，石板河床上，是任何鱼也不生的，只有一种鱼却临中流而不走，身上是有吸盘的，能像空心皮塞一样，按在那里百十斤力气也不可拉开。这鱼自然稀罕，但在武关却是失宠的，无人去捕捉，亦无人去饲养，因为石板河床之下必有湾，湾湾必有回水潭，潭底无乱石，常年的枯枝败叶沉淀，以至淤泥很厚，那里就生出娃娃鱼了。说是娃娃鱼，叫声真像娃娃啼哭；武关人自古不像南方人，死猫死狗都吃，他们只喜山珍，反恶海味，娃娃鱼样子又极可怕，就无人过问。只是到了十年前，这镇上一家姓黄的，生有四男三女，第二男生性聪明，供养读书，当了西北农学院的大学生。这大学生见了世面，长了知识，得知此鱼的珍奇，毕业后就怂恿家人饲养。他虽毕业分在县农业局，后来也退职而回，专养鱼为业。几年之后，饲养的鱼立即被省内外一些城市抢购，这黄家老二越发精心经营，在饲养池旁盖有一亭，亭内悬挂娃娃鱼介绍牌，引经据典，上书《山海经》上的记载："人鱼如缔鱼，出丹洛二水。"书《商州志》记载："鲵（娃娃鱼）似鲇，四足，声似小儿。"又以其科学论据，书写娃娃鱼营养成分：每百克含蛋白质十二克，脂肪零点三克，碳水化合物零点二克，钙二十二毫克，磷一百五十九毫克，铁一点三毫克。一时娃娃鱼有名，黄家老二更有名，地区专员也下来观看。但见大者长七十厘米不等，竟有一头，长达一米六二，重约三十六斤，头宽口大，鼻孔位于头部上侧，四肢较短，皮肤光滑，叫声果然如小儿啼哭。这黄家老二当场款待专员，要亲手为其做一顿"红烧娃娃鱼"，便口叼利刀，抓出一条，哗地平放在案板之上，等那叫声刚起，猛地在鱼头横砍一刀，但未砍断，血流如注，以绳吊挂起来，从颈部向后开剥，使力撕下全皮，说这皮是一种良好的中药材，就贴在墙上，再从肚部剖开，摘去五脏，漂洗干净，就三下五下将鱼切成月牙状小块，投入清油锅内炸至金黄，放在炒勺烧二十分钟，加味精，糊淀粉，放猪油，颠了翻，翻了颠，淋芝麻香油就到桌上来了。这专员捉筷进餐，色泽红亮，富有胶质，肉软烂而不腻，汤汁浓而醇香，直至回商州市后十天之内，再食鸡鸭之肉，也不觉其香了。

养蛇养蝎养娃娃怪鱼，这毕竟需要能耐，不是武关镇人个个都能及的；八仙过海，各显其能，武关人虽在南山，却不学南山猴，一个干啥都干啥，但捻纸做鞭炮，却又一时兴起。这里有做炮的传统，早在人老三代之前，有一人去过关中富平县，在一家鞭炮坊当过相公，回来便将艺传开，年长日久，武关的鞭炮就垄断了全县。如今眼瞧着养蛇养蝎养貂养娃娃鱼的人成了冒尖之户，他们就纷纷做起鞭炮。乡下人节时多，盖房要庆贺，娶媳嫁女要庆贺，生儿得孙要庆贺，加上日月太平，生活富裕，二月二，三月三，四月初八，五月初五，六月六，九月九，七月八月过十五，十月一送寒衣，腊月更是多，五豆腊八二十三，过年剩下七八天，哪一月不放鞭炮？哪一家不放鞭炮？这生意就十分红火，做出多少，推销多少，货是从来不会积压的。于是武关镇人，几年之间，人人富有，家家兴旺，几乎每天都有孩子放一串两串响鞭。这年春节，更是热闹非凡，社火芯子集中过镇街之时，路过谁家，谁家就站在房檐上、台阶上，大放特放，尤其到了鞭炮作坊人家门口，竟有一家放了十串三百响，五串三千个大雷炮，直将整个街面，落得炮屑二指多厚。

35

五

"鸡叫！这是到了什么地方？"

"快到刘家湾了。"

汉子说罢，木排就划进一段宽阔河面。水是浅了，但响声却大起来，木排下的汽车内胎偶尔触了碎石子，摩擦得咕咕直响；从河的这边看不到那边，浅水区里长满了桶粗的、盆子粗的柳树，这些树全都长得弯弯扭扭，一人多高就被砍去了顶，丛生着胳膊般的枝条。因为每年冬天，都要砍了枝条去烧柴，每年春天就在砍去的地方丛生新枝，伤疤出现肿瘤，越积越多，越积越大，树就全成了黑桩。木排稍不注意就撞在树桩上，好几次险乎将顺子闪入水中。岸边的鸡叫得更频繁了，而且拉长了声音，岸这边一声，岸那边就数声。月亮早沉下去，天黑得只有河面泛着灰白。

木排在一座石堡子前停止了。

"前边就是刘家湾！"那汉子抢着说，"排不好走，你们可以从这儿下去，穿过那片芦苇地，端端就可以进村，河在这里要拐一个大弯，才能到那村口，糠醛厂就在村那边。"

三个人说声"谢谢"，跳下木排，顺子回头看看那小妇人，小妇人正拿了双眼看他，他便无声地一个鬼脸儿，皮肉抽皱得厉害，追上巩一胜和麻子，说：

"真走运，坐木排比坐小车还来劲！我直怀疑，那小女人是那汉子的媳妇吗？"

"什么怀疑不怀疑，你管得了那么多吗？"麻子说，"我倒不明白办什么糠醛厂，原料会用得上苞谷棒子芯儿?！我怎么没听说这里有什么厂，这地方还能办了工厂？"

巩一胜掏出火柴，点着了一支烟，火光中瞧瞧手表。

"几点了？"顺子问。

"四点半，天快要亮了！"

"又是一个通宵！我去年这个时候，还在待业，谁受过这份洋罪！"

"那当然，要不怎么叫待业呢？"麻子笑了一声，张嘴却又打了一个极响的喷嚏，"我也真有些困了！咱们这会儿就进村吗？深更半夜的去敲谁家的门？这片沙子滩上够凉快的，咱们就在这儿睡会儿吧。"

建议得到了响应，三个人就脱了鞋子，解了裹腿，将衣服脱下铺在沙上，一倒下就呼呼入睡了。一觉醒来，天已大白，三人翻身一看，河面好像比夜晚看到的更宽，对岸山头上，一半已经泛红，太阳将要冒花了。刘家湾是一片大村，远远在河湾的洼里，听得见了一声儿的鸡鸣狗咬。麻子拍着脑袋骂道：

"什么刘家湾、李家湾，夜里把我倒唬住了，这是快要到武关镇了嘛！好了，今早在村里吃罢饭，就走十里路，逛逛武关去，顺子，你小子被你娘宠得口馋，你吃过娃娃鱼吗？可惜你还没有个对象，要不，给她买一条怎么样！"

顺子没有吃过娃娃鱼，甚至见也没有见过，问道：

"娃娃鱼，真像娃娃一样吗？"

"那当然，可你别在河滩里拾到一个死娃子，就误当娃娃鱼吃了啊！"

"你是吃过，什么味道？"

"我小时吃过的，那时人还迷信，说是吃娃娃鱼有毒，我多领我去河南石坡河那儿吃过，先要缚在树上用鞭子打，打得那鱼身上出了白汗，才烹制了吃，那味说不出的好，反正吃馋了，见娃娃都想吃哩！"

巩一胜就嘿嘿地笑起来。

"头儿！"顺子说，"你笑什么，麻子说得对吗？能同意去武关吗？武关是大关口，那里什么人都有，说不定刘成就混在那里。"

"行的。"巩一胜穿好衣服，将帽子戴好，三个人进了村。

村南头，果然就发现了一片楼房，村里碰见几个人，一看脸色、气度，明明都是和土疙瘩打交道的农民，却都穿着劳动布工作服，服装明显的是自家做的，针线粗糙，又很不合体，走路碎步儿小跑。见到他们，都是一愣，接着就小心笑笑，顺子拉住一个，问道：

"你们这是干什么去？"

"上班。"

"上什么班？"

"糠醛厂呀，不知道我们糠醛厂？！"

三人走到那一片楼房，有几处还正在修建，满地的砖头、瓦块，一些说不出名儿的机器、钢架、铁管，东边场上则小山一样堆放了苞谷棒芯子。几辆手扶拖拉机、汽车，轰轰隆隆开出来，大门口场地垫了沙，还十分松软，车轮之下，稀泥水咕咕冒出来，溅了他们一脸一身。

"同志，你们是公安局的吗？"有一汉子已经朝他们走来了，干部服装，脸色黝黑，却和气可亲。

"我们是地区的，路过这儿随便看看。"巩一胜说，"这是糠醛厂吗？"

"是的，是的，到厂里坐吧，我叫程一民，这厂的厂长。"程一民说，"厂才建起，不像个样，进去喝口水吧。"

三人跑了好多地方，也见过许多工厂，从来还没听说过什么糠醛厂，也从未见过这么客气的厂长，心想：这新厂新人，还没有老厂人的架子哩。就被热情感动，随程厂长走到那楼房前，上楼梯，到二层，再到三层，楼拐角一个很窄的门，里边一个不成比例的三角形房子，厂长招呼他们在一条长凳子上坐下了。

"太寒酸了！"程厂长说，"我们才安装了主机，为了使大家见到实利，就开了工，边开工边修建，办公室就在这里将就了。"

墙角的一张木板床上，乱扔着一床被褥，油腻得一塌糊涂。一张没有油漆的木桌上，是一台电话，一本日历册，再就是乱七八糟的书籍和本子。墙上什么画也没贴，只是一幅机械名称表图。三个人看了一会儿，字全认得，意思不懂。程厂长去提了开水正要沏茶，有人把他叫去了：

"厂长，三号车间的通风管道尺寸不对，你去看看。"

程一民抱歉地向巩一胜他们笑笑，就跑出去了。顺子开始翻那书籍，全是技术方面的，无异于狗看星星，一片光亮。巩一胜一揭枕头，发现下边有一沓油印材料，是县上关于糠醛厂办厂经验介绍。他细细看了一遍，才明白了这厂是去年冬天兴办起来的，这程一民原是刘家湾公社生产干事，他立下"军令状"要来包办，说是他早年在县建筑公司待过，在外县外省承包修建过许许多多工程，在修建河南南阳的糠醛厂时，把什么都看会了。那项工程完后，便要求转到自家公社，一心想办这么个工厂，因为这厂施工生产并不十分复杂，原料在这里又极方便，虽然产品销路很窄，但全国仅有六家这类工厂，专供天津、广州几个公司，又是独家生意。到了公社，有人却反对，怕没能力办起。直等到国家实行经济改革，他又起了念头，便以他树杆子，在全公社集款来办。刘家湾人没副业可干，就都听了他的，凡是哪家能出五百元以上的，就可入股，家中抽出一人来当工人，结果全厂计划三十万，群众筹款十二万，又申报到县上，得到支持，贷款十八万，经过半年多出外学习，采购机械、钢材、水泥、木料，动手就干起来了。一干起来，全县注目，县委书记来过三次，这程一民越发上劲，自己设计图纸，自己监工修建，同时派了十五名工人去河南南阳学习三个月，回来就生产了起来。

巩一胜一边看材料，一边咂舌头：

"了不得，了不得！这程厂长真是成了精的人物，武关一带的人就是气派大啊！"

顺子总是半信半疑，拿过材料看了，又让麻子看，麻子说：

"深山出鹰鹞，一点不假！他妈的，我们山阳老家那儿也可以这么办嘛。你瞧瞧，第一批生产的货就得了二万元！这么下去，这地方的人要屙金尿银了，我们那儿老是喊穷，把这苞谷棒芯儿全当柴烧了。烧的是硬铮铮的钱票啊！"

程厂长满脸油污进来，撩起衣襟擦擦，越发抹得脸脏，就笑着说：

"瞧我们不像个厂吧！"

巩一胜说：

"你这个厂长不像个厂长呢！"

乐得程一民哈哈大笑。

"厂长，"顺子一直不言语，突然问道，"这都是你设计、安装的？"

"我也是照葫芦画瓢，全按人家南阳厂的尺寸干的。"

"你大学毕业？"

"要上过大学就好了，就用不着现在这么狼狈了。你瞧，每天晚上，我才加紧学哩！"

"我的天神！"顺子几乎要叫起来了，"这么大的事，一花就是三十万，你能保证办得成？"

"可不，我也捏一把汗呢！村里人来筹款，哪一个心里不是下了赌注一般？所以我才要建起主车间就生产一批货，得一批钱，一是可以有钱扩建，二是让大伙吃颗定心丸。我在全厂工人大会上讲了，也给我家里人讲了：三十万元，弄得不好，我就是犯了大罪，不要说把我五马分尸，就是我姓程的十代八代的人都有赎不完的罪哩！要有兴趣，我领你们去看看。那产品，说实在话，没什么可看的，是一种水水的，不知道的人，还以为是废水呢，可这值钱得很！"

40　　三人上上下下在车间观看，麻子的话最多，问这样问那样，却什么也看不懂，回答了又听不懂。程厂长说：

"你是山阳人吧？"

"你怎么知道？"

"一听口音就知道了。山阳人说话拖腔长，我老婆就是山阳人呢。"

"你是山阳的女婿？你老婆是山阳什么地方的？"

"漫川镇，去过吗？"

"我就是漫川人，漫川谁家？"

"杂货摊董三海，你知道吗？"

"知道，知道，"麻子兴奋得叫喊起来，"你老婆叫青绒吧！好家伙，小小的时候，我见过她，后来我们家搬到县城去了，前几年我回漫川去，听说她出嫁了，可一直不知道她出嫁到了这里，跟了你这样一个男人！什么时候，给咱那边也修一个厂嘛！青绒在这儿吗？"

"原先在厂门口那边的饭店里卖饭，这几天身体不好，饭店让我兄弟媳妇经管着。"程厂长说，"好呀，越说越近了，没吃饭吧，走，去店里喝几口去！"

巩一胜连忙推辞，程一民却硬是不行，推推搡搡将三人拉到饭店。饭店很小，墙是树枝编的，上边覆盖了油毛毡。程一民说他当了厂长，家也就全搬过来住在隔壁，一家人都干副业为厂里工人服务了。那兄弟媳妇已经切好了猪耳朵酱肉，打了一壶酒上来，四人喝了三巡，好不痛快。程一民就问起他们这次下来的任务，巩一胜便拿出刘成的照片，说：

"这个人在这一带见过吗？"

程一民脸却唰地黄了，叫道：

"刘成？！他怎么啦，犯什么罪了？不瞒你们，这刘成是我的亲戚。"

巩一胜立即挪挪凳子，说：

"是你的亲戚？真感激你没有哄了我们！他打了人，把人家一条腿都打断了，状子告到法院，传讯他他却跑了。我们沿长坪路跑了好多地方，一直未能找到他，你要知道他的去处，我们希望你能协助我们。"

"这是一定的。"程一民头低下来了，"他是我的亲戚，可亲戚是亲戚，犯罪是犯罪，我毕竟还是党员，不会干违反党纪的事。他没有来过，我想他也不可能到这里来，我当厂长时，给所有亲戚都去了信，说我要豁出命来干了，拒绝任何人来打搅。"

说罢，他就对麻子说：

"你不知道吗？他就是青绒她大姐的二儿子。"

"青绒的大姐？"

"你恐怕不知道，我岳父一生娶过两个屋里人，第一个死了，留下一女，这就是刘成娘，她离家早，跟了商县人，青绒是后一个屋里人生的。"

"噢噢，"麻子捣着脑袋，"这事我听说过，可怎么也没有想到过这些！听说青绒的大姐以后很少和你岳父来往过。"

"那是她和青绒娘合不来，几乎绝了娘家这条路。青绒娘死后，我岳父年纪大了，手里摆杂货摊有了钱，又走动了。你们到漫川我岳父家去过吗，真说不定刘成会在那里的。前三个月，刘成娘给我来信，说能不能让刘成到我们厂来当工人，我回信拒绝了，这个厂是村人入股筹款办的，规定筹过款的，每家来一名工人，我怎么能破了规定呢？可刘成这孩子我知道，人还是本本分分的，怎么就会打了人呢？人真看不出，变坏变得这么快哟！"

程一民痛苦地直摇头，店门口就有小妹子喊他：

"快，我嫂子要生了，你还在这里喝什么酒？"

麻子叫道：

"青绒要坐月子啦？你怎么不早说？快去，快去！"

程一民站起来，笑着说：

"真对不起，我过会儿就来。这孩子，我只说还得几天，怎么早早就要生了！"

说着就跑了出去，过店门时，头在门框上撞了一下，一边揉一边对那小妹子说：

"叫医生去了没有？烧水了没有？快去买些鸡蛋去！"

立即隔壁墙那里传来裂肠的惨叫，同时有老太太的声："咬住牙，用劲，不要动，不要动，不要动，头要出来了！"那惨叫声更是一声比一声可怕，叫声中又在骂人，骂小冤家要她的命，骂程一民害得她受罪。三个人都停止了筷子，顺子脸色煞白，简直有些受不了了。麻子说：

"人生人，吓死人。但也没什么可吓得脸发白的，世上的人都是这么生下来的。"

"我真受不了了！"顺子紧紧抓住筷子，浑身随着那惨叫声而使劲儿，筷子就折断了。

"这孩子也真难生，我老婆有劲，胆儿又大，生过两个娃娃，快极了，就像脱了裤子拉一次屎那么容易。"

"是个女娃吧？"巩一胜说。

"是男娃，"麻子说，"男娃不好生。"

"能生得下来吗？"顺子的嘴唇都发青了。

"你是没有媳妇，缺乏锻炼的。小子，以后结婚有了娃娃，你就不会这样了。他怎么会生不下来，扯也得扯下来！"

一声更凄厉的惨叫，接着一切就安静了，突然爆发的是一声亮亮的婴儿啼哭。那边有人就大叫：是男娃，男娃！这边三人都软下来，相对着笑了。麻子说：

"来，端起酒，庆祝一个人的诞生！"

程一民满面高兴地过来了，三人又举杯相贺，程一民说：

"这娃娃生得好，正碰上了你们远路客人，全是托你们的福，生得这么容易呢！"

三个人告辞出来，程厂长一直送到村口，麻子突然记起了什么，从怀里掏出五元钱来，说：

"收下，这是孩子外爷家乡人的贺钱，给孩子买件衣服，是件热闹吉利事嘛，合该就碰得这么巧的！"

程厂长一一握手，对巩一胜说：

"请相信，刘成要是能到我这里！我一定领他去投案的。"

三人走出村外，巩一胜决定：不能去武关镇了，立即搭车去山阳漫川。

"程厂长的情报很重要，刘成极大可能就会去他外爷家里。麻子，他外爷是个什么人，你觉得可能吗？"

巩一胜领着顺子和麻子就小跑到了长坪公路，站在路上拦挡汽车，麻子就说了他外爷的情况。

董三海，漫川镇人差不多都知道他。一九五三年，他出现在镇上的时候，是担着一个货郎担的，常蹲在街头巷尾或附近村子的核桃树下，拿一个小拨浪鼓儿，当当当、当当当地摇，惹得那些老婆婆们、小媳妇们、黄花女子们就围上来买他的货。货全装在两个大竹箩筐里，里边什么都有，最多的是针和线。针是大号针，二号针，缝被子的"老婆针"，小媳妇用的"绣花针"，言称是南阳造的。那时的南阳，倒比陕西的省城吃得开，因为这一带上辈人做生意，都是一条扁担下南阳的。这货郎光光堂堂人才，头剃得青青的，嘴唇上才抹了一道黑楂胡子，柞绸裤子，圆口布鞋，裤管宽大，却用黑带子扎了灯笼状。年轻媳妇们都在猜想：这后生是哪里人，家里有没有个俊女人？要是有个女人伴他，一辈子什么新鲜玩意儿都能穿上戴上。要是没个女人守他，一定是这后生走村串乡，眼头太高了。但这话谁也没敢当着他的面提问，因为她们都有男人，男人们可以在外什么话都说，却最忌恨自家媳妇多和生男人说一句话。

但是不久，村里的媳妇们就发现了窍隙：这后生差不多三天一次，次次将货担要放在端云的门前。端云原是县城妓女院的，解放后嫁了镇上一个汉子，这汉子家贫，比端云大十二岁，是当时的政府出面介绍的，也可以说是分配的。当时妓院取缔时，这些女人都被赶去改造，然后让她们从良嫁人，她们觉得丢人，哪能自由自在挑选，提供一条光棍，是好是赖也就同意了。没想这汉子人倒老实，却是命短，前一年就得痨病死了。端云年纪不大，又是风流场过来人，虽然不再乱来，但爱干净整洁，又注意保养，还是风韵犹存。货郎担一来，她就要出来，穿一双涂粉的白鞋，说要买针，卖主就将各种针取出来，让她耀着阳光一根一根挑，又在头发上一下一下地篦，最后就别一根两根在心口的衣服上。然后买丝线，红的，黄的，绿的，白的，每种三十条，那货郎从来是整串儿卖，对她却特别。一切买好了，她歪着头，定定地看他，问：

"你这货好不齐全，有镜子吗？"

"我下次给你担来。"

"你真会说话！货郎货郎就要百货齐全，你算什么生意人呀，有头油吗？"

"我下一次给你担来。"

她就越发嘻嘻地笑，说：

"你是哪个地方的？"

"条子沟。"

"条子沟的人真笨！看你眉眼清清楚楚，却不会做生意，是你家俊娘儿把好货全私用了吗？"

"我没有媳妇呢。"

"你没媳妇怎么啦？"她好像有了气，伸手去撕一片核桃叶，老撕不着，他过去攀了核桃树枝，她撕下一片，用指甲掐成两个小圆片，啐了唾沫，在手心拍了，贴在太阳穴，又添了一分好看。

"你头热？"他说，"下一次我把'龙虎仁丹'担来。头热可难受哩。"

她却别身走了，腰身软软的。一进院，门就掩了。

但他从此两天就来一趟了。半年之后，他成了这寡妇家的人，村里人才知道他姓董，是条子沟人，几年前媳妇生孩子，难产死了。他成了漫川镇的上门女婿，但依旧姓董，还带了前媳妇生的那个女孩。女孩叫竹子，那时已经五岁。这五岁的竹子和后娘合不来，后娘常在家里关了门打她，七岁上学后，就到她舅家去了，后来就出嫁了，一直不和后娘往来。三海上门第四年，也生了一个女孩，这女孩就是青绒。这家人日子过不富，也不贫，青绒上了小学，又上了中学，后来年纪大了，就出嫁了，但时常回娘家照看父母。"文化大革命"前二年，母亲得了一场病，喑哑不语，瘫在炕上三年后死了。这三海全靠这女儿女婿月月寄十五元过活。家里房多，门前屋后又植了许多树，只是缺人。到了前几年，农民可以经商了，他又操起几十年前的旧业，办了杂货摊，经营一些时兴小玩意儿，家里很快富裕起来。有了钱，就翻修了房子，又想着找一个做伴的。青绒两口不同意，说老汉这么大年纪，要摆杂货摊，可以摆，一是花钱活泛，二是人有个事儿，日子也不寂寞，若找一个七老八老的，反倒是拖累。三海听了女儿的话，死了再续的心思，但生意红火，人心就没了底，吃了五谷，还想六味，三六九日，上了漫川镇的集，一四七跑东十二里的夜村集，再二五八赶西十里的茶坊集，先是货摊用担子挑，后就备了车子拉。村里人都在说他手里捏有上万元的钱了。

一有钱，村里人就眼红，倒议论老汉这一院子房、一笔钱，将来是谁来继承呀？那寡妇的先头男人是有两个兄弟，如今上辈人都谢世了，几个侄儿是如狼似虎的人物，就谋算这继承人该是他们了，这两年，对老汉分外亲热，可这老汉也是精透了的，他心中有数，一直是不冷不热相待，他们要帮老汉卖货，也屡屡遭到拒绝。这些侄儿们就起了歹心，偷过老汉几次，案子一犯，公安局来人，老汉就提出疑点，去搜那些侄儿家，果然就搜出了货摊上的布匹、染料、火纸、香烟。老汉从此和那些侄儿恶了，但也添了一份心思，夜夜操心这一份家当将来留给谁呀！

六

晚饭吃过多时，鸡棚里的鸡已经无声无息了，刘成还是没有回来。董三海摘掉了门后墙头喇叭的地线，那个碗口模样的东西，就结束了它的哇啦声。县广播站一天三次广播，音色十分难听，谁也听不清在说些什么，好多人家都彻底摘除了，换了台式收音机。董三海却依旧安着，他不为着听音，只是当狗一样为自己守家：出门时接上线，让它响着，以迷惑外人以为他在家；他真正回到家了，却立即将线摘掉。这种真真假假，可以将那些图谋不轨的小人拒绝在外。开了院门，外边已经黑严了，高高的台阶之下，那些水潭泛着亮光，一只斑鸠从榆树上扑啦啦飞走了，接着就死一般的沉静。这是一座小四合院，位于漫川镇最东头。镇子大半是在涧坡上，小半是在涧坡下，两头尖小，中间宽大，仄仄斜斜像一个搁在岸边的船。三海的小四合院前的场子上，就窝了一潭积水，成了鸭子们的娱乐场，又生了许多三棱子草，游猪们就以嘴为犁，肮脏的屁股撅起，在里边翻寻草根和蚯蚓来吃。董三海喊了几声："刘成！""刘成！"没有回答，嘟嘟囔囔骂了一阵，就关了院门，下了贼关，上了横杆，进去掩了堂门，拉灭了中堂的电灯，在小房的土炕上哗啦啦倒出一个生漆油染的小匣子。匣子里装满了钱票和分币，这是他几年来全部的积蓄，每十天八天就要倒出来清点，钱票已经被汗手捏得油腻腻地发软了。灯光下，一双枯老的手在慢慢地点数，翻动一下，在嘴里蘸一下唾沫，那手就颤颤的，紧张而激动，一条条黑青的血管凸得极明显。大凡省城的人都见过交响乐团的指挥，认为指挥的手是会说话的，可董三海的手表示的内容就更丰富了。可惜，指挥的手人人见得，董三海此时的手却无人知晓。他的十个指头极其细长，指头蛋儿却大而饱满，个个都有一个硬趼儿，那顶端的十片指甲，虽说不上是三寸五寸，但绝对是一般人的两倍长度，里边嵌满了污垢，根部却呈现出十个白色的半圆。有人说过他这一双手，是控财握宝的。他也曾花过一元钱让一个下瘫的麻衣相师算过命，那相师对他的手大加赞美，说这十个白色半圆，比别人的明显，比别人的大，是出山太阳的象征，可以搂十个太阳，一片金光。他好不容易点清了票子，就一宗一宗放在木匣子里，加了大锁，放在柜的底部。但他立即又从柜子里取出来，又打开了木匣，将钱票取出三沓，一沓塞在一只臭袜子里，放在界墙上一个缝中，缝口又堵了一把头发窝子，一沓则用牛皮纸包了，埋在楼撑上挂着的一个稻皮子笼底。现在，他静静地坐在炕沿，像是老牛犁完了二亩水田，刚刚卸了套绳，一双手垂在那里，无力、松软、迟钝。

院门在打响，他去开门，刘成回来了。他显得很激动，直喊着口渴，去沏了茶，董三海没了好气，说：

"干什么去了，这么晚不回家！又到皮影团去了？"

"去了。"刘成说，"不知怎么，我就爱起这皮影戏了！"

"是你看上那珍子了吧！"董三海说，"你个贱骨头，我再一次给你说，不要往那个地方去野，学坊戏坊，瞎人的地方！"

"那珍子不是挺好吗？"

"哎呀，你果真叫狐子迷上了？你这个没出息的东西，你怎么就迷上她了？你没看见多少人在谋算着她？她是正经人？"

"我看她正经呢！长得漂亮，就是不正经吗？"刘成说罢，就爬上自己的那张床上，伸手拉灭了电灯，"睡吧，爷！"

爷孙俩睡在床上，刘成很快起了鼾声。董三海却睡不着，就用袜子在黑暗里扔过去要打醒刘成，说道：

"刘成，你成半夜在外边跑，一回来就死睡，鼾声吵死人，你醒醒，和爷说说话。"

刘成其实并没有睡着，他的鼾声是装出来的，他要外爷早早入睡，但人一上了年纪，爱钱怕死没瞌睡，就说："你要说你说，爷。"

48

"明日是初七，夜村逢集，一早起来，你就把货车拉去。记着吗？我要去茶坊商店进一批香烟，听说河南的'大前门'报上登了，说那不符合质量标准，人都不去买了，减价了一角二，还是没有人买，咱全部买过来，可以在夜村推销的。我半中午就能赶到夜村，你听见了吗？摊子一定要看住，万不敢人离了货摊。这一月完了，我给你二十元，你去买一件好衣服穿穿。"

"我不稀罕。"刘成说。

"喜欢不喜欢，那是你的事，我是要给你呢。你来爷这儿几十天了，爷给你说了实话吧，先并不信服你，怕你这城市的人吃不了这份苦，胡乱花我的钱；你倒是个好的，我也就有了一桩心事了。"

"什么心事？不收我做徒弟了？"

"你给爷说实话，你是想跟爷学这一行手艺，还是待几天就一走了了？你娘有这么个意思，我是看出来了，我要问你呢！"

"只要爷肯收我，我就待下来。"

"这就好了，刘成。爷没男孩，守了你娘和你青绒姨两个，你娘十多年来没有管我，这是爷要记恨你娘的。但你爷也能想来，一是她和你外婆处得不好，二是你们家孩子多，日子艰难，这十多年都亏了你青绒姨养活我，你外婆也是你姨两口埋的。现在你也看得到，爷的光景好了，村里谋算爷的家产的人多，尤其那些侄儿，偷了我几次。唉，爷做的小生意，辛苦是辛苦，落赚还好……"

"爷，你现在手里能有多少呢？"

"你问这干啥？能有几个？也没有几个，只是个本钱罢了。小生意是小生意，爷的心还大，所以这些积蓄都要做本钱的，还想大弄呀！眼下爷年纪大了，手脚不灵，本想找个帮手，我可以管吃管喝，一月付三十元。那些侄儿，还有村里的人，都想来，我不放心，你既然来了，就要安心干，爷就收你，过后户口落过来，爷这里虽是农业户，可日下也比那吃公家粮的人强得多。这份家产就是你的，我再给你找个媳妇，不要你花一分钱，咱这门户就不断了香火。可你不要高兴太早，这事我要在村里找公社、大队的干部，三方面写了约书。再是，你生下娃娃要姓董，不姓刘，行不？"

"你要给我找一个什么媳妇？"

"当然会过日子的。我说了，你先不要太高兴，这事我还得三方当面写约书后再说。你现在放一句话，你愿意在这儿落户不？"

"爷，你这生意能长久吗？"

"这还用问？国家有政策，二十年不会变的，这点你相信爷，爷先要办杂货摊时，你青绒姨倒不悦意，怕以后形势有变，我就说了：不会的。瞧，现在怎么样？连你姨父都在承包办了什么厂子呢！爷经的事多，爷的话是没有错的。你给爷说，你在商州市里怎么就和人打架了？"

"不说这些了，爷。"

"怎么不说，我要听听你的为人呢，这里有旁人吗？爷会上公安局报你的案吗？"

"报了案我也不怕，只要一评理，我就会没事的。我只是怕理说不清，我恨死了商州市，那地方我无法待下去。"

"这你胡说！商州市那是什么地方，这几年越来越成了大世面，全商州的人谁不想到那里去干事？你怎么就要和人家打架呢？"

"我们家在车站那儿搭棚卖饭，你知道吧，就在山湾后石嘴下，搭棚卖饭的人很多，有十三家吧，凡是进城的人，下了车的人，都在那里吃饭，生意真要比你这杂货摊强哩。我娘在那里掌炒勺，我兄弟几个全待业，就洗碗，收钱，端饭，抹桌子。可城关镇那个队长，现在队长不起作用了，但他还是队长，有一股子势力，眼就红了，纠了一些人，以城关镇名义说他们要在这里盖楼房，办旅社饭店，要赶我们走，这不是明明在欺负人吗？我们不搬，他们就放炮炸那山嘴，要扩大楼房基，乱石就把我们十三家饭棚子全压在下边。我跑去论理，那个队长，以势压人，说好多难听的话，我就动了手脚，把他给打了。"

"你真是发疯了，你怎么就敢打了队长！"

"我打了，打断了他一条腿。他也打伤了我。我只说打他，是我不对，我包他医疗费罢了，可他却又以城关镇名义，上告我扰乱社会治安，聚众闹事，侵占集体地盘，又行凶打人。法院传讯，我就跑了。"

"你为什么不去法院辩理？你这傻熊小子，你一跑不是理亏了吗，不是罪更大了吗？"

"我能辩过人家吗？我不是告诉了你，人家是有势力的！我们家是什么，我爹是锅炉工，退休了我要去顶替还是个锅炉工，我娘是家庭妇女，卖了半辈子冰棍，要不我和老三能一直在家待业？不说这些了，再说起来我就要发火了，睡吧。"

"睡吧。"董三海说，"你们不行了，真不行了，这里人都眼红你们在商州市住着，是攀上高枝儿的人家，可你们是不如爷了。可你总是不该打了人的，打了人事情就能办成吗？"

"我有什么，有权，有势？还是像你这样有了钱，可以提上礼物去给人家讨好？我只有这一身力气，你让我活活气死吗？说不定，我还要在这儿打人呢！"

"你说什么，畜生！你说你还要打，你在这儿还要打什么人？"

"这你不要管，好人不打，坏人还是要打的！"

董三海从炕上跳下来，黑暗中扬着枯瘦的手叫道：

"你满口放屁！你才来乍到，这里谁恶下你了，你又要在这里给我惹祸！那些村里的人忌恨我有了钱，这是人的本性，你犯得着去打吗？人说没报复心，那是假的，你打了人家，人家会更恶了我，甭说我老了活不了几年，你以后还想在这里立脚不立？"

"我倒不是想为你打人呢。"

"那你为谁？"

"珍子！"

"又是珍子！你为她小狐子打什么？"

"我已经看出来了，珍子怪可怜的，总是被一些不三不四的人欺负着，他们都想霸占珍子，你知道吗？"

"红颜命薄，自古这么说的。谁叫她长得那么个脸蛋，又有一副嗓子！

你管得着人家的事吗？她给你说了，要你帮她吗？给了你许多钱吗？"

"爷总是钱，钱！"

"钱怎么啦？钱扎手吗？这世上什么不要钱，一分钱一苗针，你没一分钱，到商店去给人家笑笑行吗？你老实告诉我，你和那珍子说了话了？"

"没有。"

"能没有？"

"几个白天里，看是看见她了，她是住在剧团的竹楼上，窗子正临着街，我往上一抬头，就看见她了，我一看见她，就觉得面熟，好像是在哪儿见过！"

"你什么时候见过？这就叫鬼儿迷了你心了！"

"她正在梳头，太阳照了半个身子，头发一直披下来，那么长的。我给她笑了一下，她也给我笑笑，她笑得很甜。"

"还有，你说，往下说。"

"后来，我常到那里去，但窗子却关了。她也到杂货摊前来买东西，买了好多毛线，我才知道她叫珍子，她也知道了我。"

"买毛线收钱了吗？"

"当然，她付了钱。"

"你一定没收她的钱，我还不晓得你这馋嘴猫儿！好小子，你要打这个，打那个，首先要打的应该是你！你才来没几天，就勾引上珍子了！"

"什么叫勾引？我是真心爱她的，我看得出来，她也喜欢我。不说了，这是我们年轻人的事，你老老的年纪，你不懂，你不要问了！"

董三海站在床边，黑暗里发呆，好久只有恨声，没有言词，末了就睡到自己床上去。

"罢了，罢了。你将来就给我把珍子领回来吗？珍子会给我董门生儿育女吗？要真是她到了我家，我辛辛苦苦做生意赚的钱真不够她头上脸上搽的油呀粉呀的开支！"

刘成再不回答爷的发问，又是起了鼾声。董三海如何再骂他，用袜子、枕巾掷过来打他,他只是鼾声不绝。

"睡了,睡死了!"董三海自言自语,"他竟能睡着?这野东西,你怎么这多的瞌睡!"

屋子里渐渐没有了声息,院里的鸡在叫头遍。等董三海慢慢发出了吹气似的朦胧鼾声后,刘成的鼾声却渐渐小了。他闭着眼睛,处于一种似睡非睡的状态之中,脑子里纷纭杂乱,似乎一会儿是他爹娘,一会儿是他的高中学校,是守财如奴的外爷,是珍子。他梦见自己在荒原上走,到处寻不着路,听到了什么叫声,是狗,还是狼,恍惚里记得小时听人讲狼的尾巴是拖地的,狗的尾巴是卷扬的,他还是分不清。路面上是雪,是霜,是一层软得提不起来的杨树叶子,又是春天的羊角葱。他在心里作想:人都以为最早迎接春天的是迎春花,不对,是羊角葱,它比迎春花早绿十天哩。路上又是浮土,这种土是久旱后的田间小路,踏一脚下去,扑哧哧直响,土像是水,溅了一腿、一身,又灌进鞋里。鞋夹脚得厉害。他看见面前的浮土上,有数不清的脚印,没有皮鞋的,没有塑料鞋的,甚至连一个赤着脚的人的脚印都没有,是狼、野猪、狐狸,还有什么,是蛇爬过的长道吧。黎明五点的时候,他醒了。他的早醒,倒比没了瞌睡的外爷还瞌睡少,这是因为几年来的待业生活,爹娘要呵斥起来为饭店生火、烧水和和面了。

"外爷!"他叫了一声。

董三海还睡得沉沉。他不愿意再叫起外爷了,外爷一叫起,一定要命令他收拾货车去夜村赶集的。他有他的特殊使命,他可以走到街道去,站在皮影团临街面的那座竹楼下,就可以看见珍子的窗口了。轻轻地唱歌、打口哨,或许不要声张,静静地听听,能不能听到那上边一个黄花女的细微的呼吸声?这种不安分的心理,使他也有些惊奇,不知道是什么缘故儿!

他悄悄从院门里走出来。月亮惨淡,像是纸贴上的,没有一点光辉,街巷里的石板路上,泛着灰白。二十分钟后,这灰白便减弱了,变得幽幽的黑,气温也降低了,扫着飕飕的凉风。他走到了皮影剧团的大门口,冷不丁一只狗在那里卧着，他以为是一条怀春的游狗，没有理睬，狗也没有叫，一抬头却发现那墙壁上贴着剧照和演员照片的宣传栏前鬼鬼祟祟地有一个人。这人并没有发现他，从地上找了两块石头，那么垒在一起，便颤颤巍巍站上去，几次立脚不稳，跌下来，但终于立上去，用刀子在宣传栏上划切着什么。

"谁？干什么的！"

刘成锐声叫了一下，那人从石头上跌下来，立即拔腿就跑。那只狗汪汪大叫，向刘成扑了过来。刘成蹲下去在地上一摸，狗吓得又往后跑，他走近宣传栏一看，被刀子划切的竟是珍子的照片。这照片他白天看过，是那样的神采飞扬，引人注目，现在被刀子从四边划切开了，差一点就被偷去。刘成脑子里立即意识到：这一定是对珍子有企图的人了！一时怒火中烧，拼命的劲头忽地涌上来，就向那逃跑的流氓无赖追去。那只狗又一次向他扑来，几乎要咬着他的腿弯了，他飞起一脚，将狗踢出三尺开外，看那逃跑人已经闪进了一个小巷，他就抄另一条小巷过去，藏在这小巷的出口，等那人刚一跑过，他脚一伸就绊倒了他。可是，待他伸手去抓那人头发时，才发现是一个秃子。

"你在干什么？"

"没，没干什么。"

"胡说！你为什么要偷珍子的照片？"

他一个耳光抽了过去，那秃子倒在了地上，但没有哭，只拿着眼睛死死地盯他。

"你个流氓！无赖！你敢欺负人家一个黄花姑娘？"

54

"我不是流氓！"

那秃子突然跳起来，大声争辩。

刘成愈发愤怒，心想什么货色也敢对珍子有邪心，就一阵拳打脚踢，那秃子再没有爬起来，月的灰光之下，看得见那口鼻往外流着血。

第三单元

七

　　出商县往南，顺银花河五十里，翻野狐岭六十里，坪坝落下，便是到了山阳县。山阳方圆二百公里，人口二十六万，政治、经济、文化、交通处于商州不大不小不高不低不前不后之地位。丹江不流经此境，银花河也只擦边而过，只有一条泃水。泃水不为大流，故冲不出群山众壑的重围，河谷川道就显得很窄很小了；它又接近湖北，南方的灵秀就渗透过来，山便零乱，不显呆滞，低者生绿树，高者有森林，竟还有橘有棕。橘虽无四川的肥大，但颜色灿灿黄亮，如镀金箔，有会保存的人家，可以使在第二年春天仍色泽鲜活，以此使山阳人口大气粗，以商州南方人炫耀于各县。棕遍地皆生，棕床、棕垫、棕箱，就自古成为他们生财的重要来源。商州人多以麦秸做扇，而山阳的棕扇一进入市场立即视为上品、妙物，名重远近。"扇子有风，拿在手中，有人来借，待到今冬。"就说的是这种棕扇。

　　县城极陋，记载起来，似乎有些寒酸；千百户人家相对排列，街便形成。道宽不足一米，从这边门里，一口可以唾到那边窗里，汽车在这里堵塞，架子车方能通行，车的宽度正合着街的尺码。古时的县老爷是坐轿的，但别的地方可以四抬、八抬，前边鸣锣开道，后边皂隶列队，恐怕山阳的县官要不了此等威风。滑竿，你见过吗？两条长竿，中缚一竹制躺椅，人坐上去，只能半仰，头可以碰着后边轿夫的头，脚可以搭在前边轿夫的肩，山阳的老爷就是这样出行的。但这街面却一扯起来，便没完没了，足足三里长短。街坊的人家一律开面板门，一律突出界墙，门框又都喜挂灯笼，就会发生不可辨认的弊病。据说古时县官，主要任务是判案，而山阳城关的案子，多是以门户辨认不清所致。因为夏天之夜，闷热如蒸，人皆洞开门窗而睡，有一女夜半小解，回来走错家门，误入左边家，左边一光棍，忽见一女人摸炕上来，知道是走错了，却喜不自禁，以糊涂装糊涂，就把那事干了。当然立即被那女人察觉，知自己走错，只是苦不能言，返回家将其事告知丈夫，丈夫则大怒，遂来殴打邻居，但出来却闯入右边人家，右边家里一老汉，就无缘无故遭了一顿痛打。以此乱成一片，不可说清，便官司打到县衙。县衙在街上，衙门虽小，却依旧向南开门，好一个糊涂芝麻官，各打五十大板，各罚百两白银，一场案件了了。这可能是演义出来的，但也足以说明山阳县城的奇观了。如今县城虽开辟了新街，县委、县政府、县人大常委会等重要机关都盖有楼房，街面铺了水泥，但那条老街依然还在保留。

县城如此，可想其乡间村镇了。地理的条件，环境的影响，使他们具备了扩张性的性格：喜欢单居，不愿众聚，一岭一沟，独占风水。走遍县境，但见山山有奇峰，峰峰有水流，巨大一点的为瀑布，弱小一点的是山泉，瀑布跌宕而有力量，轰轰隆隆声满峡谷，山泉寂静无声，白日招蜂引蝶，夜晚诱惑明月。山有拐湾，湾下必有人家居住，有读诗书的，亦有不识丁的；有喝酒吃肉的，亦有吃糠咽菜的，但门前屋后没有不栽竹植荷的。这简直不可思议！但世代如此，今人也如此。荷开白莲、红莲，也曾开有墨莲，莲下有藕，是七个眼的八个眼的，更多的则是十一个眼的。竹不是毛竹，也不是水竹、慈竹，是有斑斑点点的，但绝不是湘竹，斑点自成图案，认做山川流云亦可，认作鱼虫花鸟亦可，发人之灿灿遐想，惹人之幽幽情思。

常言道：山川流水，精光灵气，造就人物。山阳的人大多是有清奇之相，男人筋骨坚硬，但体高形瘦，语言缓慢而善辩，五官紧凑却精神，这算不得是美男人的产地，但若以古戏中形象议论，是标准的不用化妆的白面书生。女人，却是绝色，个头高挑，腰身细软，皮肤白嫩，在唐人的壁画中，是没有她们的容貌的，但在楚文化史料中，那出土的汉画像石里，却尽是她们的影子。以至今日，若在商州七县任何地方，如问起哪儿出佳人，答曰：山阳。若在任何地方见一美好女子，品评便是：呀，真像山阳人，美得像画儿上的！若见到一美人画，不免又会惊叹：绝了，多像山阳人，和真的一样！于是，就产生了一个名词：山阳水色。商州各县未婚男子，都以娶山阳女子为荣耀。有去过山阳的人，人前夸口；未去过山阳的，仰慕如饥似渴。所以，一旦地区文艺会演，山阳剧团一到商州市，门票场场售空，休息时间演员三五上街，常被围观，观者咂舌惊目，以为仙人。每一次会演都会引出一些痴情傻小子的自不量力的单相思趣话。

且慢，剧团虽然是集美人儿的团体，更为绝妙的是，却往往在深山大沟荒僻村落，间或在河畔，间或在草坡，猛然之际就会遇见一位山姑，衣着破烂，头发零散，但其容光焕发，足可以使山川明亮。她们十分大胆，会拿一对毛眼睛久久看你，是一种原始的纯洁的光芒，使你丢魂失魄，却又会邪念逼退；你会于梦幻之中，看着她在半崖上摘拳芽菜，趴在瀑布下捧泉水喝，然后从石头上跳跃而去，轻如飞燕，视她是仙也好，是神也好，是观音，是菩萨，是小羊小鹿等一切可爱可亲的小兽也好，反正印象从此不灭。根据民间故事讲，清嘉庆年间，此县县官路经一深坳，茅草棚里，发现一绝代佳人，但这女子却是瘫子，身不能动，口不能言，县官被其美色所迷，竟高价购买，令人抬于县衙，供养于室，任其欣赏。这位老爷，可能是爱玩古董的人种，但以活人作艺术品，供己玩弄，这故事听起来令

57

人心寒，虽然它在说明山阳人是何等的灵秀。

山阳人为什么如此美丽？使好多人大惑不解。陕北人好，据一些学者讲，一是陕北延安府、榆林府古时为边塞，京城将帅的家属多常年随夫戍关或文臣官宦遭贬流放那里繁衍所致，二是北方少数民族各代入侵人种混杂发展所成。但山阳在陕南，陕南别的地方也有山有水，但山阳的核桃皮薄仁饱，别的地方则是隔隔；山阳的柿子温水一浸就甜，别的地方再浸则是涩涩；山阳的人个子高挑，别的地方体形则是墩墩。有人就考察来，考察去，最后就要论到沣河了。沣河本来并无出众之处，但它流经县城附近，竟天下出奇的是突然折头向西，反流八十里地，然后才掉头向东流去。这"山阳县，水向西，家家女子像西施"，便以此为证据久经流传。

山阳的女子不仅容貌姣好，性情又极温和，绝无刁悍之气。大凡尘世，人本来是平等的，但中国封建社会久长，旧意识土壤深厚，人便随地位升降而贵贱，女人尤其更甚，不仅以自己地位，更多一层以其丈夫。要做了农民之妻，就称之婆娘；做了国家干部之妻，就称之爱人；做了领导干部之妻，便称之夫人。社会如此称呼，必会诱得一些轻浮女人不知所云，夫在基层，一味叹其命苦；夫在高枝，便口大气粗。难能可贵的是山阳女的，有多大本事成多大精，一般皆知自己轻重，她们在内讲究妇女独立，男女平等，处处不以女人为薄；出门在外，又处处以女人自爱，尽其尊老爱幼扶助丈夫之职责。商州城里曾出现几个作家，以其诗文著名国内，家妻又皆是山阳女子，但凡到一些场合，遇到介绍"这就是作家×××的爱人×××"时，就大为不满，她们要宣称：她们嫁给×××，并不是图名图利而来，结婚之时，丈夫并未出名，何必要依附夫名呢？专区里，甚至省委和中央政府里，也有决定政策的人的夫人（我这里又要人分几等了）是山阳女子，但她们绝不"干预朝政"，当问的问，不当问的，不问；江青是她们最瞧不起的人。

但是，若以此论推，以为山阳女子软弱可欺，那则大错特错！翻开《山阳县志》，烈女一栏，仅人名竟一百八十，位于全商州各县之首。最有名的是吴玉瑛。吴氏，县东七里店人，生于万历十三年，十八岁嫁于农夫刘某为妻，婚后两年，县东遭匪乱，村被烧毁，人被屠杀过半，吴氏逃难之中与夫走散，怀抱一岁小儿随百人避之山坳。夜半，匪经过，小儿啼哭，她怕惊动土匪，将奶头塞在婴儿口中，因久日饥饿，奶水枯竭，婴儿还是啼哭不已，她就以手捂儿口，等匪过去，小儿竟被活活捂死。她悲伤至极，欲触石而死，被村人止住，恰这时土匪又返回，发现村人，四面包围，要放火全部烧死。村人皆下跪求生，那匪首看见吴氏容貌姣好，顿起奸淫之心，村人得知便劝说吴氏拯救乡亲，吴氏哭了一场，挺身而出，同意和匪首交好，但要求放村人逃生。村人逃生以后，她却破口大骂，死不相从，匪首大怒，断其双手，她还骂声不绝，遂被割去舌头，她又双目怒视，又被剜去双眼，直至气绝。事后，村人掩埋尸体，修筑庙宇，那庙宇虽倒坍几次，但代代复修，至今东乡七里店山头上还看得见吴氏庙。

吴氏为烈女代表，更有商州八坪烈女村，此村现已消失，只在旧址的黑石崖之下，唯有一棵松树，三人抱搂不住，树干出地便生横枝，枝枝相叠，越高越小，形为巨塔建筑。当地人告诉：闯王李自成兵进商州，曾在这里活动，后官兵剿杀，闯王兵马退走后，村里男人皆被杀头。第二年，三十六名寡妇投靠闯王，威风凛凛，杀官兵，烧官府，抢官粮。后在一次大战中，这支寡妇军被围在小天竺山，粮尽弹绝，三十六名寡妇以刀刃割下头发，一一焚之，奠天奠地，奠父母奠丈夫，然后一一从山巅跳下。此等英烈壮举，山阳地方志上没有记载，商州地方志上也没有片言只语，可能这是闯王缘故；闯王历来被诬为匪，三十六寡妇又为闯王部下，自然是不能让封建文人写入史录的。但民间却老少皆知，以那塔式松树为证。传说那松是三十六寡妇死后那日所生，横枝相叠为三十六层，临天阴风起之时，便嚯嚯作响，似妇人呐喊。

山阳这么多的传说、故事，正是县剧团作家的得天独厚了。几年之内，这个县剧团有四大丑角演员，以吴氏之事迹，以三十六位寡妇之传说，写就两个剧本，经演出，轰动全县，到商州市会演，又轰动商州，遂作为地区优秀剧目上省城会演，又双双获得剧本、演出一等奖。戏一打出，四名丑角演员也声誉大振，有人评价他们是善述哀，长言情，写悲剧能手，写女人专家。这四人越发兴起，创作欲火熊熊，便思想：还是写女人，但一定要反映现实的生活，展现当今山阳女子的风貌。于是走村串乡，采访了解，偏就在此时，一件轰动全县的案件发生了。这事出在东南一百六十里外的通风楼村。村内有一家姓田的，父早亡，娘已六十，年轻时守寡拉扯两个儿子长大，大儿一次上山砍柴，滚坡致伤，变成痴傻，做老娘的就拜托媒人，愿出高价讨一媳妇。那时已有人贩子，将二百里外一女子骗来，从中牟利五百元，嫁给老大为妻。过门之后，女子方知老大痴傻，苦不欲生，几次寻死觅短，均被老二发觉劝阻。这老大后来病又加重，吃饭不知饥饱，睡觉不知颠倒，自然不能尽做丈夫的责任。而这女子，虽恨丈夫不顶人用，但念其婆婆良善，小叔忠厚，也便不忍出走。这老二到了二十七岁，因长兄婚娶家中耗费过多，已无力娶妻安室，白天里，和嫂嫂上山种田，夜里睡在厦房孤灯不眠。山地人家独庄独户，离县镇远，也离村落远，外边的世事并不多知，但自从七里外的大村每月有了一场电影，常常也去观看，看了一个电影，一家人就要议论几天。每次去，老二是不同嫂嫂一块儿去的，家有一盏新式马灯，他留给嫂嫂，自个儿打了个松油节子。这一天，又演电影，嫂嫂说："什么时候了，还用松油节子，电影上也没有人见过用！咱有这个马灯，今夜一块儿照路去吧。"老二说："这样不好，我哥会怪你呢。"嫂嫂说："他哪会管了这些，他屙屎尿尿都不自理呢。"两人就翻山越岭去了。电影看毕，一路上两人说起影中事，什么都说了，就是不敢说到影中人恋爱情节。后来天就下雨，山洪暴发，老二过了山涧，嫂嫂却不得过来，做弟弟的便去拉，走到河中，水浸上腰，嫂嫂吓得直叫，弟弟就让嫂嫂伏在自己背上。过了涧，心松下来，两人都觉脸红心跳，脸红天黑是看不见的，心跳却你能感觉到我，我能感觉到你。自那以后，两人打破了许多拘束，一块儿在桌上吃饭，一块儿在田里扶犁。周围山沟的人家看见了，有些风言碎语，但说过也就罢了。这么半年过后，一天嫂嫂提饭送到山上给挖地的弟弟吃，那时草木都发了，两人坐下来，草木就遮严了。弟弟感激嫂嫂，嫂嫂说："要心疼我，怎么不找个媳妇呢？有了媳妇，我就不这么送饭了。"弟弟说："唉，咱这样子，哪能有女子嫁我？嫂嫂，咱这一门能不能传下去，就指望你们了。"嫂嫂听了，不觉心泛酸水，哇地倒哭了。做弟弟的忙又劝慰，劝慰劝慰，两人都哭了……到了天黑，他们方回来，两人吓得要死，因为他们在迷糊之中，做了犯违人伦之事。如此又是半年，一个是血气方刚的男子，一个是委曲求全的活寡，他们都是人，看电影知了天外大事，常相处有了生理要求，竟做在一起，不能自拔。偏这事越是不能自拔，越是惊惊慌慌，偷偷摸摸，遂就产生一种可怕念头，要置那傻子老大于死命。这事天知，地知，他知，她知，他她不说，无人理会，但在埋葬傻子时，那女的却良心发现，哭出"你死得屈啊，我对不起你呀"之语，使四周山沟人家生了疑惑，告发公社，公社来问，那女的竟什么都说了，那老二也竟什么都说了，故逮捕法办，上报批核，不出三月，双双正法于县城南边的沣河滩上。人被正法，满县议论纷纷，有骂这女的大逆不道，偷汉杀夫，千刀万剐不亏。有的则予以同情，说据法律绳之而可恨，缘情事察之而可怜。到底谁对谁否，仁者见仁，智者见智。四大丑角编剧几易其稿，不能定下主题，先是写反封建意识，不妥；再是写歌颂人的价值，不妥；后是写奸夫淫妇自食其果，更不妥；苦恼得四个丑角，抓腮挠耳，只恨"江郎才尽"。

偏不偏急处就有智处，这年高考，全县考中大专院校的十名；其中考得最好的，也就是考中北京名牌大学的那新生，来到剧团找熟人，四大丑角与之闲聊，没想竟得到这新生的家世，引起一新剧的产生。这新生姓邢，一十八岁。其父五十年代在这一大学学习，刚刚毕业留校工作，学校反右运动开始，以极右罪名开除回了原籍。在做黑人期间，他仰天长叹，自觉今生无望，便扑入沣河自尽，他是不会水的，入河便水呛昏迷，漂浮半里，到了一座木板桥下，桥上正有一女子挑柴经过，看见了他，就蹬脱柴捆，下到桥桩下将他抓住，一摸心口，还有热气，便抱到岸上。此人便是以后右派之妇。第二年，生下这姓邢的男孩。虽是人下之人，但家庭融融，夫妇笃好，小儿可爱。邢家老爹老娘疼媳如亲生女儿，媳妇也就一天三顿热饭热汤送到爹娘手中。到了三年困难时期，年馑难过，丈夫又常在外遭批斗凌辱，回来又哭又骂，媳妇夜夜劝导："你不要伤心，别人不爱你，我至死爱你，咱们一样是人，只要看一眼咱的孩子，咱就要活下去！"这丈夫就抱了媳妇大哭。从此，一天三顿，中午吃顿面条，面条下锅，先给公公婆婆捞一小碗，再下酸菜，给丈夫孩子捞一小碗，再往锅里下些酸菜，自己才盛了来吃。苦日子过了三年，丈夫就落实了问题，虽是摘帽右派，但还是恢复了公职，他又到了大学资料室工作。这媳妇自然高兴，在家越发上待公婆，下扶幼子，没想"文化大革命"中，这丈夫造反有名，手下有一女将，文能辩论，武能打枪，竟鬼混一起，要与家中媳妇离婚。媳妇先是好求好劝，盼丈夫回心转意，但事到后来，丈夫和那女将竟已非法同居，便一气之下，同意离婚，但要求儿子必须归她。这婆婆就在离婚当日，气绝于中堂，公公亦从此不认其儿，央求媳妇不要离开此家，说："权当我没有生养那狼虎之人，你也权当是我女儿，你就留下来吧，孩子！我要再给你招个丈夫进门，咱们离了他，这日子咱们还要刚刚正正过下去！"这媳妇也就留下，却并未招婿，只是下了决心供养儿子，夜夜督促儿子读书上进，又将狼虎丈夫之事告知儿听。那儿也是好的，立下志气：一定要上大学，一定要上这所大学，他要他那不是爹的爹瞧瞧他们母子是什么人物！果然那儿子高考填表，别的什么学校都不填，就是填这所大学，又果然一考就中，名列前茅。

邢家大学生的轶事立即逗起了四大丑角编剧的创作欲，他们几经改造材料，挖掘立意，极快写出剧本，果然上演效果甚佳，当他们在省城调演时，省城戏剧界又引起了第二次冲击波。当报社记者来采访此戏是怎么产生的，内情披露之后，街谈巷议，没有不惊叹这山阳女子的。陕西自古讲：米脂的婆姨绥德汉，是说陕北绥德男子充满北方男人的风格，米脂的婆姨充满北方女子的娇柔风流。但一位著名的民俗学家却发议论：若论陕西男子，当然是在绥德，但论女子，米脂虽好，却比山阳的少了一层气质。

八

街道上，董三海搭起了一个小小的油毛毡棚，那是他固定的杂货铺，几经周折，占却了这么个人多显眼的好地方。爷孙俩从此就分了工：董三海掌握经济，又善于社交，专负在外交涉采购；刘成眼路不活，又担心生事惹非，就在铺里坐守经营。刘成于是白日在此开张买卖，夜里独自一人睡在里边看守。他很乐意这个地方，因为远远的街的斜对面，就是珍子的那座小竹楼了。他不停地大声吆喝，想让那声音一直可以钻进那竹窗里去，引一个俊俏俏的脸儿探出来。

"喂，刘成，买一块儿香皂呀！"珍子曾经在那里喊过。

他拿了香皂跑过去，一张钱票就飘下来，他便将香皂扔上去，但目标总是不准，她双手出来接，差不多要接住了，却又掉下来。两个人就咯咯地喘着气笑。终于接住了，他看见窗台上有一本书，风将书页吹得哗哗响。

"你在看什么书？"

"《红楼梦》。"

"好看吗？"

"怪有趣的。"

"看完了，能借我看看吗？"

她给他点点头，突然就叫道：

"快去看你的货铺！"

他拧头看去，三个孩子正从他的货台上抓走了一把水果糖，像兔子一样跑进街口人群里，无踪无影了。

现在，已经是三天了，那窗子却没有开。刘成坐在货铺里，烦躁得像坐了牢，对于前来买货的，就懒得答理，问一声，答一句，少不得买主发脾气：你会做生意不会？是来买你的货，还是来抢你的货了？但也有一些人见天在那竹楼下乱转，唱几声"想你想你实想你，半夜三更睡不稳"。他就用弹弓"刷"地打去一颗小石子，等那人大痛失叫，四顾周围的时候，他藏了弹弓，一脸平静，又在长一声短一声吆喝起生意来了。

夜里，月亮很好，他睡在床上，四周空静静的。只觉得这十平方米的货铺子大，蛐蛐在门槛下嚯嚯地叫，如何也不能睡着。他下了床，脚一跺，声噤了，过了一会儿，声又起。他开了门，听见蛐蛐又在门外叫，走出来，又似乎在前边街道上叫；如此循声走去，不觉走到了街后。

街后就是一截漫坡，幽幽长满了竹子，月光照着每一片叶子上都有一个亮点，在微风中灿灿地摇曳，竹影便款款铺在那石板路上，似乎路也在动。他站着不敢动步。

这是一条典型的乡间小路，曲曲折折，一直要通到在街口的那眼泉边去，泉水流成一道小溪，浅浅地淌过老街口，到远处的大河里去了。白天里，刘成从外爷家到货铺，从货铺到外爷家，几乎将这里的每一根竹子都数过了。他深深地爱上这块地方，烦嚣的商州市，已经使他感到厌恶，远僻的秦岭深处，竟保持了这么一块儿淳朴、天然的清天净地，这实在是一个了不起的地方。

蛐蛐声愈叫愈大了，夜里这么安静，他心也这么安静。他蹲下来，如何却看不见一只蛐蛐，但夜露已经上来，蛐蛐是饱饮了露水在唱着生命之歌吗？欢乐之歌吗？夜已经沉沉了，他静静地听着，一时间，他不知道是自己就是蛐蛐呢，还是蛐蛐已经变成了自己。

一声长叹，竹林中的空地上，轻佻佻站起了一个人。

"哎呀，珍子！你在这儿干什么？"

"我在赏月。"

"赏月？竹林中赏月，这太好了！你听这蛐蛐，叫得多么中听！"

"这里好吗？"

"好呀！"

"好些什么呀？"

"山好，水好，月好，竹好。"

"还有呢？"

"夜里更好。"

"人呢？"

"人当然好了！"

"是吗？"珍子突然笑了一下，定定地拿着眼睛看起刘成，"刘成，是你用弹弓打了那些人吗？"

"是我。那都是些什么东西，竟敢这么捣乱你！"

"要不，我怎么就讨厌了这个地方！你什么时候回商州市，要是能在那儿生活，一定很自在，我烦死了，漫川，这些人像狼一样，简直要吃了我！"

"商州市有什么好的？我却喜欢这地方。"

"你是市上人，才说这种话！要你一辈子住在这里，你愿意吗？"

"我可以死在这里！"

"你们市里人就是吃不透！"

"珍子，你真要委屈死我了！"

"晚安！"

珍子戛然结束了对话，掉头往回走了。

这使刘成莫名其妙起来，呆呆地，看着一只萤火虫在前边忽明忽灭，

65

末了就消失在竹林的深处。他想，珍子怎么就扭头走掉了呢？姑娘的心敏感而自重，是自己有了不检点的地方吗？他踽踽地走回来，站在杂货铺前的月下。珍子的窗口亮着灯。他想去问问是如何情况，解释解释自己的心情，但他没有动，反身进铺里睡下了。

"一切解释都是无用的。"他想。

但是，从此以后，他却不自觉地就要看看对面的窗口。窗口常是开着，桌上的一盆文竹长得很绿，倩倩的轻影，在那里浮动，珍子就坐在那里看什么。有时，他正这么一看她也正在看着他，她目光就斜洒到街面上去。

后来刘成的货铺采买到了一批香料，他忍不住就在黄昏天里，走近了那窗下，喊着珍子，说：

"你要香料吗，做香包可香呢！"

珍子垂下一条长线，他将纸包的香料缚在线头，让她拉上去了。这时候，一朵羽毛在院墙根上飞来飞去，总是不肯落地，他们两个都看见了，目送着它的起浮，最后，羽毛飘过了院墙，不见了。

"刘成，这是一根什么羽毛呢？"

"是麻雀的吧。"

"不，是鹰的羽毛，只有鹰的羽毛才飞得高呢！"

"噢，它志在云天。"

"可它命又是多轻贱呢！"

刘成突然间打了个冷悸。他感觉到她一定有了什么伤愁的事情了。这么一个嫩娇娇的人儿，常常对着他发痴，绽闪出一种苦涩涩的笑，使他不能忍受！他以前读过许多关于描写女人的小说，上边都要说：美丽必是那么欢乐，永远是无忧无虑的咯咯笑声。珍子的神情，一下子使他感到了那些小说的浅薄和可笑。

他后来就到皮影团去，坐在厨房，向雇来做饭的小脚老太太打问珍子的身世，老太太告诉说：珍子是漫川的人尖儿，漂亮，又能干，绕她转的男人很多，她一直是受宠的角色儿。

"她才叫快活呢，男人们都来寻她，她都热情接待，男人一走，她就乐得来给我说他们怎么对她说好听的，笑他们傻乎乎的样子。她哪会有不称心的事呢！"

刘成就又问过她的女伴，女伴眼睛立即放射出光芒，锐声叫道：

"她怕是在恋爱了！"

这是一记重槌，咚地打在鼓面上了。刘成蓦地觉得真是这样了！可是，一个条件十分优越的女子，恋爱是多么幸福的事情，她应该脸上更有颜色，行动更有弹性，但现在的珍子，偏是这么忧伤！

刘成更奇怪的是，自从听了珍子女伴的话，他时常脸上就发热，心里总是空落落地不安起来了。当他离开货铺，就要看看珍子走了没有，当他吃罢饭重新回到货铺，就又看看那窗口：她在吗？珍子有时夜里出去到各村演出，他就作好多分析，常到竹林小路上站着等她。但等着她回来了，她说：

"你还没有休息？"

"我来看看月。啊，月亮多亮啊！"

他开始主动地到她房子去。她热情地让他坐，给他倒茶，又特意买了香烟让他抽。他喜欢闻房子里一种女人热香香的气味，总把鼻子凑近了那盆文竹，大口大口地吸。他甚至有一天夸奖起她新穿的一条蓝毛哔叽裤。

"你取笑了，商州市里人都穿了喇叭裤、牛仔裤了，我们太土了。"

"不，真是好看哩。如果你穿上西装，你一定会压过商州市的所有女子；但你这身打扮，商州市的女子却永远达不到这么庄重、自然。"

"你说我们漫川还真好吗？"

"我想，这地方，会从此改变我的世界观哩。"

忽有一日，珍子在窗子里锐声叫道：

"刘成，快来看呀！"

刘成正在铺里拨算盘记收入，跑了去，珍子满脸通红，上身只穿了一件凉衫，乐得手舞足蹈。

"瞧，多大的一只蝴蝶！我正在床上歪着背台词，听得窗纱儿响，它便从那破洞里飞进来！"

原来是只小手掌般大的蝴蝶，色彩斑斓，在空中如一团花朵；刘成还从未看见过。两人立即动手去捉，那蝴蝶一团彩光流动，却如何能捉住？到了最后，蝴蝶落在后窗纱上，四只手同时捂住了，刘成抓住了珍子的手。两人霎时都呆住了。刘成慌乱中使劲儿捏了一下，珍子"哎哟"一声，两腮绯红，仄在床上，软得如一摊泥了。

刘成立即过去捉住了蝴蝶。

"你真坏！"珍子悄悄地说。

他没有言传。

珍子过来接过了蝴蝶，仔细地看看那两扇花翅。

"小精灵，不在田野里去，偏就飞到我房子来了！"

"多美的蝴蝶！"

房子里突然十分寂静了。

此时此刻的寂静，使刘成却难受起来，他胸口胀鼓鼓的，却不知要说出些什么，只低头去看那沾了一手蝴蝶身上的金黄色的粉末。他等待着珍子说话，珍子却一语不发，竟伏在床上一动不动起来。他不知道怎么，竟不敢去看她了；窗台上的镜里，正反映着珍子，她在手掌上玩弄着蝴蝶。一种不可名状的感情，第一次袭击了他，他极不自然起来，脸烧得发烫。

"怎么静场了？"珍子说。

"……"

"在戏里，静场了就是高潮；静场的戏才难演呢。"

演戏，演戏！演的什么戏呢？人生就是一场大戏，每一个人都要去扮演个角色吗？他是什么角色？她呢？

一阵扑扑啦啦响，珍子将蝴蝶从手里放开了。

"我真不忍心弄死它！"

蝴蝶从门里飞出去，在院内那棵杨树上翩翩。

刘成从房子里走出来，要回到货铺里去，珍子却叫住了他：

"晚上看电影吗？"

"什么电影？"

"《三滴血》，去吗？"

"你也去？"

"去。"

"我也去。"

她取出了两张电影票，一齐交给了他；一个浅浅的笑，却反身进屋里去，将门掩上了。

中午，刘成回去吃过饭，到货铺里只觉得困，就趴在货台上打盹儿，突然有人在门上敲了几下，他抬头一看，门口探进一个粉红红的脸来，诡秘地往里边看，却立即又缩了出去。接着，就同时是三四个女子的脸面，那粉红脸的便提脚儿进来，突然叫道：

"珍子！"

刘成瞧着好笑，说珍子在剧团，怎么会在这儿？女子们却突然你看起我，我看起你，爆发了一阵笑声。门口就又蜂拥进了四五个女子来，个个红唇白齿，十分标致。

"你是商州市来的吗？"她们说。

"我叫刘成。"

"我们早知道你的大名了！你不是董三海的外孙吗？不是给珍子送过香料吗？"

她们就都弓了一下腰。刘成羞脸了。

"铺里还有什么好东西，让我们买买？"

"你们看吧，要什么取什么。"

"你知道了？珍子叫人偷了！"

"偷了？抓住贼了？"

"贼没抓住，但知道是谁呢！"

"谁？"

"你！"

"我？我偷了什么？"

"她的心！"

她们又突然放肆地笑了起来，接着一窝蜂似的从铺里跑出去了。刘成听见，一到那皮影剧团大门口，那笑声就更大了。

夜里看完电影，刘成和珍子一直等人都走散完了，才一块儿往回走，街巷的路灯昏昏黄黄还在亮着，沿丁字街口的几家私人小吃店，卖饺子的老太婆坐在那小土灶前打盹，瞧见他们过来，问："吃吗？"珍子摆摆手，两人一直往前走。路灯突然闪了三下，倏忽就全熄了。今夜是月底了，月亮没有上来，走到当街那座过水石拱桥上，瞧着桥下的溪水泛着一点亮光，幽幽地无声流淌。两个人先是一前一后地走，现在都倚在桥栏上并肩站住了。刘成的半个肩膀贴住了珍子的半个肩膀，感到一股热流，这热流立即传送到大脑，身子有些飘然，同时闻到了她那脖子里散发出的粉脂混合着肉体的热香。他们谁也没有说话，望着那幽幽的水面。她身子开始抖动起来。

"你冷吗？"

"不冷。"

"你打抖了。"

"你也打抖了。"

两个人又沉默了。

这可爱的可恶的沉默，使刘成近期来一种模糊混沌的感情，一下子清晰起来了，他此时此刻，才懂得了自己是多么地爱着珍子！他想，今天的夜，是这么美好，月亮没出来，正是爱情滋长的时候。他知道，珍子也是十分爱着他的，几天来的一眉一眼，现在都是那么活显出来。他看着她的眼睛，她也看着他的眼睛。她的眼睛在这么黑的夜里竟这么明亮！

他看着这双明亮的眼睛，却迟疑了。他怀疑了，自己真是自己吗？一个盖漫川的女子会这么快爱上一个商州市来的人吗？如果是自我多情，贸然然去抱住她，热烈地吻她，她臭骂一声，打来一个耳光，他就将会永远失去一个美好的人物！他低下了眼睛，手无力地垂下来，心平气和了。

"走吧。"他说。

她愣了一下，眼皮一合，两颗闪亮的星星熄灭了；身子摇晃着，几乎要顺着栏杆软下去。

"走吧。"她终于说。

夜漆黑黑的，远远近近全然没有了灯光，谁家的狗在叫了一下，夜显得更沉寂了。他们并排走着，是路不平呢，还是真冷得打抖，不时两人就撞碰了。立即就离开，但又撞碰了。珍子的左手上绞缠着手帕，偶尔刘成的手撞到了她的手上。但是，当他又一次撞到她的手上时，他感觉到了珍子却已将手帕取掉了。他骤然间吓了一跳，明白了这是一个多情的女子，一股热潮又忽地泛上身来。他又一次撞着她的手了，他一下抓住；两人在黑夜里默默地站住了。

一只猫在远处大声地叫春。一颗流星灿灿地划过天空，然后无声地消失了。两个人靠在树上，紧紧地拥抱着，树枝在哗哗地抖动。

"刘成……"她喃喃地叫着。

"嗯。"

"你爱我吗？"

"爱！"

"从什么时候？"

"从一看到你。"

"你不觉得我这是太那个了吗？"

他却更紧地搂住了她，几乎是提了起来，像提起了一个小孩。珍子推开了刘成，在黑暗里拢着头发。

"乱了吗？"

"看不见。"

"别让人看出乱了。今天是几号了？"

"七月二十九日。"

"今天是我的生日。你记住这一天，我第一次被一个男人拥抱了……"

珍子突然挣脱了身子，急急地一个人向剧团大院跑走了。

"珍子！"

珍子并没有停下，脚步声消失在街巷石板路上。刘成愣在那里，浑身打抖得像风中一枝芦苇。

当他跟着珍子走进了剧团大院，珍子的竹楼上的门窗已经黑了。他竟又轻轻走上去，推那页桐木门板。

门关着。

"珍子！"他叫着。

屋里静悄悄的。但他明白，珍子并没有去睡，他感觉她就站在门的那边，心就贴在那门关上；一指厚的木头把他们隔着。

"你开开门，你开开门。"

"不！刘成，这样不好，团里人会听见的。"

"都已经睡了，你让我进去。"

"我求求你，刘成同志！"

"不，我不！"

门关拉开了。刘成闪进去，珍子就站在门后。他们又抱在了一起，珍子已软成了一根面条，毫无了力气，任着他抱起来，在黑暗中摸索着走向床边。她被搁在床上，他却坐在那里，一动不动起来。蛐蛐在楼下的草丛里鸣叫了。珍子看见，刘成却站了起来，一步一步从门里走出去了。

九

秃子踉踉跄跄从街面跑回来，睡倒在炕上就再没有起来，失神地睁着眼睛，长一声短一声地哀叹。他伤心的不是身上受了苦，只是遗憾没能得到珍子的那张照片。这照片贴出了四天，四天里他总在那儿谋划运筹；假装在那里捡粪，一眼一眼细细地看。珍子的眉竟不是淡淡的，是舒舒展展的长，长得几乎过了眼角，先是十根、九根、八根，以至两根、一根。当每一次皮影戏演出时，他要躲在台侧之席缝里往里看她，但距离太远，看不甚清。在街上、路上偶尔遇到了，下定决心要细细看看她，却面对面的刹那，他又失去了勇气，像做贼一样地低了头。他是太珍爱这一张照片了，曾经在中午吃饭时想去偷偷撕下，他没有敢，深更半夜，只说是神不知鬼不觉，却偏偏就遭了一顿打。

"珍子，珍子！"

迷糊之间，觉得珍子就出现在他的面前，那细细的眉毛在飞动着。

空空的旧房里，没有反应，一只老鼠在大梁上磨牙。黄狗跑进来，垂头丧气地卧在炕下，它表示着没有尽到责任的忏悔，突然就疯了一般，用爪子狠命地抓那墙皮，抓得刺啦刺啦地响，接着就跃起身子，在空中几乎横平，重重地跌下去，口里发出嗷嗷的叫声。

"狗子！"他厉声叫着，声却有些发颤。

黄狗安静下来，将后脚撑在炕下，前爪搭在了炕沿，伸出经常舔小孩屁股的软和舌头，一下一下舔去主人脸上的污血。他可怜起他的狗了，伸手将它的头搂住，说：

73

"狗子，我不疼。"

黄狗双耳耸耸，似有听懂之态。

"真的，他小子算什么好汉，他那两下我还看不上眼呢！他是二十几岁的后生，我老了，骨头硬了；要是前十多年，我会一拳头，让他鼻子眼窝挪了位的！你信吗？"

黄狗没有回答。

"你不信，你也小看我吗？要是珍子在那儿，珍子一定会揪那小子的，她会向着我！这小子，杂种，野货，他是哪儿来的，咱漫川没有这挨枪子的东西啊！"

这天里，黄昏时他就从炕上爬起来。要是以往，他和别人打架，从是不会甘休的，他力气不足，一交手就要扑过去，在那交裆里抓那系命根儿，要赢便大获全胜，不赢就一败涂地，他就又要将鼻血抹得满脸皆是，然后到打者家去，睡卧门槛，嚎啕大哭或口口声声要在门上"挂一肉帘子"，以此恫吓。但现在，他却哪儿也不去，觉得为珍子而伤，伤得值得，就烧了棉絮套子灰，敷在外伤口上。温了酒，一边喝着，一边往腿上的青疙瘩上淋着揉；鬼知道怎么回事他又笑了起来，拿了酒抹在黄狗鼻子上了，黄狗打了一个很响的喷嚏。

一连五天，秃子又出现在皮影剧团的门口。他没有看见珍子，却发现了打他的那位后生，正坐在一间杂货铺里。他看清了，后生个头不高，却十分结实。他没有走近去讨还血债，就钻进酒馆去一打问，才知道这是叫刘成的，商州市人，杂货摊董三海的大女儿的儿子。

"这小子在商州市待得好好的，到这儿混什么来了？"他说。

"待业，你知道吗？就是没有事干，来帮董三海摆货摊的。"酒馆的主人是个老头，诡谲地就笑，"到底是城乡差别，多少人缠珍子，都搭不上茬儿，他一来就挂上了！"

"你胡说！"秃子酒正喝得烧心，手在酒桌上啪地一拍，壶里的酒就洒出来，在桌上流了一摊。

"你看看你那酒。"店里老头却冷冷地说。

他俯身看那酒，什么也没有，看见的只是自己一颗秃头、丑脸。店主老头就嘎嘎嘎地笑起来了，说：

"瞧见了吧，人要有个自知，你能沾上珍子的毛儿吗？你老得掐都掐不下了，倒谋算人家黄花闺女！你秃子造孽啊！算了，秃子，实在打熬不过，去找张家坪的铁嘴李去，听说她从宁夏又领了几个女的，把你的粪钱掏给她，讨一个，尾巴一揭是个母的就罢了！说不定，肚里还能给你带一个现成的，一笔钱，妻子儿子什么也都有了！"

店主老头是个活不老的下流坯，一辈子说话没有几句干净的，总是要拿最难听的字眼来逗弄秃子开心。当下见秃子脸色也朱红了，倒俯过身来，用长长的指头蘸了桌上的酒。在桌上画着，说：

"兄弟，说是说笑的，可也是实话，我看得清楚，刘成常到皮影团去，和珍子双双对对一块儿出，一块儿进的。要不，珍子就一天几次去他的杂货铺，要不两人就来我这儿，一人一个猪蹄一啃半天哩！"

"你不要说了！不要说了！"秃子一直在喝酒，末了，就端起酒壶往嘴里倒，突然从怀里往外掏钱，叭的一把分币，重重地扣在桌上。"今儿个不欠你的，你给我再打三两！要从瓶子里倒，不要你那酒坛里的，我要尝出掺了水，我会把尿桶给你挑进来的！"

店主老头知道他又是喝醉了，喝醉了就喝醉了吧，反正有的是酒，只要分文不少。果然秃子出得店来，头重脚轻，摇摇晃晃地在街上走，口里咕咕囔囔："珍子，你真糊涂，你怎么要学你娘的样子？我不敢娶你，我也不想娶你，可你怎么能对刘成好？他是市里人，是吃净粮的，他愿意娶你？他八成是来占你的便宜的！他打人，手很重，他会打你的。你要和他不好，不能好。"谁也不知道他在说些什么，听懂一句两句的，就哧哧笑他，但没有人敢去拉他、推他；黄狗，他的保镖，一前一后地护卫着他。

脚高步低的，总算到了镇子西头，行人稀少了，一棵柳树长在那里，阳光斜照，阴影落地。秃子醉眼看着，以为是一个水滩，猛地往前一跨，就跌倒下去再不能起来，哇哇地大吐了。一直到了黄昏，酒醒是醒了，但头晕得难受，身上没有半丝力气，还痴着眼睡在那里。来往行人见他这般模样，都哧哧地笑。他醉得多了，醉后的尊容也见得多了，只需一声"秃子又喝醉了？"也就罢了。唯有董三海从十里外的前湾集上回来，拉了一架子车杂货，被秃子把路挡住了。

"秃子！"他喊着，"你又喝酒了？那马尿有什么好喝的，现在酒价涨得那么高，你就把钱这么糟蹋！你有几个臭钱？"

董三海今天穿得很整齐，竟是一条西式裤子，这是他几个月前买的。但西式的裤子有利有弊，穿上舒服好看，有口袋可以装东西，却只能一边穿，使裤子的寿命就短了，他便将开口换在后边，也因此不能下蹲圪蹴。他取笑着秃子，要他挪挪身子，让他的货车拉过去。

秃子却站起来了，圆睁着血红的眼睛！提着两个拳头在腰间，一步一步走过来，样子十分怕人。董三海本能地按了按口袋里的那个钱夹，叫道：

"你咋了，秃子，你敢打我吗？"

"我不打你。"秃子站在他的面前了，手却轻轻地垂下来，眼睛还是滚圆圆的，说，"你告诉我，你那外孙是什么人，他来这儿干什么，你是不是让他来勾引珍子的？你说，珍子是他勾引的吗，他配吗？你为什么不说话，你以为你们家有钱？你把你的钱掏出来，让我数数有多少，你掏啊！"

董三海慌忙用手捂住了口袋，往后退步，说：

"你兄弟是醉了，你喝酒又欠了人家的钱吗？你要借钱，我一定借你，只要我有。给吧，兄弟，给你二角钱，权当送你的，我不向你要了。现在中央有政策，要让一部分人先富起来，这样的人法院公安局会保护的，谁也不敢动一根毛的。只是我还不富，富了我一定多给你！"

秃子一把将二角钱打飞了，抓住了董三海的衣襟，叫道：

"我是问你，你的外孙配吗？"

到了这时，董三海深深感到没有儿子的可怜，要说打架，他是秃子的对手；要说吵架，他的嘴巴是久经训练的，但是经不住秃子这阵喝醉了，就抖出他的一切根基来的恶毒攻击。当下就一脸堆起笑，要秃子有话跟他回家去说，便弯腰捡了地上的二角钱，亲亲热热地拉秃子走。一进院，他就喊："刘成！"想，只要刘成一来，秃子就不敢纠缠他了，但连喊过三声，屋里是没有回应，就骂起来：

"这鬼东西又不在家，又不在家！养个猪，一天三顿吃了，年底还能卖百儿八十，墙高的小伙，我白白养着他！"

"哼，八成又去勾引珍子了！"秃子说着，从水瓮里舀了半瓢凉水咕咕嘟嘟灌下去，手在秃头上拍拍，似乎清醒了许多，"你说你管不管？你用五谷喂了这条狼在这里害人，你要不让他走，我就叫人赶他呀！"

董三海站在中堂，满口白沫，双眼发痴，气得呆了，说：

"秃子兄弟，现在没了外人，咱哥儿们好好叙叙，你看见刘成和珍子那骚货对上火了？"

"谁是骚货？你家刘成才是跳墙的狗，驴，公猪子！"秃子说，"你到镇上去听听，人都在说这事了，说他一天几次去给珍子骚情。"

"真有这回事？"董三海说，"兄弟，你来得好，你要不来，我还真的要去找你呢！这刘成是商州市里长大的，没挣钱的本事，瞎毛病倒养了一身，这我知道。我让他来给我当帮手，我也不是瞎子，看得出他和珍子对上劲了，就想给他找一个媳妇，本本分分的，一条缰绳拴了他的野马，好好给我董家顶门立户，我也就算一家全全楚楚的人了。所以我几次想去找你，要你帮着物色一个女的，你却来了，你兄弟来得好啊！"

秃子听着董三海的话，心里气倒消了许多，但口语还是凶凶的，问：

"你这是真话？"

"我哪儿哄过你？"董三海说，"你要给我把这事办了，我心头的石头落了地，我会谢承你的，给你二十三十元，还要给你一双媒鞋，黑皮底儿的。你兄弟有认识的好女子吗？"

秃子的一颗秃头低下去，再抬起来的时候，却是一张笑呵呵的脸，说：

"那好，这样他就不谋算珍子了！我不要你的钱，真要找个女子做他的媳妇安分了，我还会给你钱呢。"

"我哪儿倒要你的钱？"董三海说。

"我想你也不能要的。"秃子说，"我尽力给你办，你可要把刘成看管住，到时候了，我就来买你的货，喝酒全买你的酒，你就是掺一半水我也买，该可以了吧。"

说罢，招呼了黄狗就往外走，董三海送出来，到院门口了，说：

"秃子，你还没喝一口水呀，这就走呀！你听着，找的女子一定要会过日子，礼钱不敢超过一百二呀，兄弟！"

秃子十二分地高兴，觉得他将要干一件最伟大的事情了。这天夜里，就让狗睡在他的被窝里，他用手给它梳毛，用他的烟袋搔它的耳朵。夜半里，被窝里有什么咬他，又感觉是什么小动物蠕蠕地跑动，点灯揭了被子，眼见得几只虼蚤乱蹦。用指头蘸了唾沫，一边按，一边对黄狗说：

"狗子，都是你惹来的虼蚤，你这个脏东西！今日个虼蚤这么多，难怪怎么也睡不着了。"

这么睡一睡，捉一捉，折腾了一夜没有安稳，天明起来，却犯愁到哪儿去给刘成物色媳妇呢。满镇的女子们见了他，都喜欢说几句，笑几句，但他一走近，她们就要哄地跑散，他怎么会去向人家提说：我给你找个男人吧？但是，他后来就想起了一个人，大声对黄狗说：

"有了，有了，狗子，咱们找铁嘴李去！"

铁嘴李是个媒婆，张家坪人。年轻时，在县上开过店，她开店是虚名，卖淫是勾当，虽然相貌丑恶，是末等价格，但也陪人铺床暖被、沏茶温脚，什么事都经过，三教九流都鬼混。解放后落脚到张家坪，又是一个好吃懒做的角色。这几年，农村政策一活，她又不安分起来，专给人提亲说媒，从中牟利。秃子一连去过三次，这老妖精都不在家，第四次再去时，铁嘴李刚刚从县城回来，一见面，就尖声锐语叫道：

"哎哟，是秃子啊，又来寻老娘了！去年说给你的那个，你舍不得钱，好了，世上有剩的男人，还没见过有剩的女人，人家嫁给了西乡，已经生了娃娃了。瞧瞧，是想要钱，还是要娃？现在急了，还得寻上我的门吧？"

"我不是给我寻的。"秃子说，"我有吃有喝的多自在，无老婆无娃倒零干！"

铁嘴李说：

"你当然是不吃肉不知肉香！有老婆多好，做吃的做穿的，夜里给你暖脚，你瞧瞧那鸟儿！"

院子的杨树上，正有两个鸟儿在踩蛋。

"你不如个鸟鸟嘛，你活什么人呀！"

"说正经的！"秃子倒火了，"我是来找你，求你帮我们镇上董三海的外孙找一个。"

"董三海？就是那个绝门断后的摆货摊的？"铁嘴李手在大腿上拍得啪啪响，"这可是有钱的主儿！要什么样儿的，十六岁的小妞儿，红里透白，嫩得弹出水儿的，只是眼睛不好，见风落泪。"

"会过日子吗？"秃子说。

"都是乡下娃娃，口笨笨的，力气蛮好。三百元，董三海掏吗？"

"三百？"秃子说，"你是人老了，嘴里没牙把关了！"

铁嘴李说："真是越有越吝，越吝越有。他董三海手里还能没个三千五千？把钱攒下，脚儿一蹬，还不都是别人的？！三百元还多？我的天神，买口猪都百儿八十呢！他能出多少？"

"一百二十元。"秃子说。

铁嘴李抬脚便走。秃子慌忙再叫，她站在远处，用手巾拍打肩上的土，末了在手心啐了唾沫，去伏贴头上的乱发。秃子走近，一番讨价还价，落到一百五十元，秃子说就这个价，他还得回去跟董三海磨口舌呀。铁嘴李说：

"那也好，就给领一个胖子，胖是胖，却富态，旧社会有钱人家找大老婆，就是找这种女人，枣核形的，人老实，又能生娃娃。眼睛小些，小了好，能聚光，男人出门在外，倒放心，不会骚狐狸的惹得浪荡男人翻墙跳窗子！"

"这女的是哪儿人？"秃子有些不放心。

"这你甭管！后天你来吧，下午我就到县城去领人，拉上让董三海相相。一百五十元，太少了，这吝皮董三海！"

第三天早上，秃子又赶到张家坪，铁嘴李的门却上了锁。问隔壁人家，说是不知道，直等到饭后，还是不回来，秃子心里就狐疑了，担心铁嘴李耍弄了他。昨日夜里，董三海到了他家，催问他找得怎么样，说是刘成越来越和他闹不到一起，爷孙俩好一场吵闹，他真担心这野马收拢不住心了，现在只有找下媳妇，就可断了与珍子的来往，安安分分做他的帮手了。秃子当下吹了大话，说刘成的媳妇包在身上，现在如果铁嘴李哄了他，他怎么给董三海交代？而刘成和珍子再纠缠，出个什么事，他又怎么对得起珍子？当下就忍了饥饿，赶到县城去找铁嘴李。没想就在县城街道，碰着了三个穿公安服装的人，正带了铁嘴李走过，他不知出了什么事，吓得牙子哗哗磕打。忙闪在墙角，再看那公安人员时，一个竟是麻子。

"麻老二！"秃子是认得这薛兴治的二儿子的，知道他一直在地区公安局工作。叫过之后，倒有些后悔了，慌乱转身却要走。

"秃子？"麻子却看见他了，走过来将他叫住，"你怎么在这儿？"

"你还认得我呀？我只说要认错人了！"秃子喜欢得只是笑，"你还在地区公安局吗？还在捉人吗？那不是铁嘴李吗，你这是叫她也去给谁说媒吗？"

麻子说：

"她的事犯了。"

"犯了法了？"秃子叫了一声，"做媒还犯法？"

"她不是正经媒人，是人贩子，从宁夏又骗了三个姑娘，在这里高价卖给一些人家。"

秃子哎呀了一声，就两眼发痴地呆在那里了。

"你这是怎么啦？"

"完了，完了！我还叫她说媒哩，原来她拐贩妇女！天神，多亏这一百五十元没交给她，这老不死的妖精！"

"你也让她做媒？"麻子说，"真造孽，那都是些十六七的黄花闺女，竟然就卖给你？"

秃子脸霎时红成猪肝，说：

"不是给我，是董三海的外孙。"

"刘成？"麻子突然叫道，"是商州市那个刘成？"

"就是。"秃子说，"董三海让他过继顶门户，这不是个好种，却在漫川勾引珍子，珍子你不认识，活该你一走就常不回来了，就是咱镇的皮影团的，人有人样，嗓有嗓音，他刘成怎么能配得上珍子？"

麻子却一把将秃子拉住，低声问：

"你什么时候回去？"

"马上回呀。"

"你回去什么也不要说，不要说铁嘴李被我们带走了，也不要说见了我，记着，说了一切后果要你负责。"

"这是为啥？"

"以后你就知道了。"

秃子莫名其妙，呆呆地站在那里，看着麻子跑走了，在远远的地方对着另外两个公安人员说些什么，三个人神色紧张而兴奋。他心里就说：哼，多神气！他一脸的麻子，倒能干起国家的事了？就不自觉地摸摸自己的光头，心里有说不出的醋味来。

第四单元

十

　　丹江流经商州市后，就开始了它的冰糖葫芦式的旅程：三十里，是沙河子开阔地；再三十里是张村开阔地；又，二十里夜庙，十五里棣花，三十里金盆。所有开阔之地，群山纷纷后退，东西二里三里不足，南北五里六里却有余，人家拥挤，村镇庞大，站在高处下望，其势如池如塘，如盆如瓮，外一套青山，山上有树，裹一匝土岭，台堰层层，再是旱田水田。旱水田分一为二，河道沿南山根静静伏流。商州绝大地方是不产米的，"洋芋糊汤疙瘩火，除了皇帝就是我"，那是一种古老的原始的自我安慰式的可怜生活。但这一百二十五里的冰糖葫芦，却是唯一能产米的地方。于是，这一带人的吃食便十分讲究，因为米饭必是有较好的菜的，便传统性的，好坏每顿炒三盘四盘，一家五口六口，围着桌子慢慢来吃，而绝对不会像关中人过红白喜事，依旧是白面馍馍涎水面，也绝对不会像关中人有桌不围、有凳不坐而蹲在上边很响地咂动着口舌。或许他们的菜不好，是一盘竹笋、一盘蘑菇、一盘地软，甚至是萝卜条子、萝卜片子、热酸菜、冷酸菜；蒜要捣得泥样的烂，葱要切得米般的碎。这并不是臭美、穷讲究，而应该说是有了城市之风；当一家老少，坐列有序，有鱼长者吃鱼头，有鸡长者吃鸡尾，掌柜的说一声"抄！"满桌筷子方动之时，你会感到这里的礼仪的文明，而一切又都那么的自然！所以，当商州市建在商县城中后，就有人曾提出县政府应东迁至沙河子，或是张村，而商县、丹凤一九六〇年一县分两县时，丹凤的县城也曾考虑过棣花或金盆。即使这些都没有实现，但每个开阔地却生出了中心镇落，虽然仅仅是公社所在，但其规模是绝对地比过了山阳、柞水、镇安、商南任何地段所在的村镇。

棣花，便是大镇中的最大镇，丹江在此拐了一个偌大的 S 字，这就形成了两个冰糖葫芦的连接。这是在商县和丹凤的交界处，原本两县为一县时，是一个镇子，县分开，两县都在争夺此地，宁肯划出三十里北山来对换，结果只好分而治之：河西的为商县，河东的属丹凤。名也更换了，丹凤的仍称棣花镇，商县的则叫刘塬镇。刘塬镇百分之八十皆姓刘，刘家祠堂三个，同姓而不同族，八百年前怕才是一家。棣花镇人员复杂，三分之一为贾家，大族，人口兴旺已满了五服，老祖坟在镇东北的牛头岭下，阴阳先生认为这是"睁眼"穴，头枕牛头岭主脉，脚蹬丹江流水，山河之间又贯穿一条长坪官道，为后代发达之风水。但出了五服之后，贾家的坟就乱起来，各家各户另找穴位，这也是阴阳先生所致。此人黄脸黄须，民间有盛名，他曾夜里将二尺长一节竹管，下削锥形，插入祖坟前河边湿沙，外露二指，第二天五更去看，若水从竹管溢，证明此祖坟风水还有，水未溢，则尽矣；结果是后者，阴宅从此就不一统了。但无论怎么分散，据贾家祠堂碑文看，原籍山西大槐树下，至今孩子们常常在学校抬起脚来看，若小拇指头的指甲边还有一个小小的指甲的，就认作山西人，一问姓，果然姓贾。三分之一为韩家，是哪里人种何年何代迁移于此，无祠堂可寻，无家谱可证，但韩家人却聪明能干，吃苦耐劳，完全有"天有九头鸟，地有湖北佬"的秉性，故都认为是湖北人种。三分之一则为杂姓，赵钱孙李，周吴郑王。

两个镇子，中间只隔一道河。河在这里流速很缓，而七拐八拐地沿路下来，已没有了柜大的石头，也没有了拳大的石头，一律洁白细沙净而无泥。河面因为开阔，主河道就自由自在，二年三年靠东，三年两年靠西。空出的河滩上，白沙就袒露，经风吹拂，积起白梁，阳光下灿灿发亮，如碎金银箔掺搅其中。若有微风，就一片迷腾，所有丘梁，绒绒地起一层一拃厚的虚幻，像蒙了云，起了雾，或者是生茸生毛，煞是温柔可爱。每到夏日，天气炎热，这段河里就从不安静，成群成群的孩子光着屁股在那里游泳。他们无知无畏，脱得一丝不挂，呼叫着从岸上扑进河去，又从河里水淋淋出来，分大字摆开，在沙滩上晾臁。而到了晚上，月光迷离，五步之外甚物看不明，大人们就三三两两往河里去，已经形成了未规定的规定：男人们都到了上游，妇女们都到了下游，将赤条条的身子浸在水里凉快。双方都能听见笑声、水声，眼不能见，男人们就要故意声声高喊，说些酸酸辣辣甜甜咸咸的话，妇女们全听见了，有顺耳的，应着笑；有刺耳的，恶声骂；骂完了又是嘻嘻哈哈哧哧咯咯地笑，还要说明日夜晚要早来，先占了上游，说为什么妇女就只能洗下游。妇女是半边天，男人是半边天，妇女比男人少长了什么？男人能干的妇女都能干，妇女能生了娃娃男人却不能呢！那上游的嘎男人听见了，就有人大声要说：在一块儿洗吧，城里的游泳池里不是男女在一起吗？上下游就又是一片谑笑，一起笑骂城里人不知羞。洗罢了，凉够了，都上到沙滩上去睡一会儿，被太阳晒了一天的沙丘，温烫烫，软绵绵，浑身关节就发酥了，就有些光棍汉子彻夜不回家去睡，说这沙子是被子，是褥子，是老婆，胡言乱语一通。

这沙子确实是好，人坐下睡下，从不沾身，衣服一抖，一点痕迹都没有。老早以来，家家猪圈里、牛圈里，都垫的是这种沙，每年清明种洋芋壅大葱，地里又总是敷一层沙子，为的是嫩芽容易出，而山岭上的土地，那几年修梯田，改良土壤，也是五分之一搅和这沙。沙子的作用甚至进入了生活日用范围，谁家的孩子尿床了，并不用晒，只要将一簸箕沙子铺上去，一个时辰，沙子扫掉，湿处便干了，又不留白斑。竟也有妇女们坐了月子，下身不干，就以沙子铺炕，上盖一块儿净布，又软和又卫生又不花钱。沙子这般有用，两个镇子的人以此骄傲，出门走多么远，一谈起沙子，眉飞色舞，禁不住要说：这沙子好得可以出售了！

没想这话后来竟成了事实。也没想到更以此两个镇子边界闹事，像两只乌眼鸡一样，似乎要不共戴天。

这是七十年代的事，那时候，刘塬镇出了一个能人，是刘家上院"独角兽"老爹的第七个儿子。他原本在校学习不好，总是被娘每天早晨用扫帚赶着往学校去的，长到十二岁，还在三年级，独角兽老爹说罢了罢了，造下跟牛屁股的，就让他退学了。他在村里干过两年，就显示了另一番才干，十几丈的箭杆白杨，他脚手并用如攀梯台，镇中城隍庙大殿的屋脊，他如履平地。先学木工，跟了三个月的师傅，竟桌子椅子能造，窗棂寿板能凿，他爹为他添置了斧子、锯子、刨子、钻子，盼他将来成个名匠，他却又去学了篾工，将河畔毛柳条子割来，沤了，编筐编篓；将芦苇买来，在场上蹭碌碡碾了，织席织垫，干过半年，又不干了，去学泥瓦工，砌墙垒灶，修房拱基。样样都能干，样样都不坚持，他爹骂他成不了大事，镇上人却称他"十二能"。"文化大革命"中，各派都来拉他，他哪一派都参加十天半月就回家了，落了个"没有明确的政治观点，就等于没有灵魂"的罪名，他就一怒跑了关中，反正身怀绝技，天下可行，肚子倒混得饱饱的。"文化大革命"后，当他回到镇上，竟身后领着一个黑胖女人，女人腆着大肚，这便是他的媳妇和未出生的儿子。那时的前一年，独角兽老爹就下世了，兄弟也分了家，他住了两间小屋，六个月后，有了儿子，日子艰难是艰难，但十分乐哉，就在镇里嚷嚷要办砖瓦场，说他在关中时曾在人家的砖瓦窑上干了半年，什么技术都学会了：和泥，起坯，下窑，看火。并以媳妇为证，说这媳妇就是老窑匠的宝贝女子，老师傅看中了他，才选他做了女婿的。这媳妇不是什么天姿国色，可是说媒盈门，用不着十分炫耀，但他分文未掏，这却是事实。当下镇上人没有不信任他的，砖瓦窑就办了起来。刘老七办砖瓦窑，一是凭他有了技术，二是看中河里有这么好的细沙，做出的瓦坯是最好不过的了。果真不出三个月，那砖瓦就烧起来，三七二十一个顿时，烧到火候，停烧水洇，打开窑门，砖是四棱见线，瓦是敲之叮叮，颜色纯蓝，质地坚硬。一时畅销，接连烧过几窑，收入很大，镇里人都念叨刘老七的好处，分红时众口同声，给他以雇用窑匠的待遇付钱，他也并不推辞，就极快盖了三间青堂瓦舍。刘塬镇分为六个队，一队烧窑，队队烧窑，棣花镇这边也看得红眼，雨后春笋一般建了四个窑场。但河里的沙却从此抢起来，你也拉，我也掏，挖得河滩如狗刨了一样难看。不幸的是河主道固定不一，今年流到那边，明年流到这边，水到哪边，哪边就没有沙子可拉，必得到这边来掏，于是双方免不了争吵，最后以河滩中间画线为界，谁也不能侵占谁的领土。两个镇子就反目为仇了。

既然有了仇恨，又要烧窑赚钱，两个镇子就开始了在各自村前河滩修堤逼水，先是刘塬镇将河畔水田石堰往外移了三丈，棣花镇就干脆修了二道石坝，扩圈了五丈河滩，将水又逼了过去。刘塬镇一看，气得不行，便在河水转弯地方，以巨石和水泥筑了一座大石鳖，水一过来，就那么一挡，水头一下子冲到这边，主河道就越拉越深，竟将新修的二道石坝的根基亮了出来。这边就拼死拼活，出动全部人力、物力，也同时在刘塬镇大石鳖的对面修了大石鳖，河道就逼得窄窄的，稍一发水，两边堤岸就险情丛生，只好不断加固堤坝。如此你进一寸，我进一尺；你高一尺，我高一丈，耗费了大量劳力资金，两镇人倒慢慢有了埋怨，因为烧窑的收入，除了窑匠们得了很大工钱之外，集体的收入几乎还不够在河滩上斗气。到了第二年，批判资本主义的运动来了，到处割尾巴，刘塬镇就提出烧窑一事，当然挖树挖根，擒贼擒王，刘老七第一个被揪了出来。他开始关在公社大院反省交代，二十天不能回家，那个黑胖子关中媳妇就一天三顿提了饭罐送饭，每每提饭而去，带泪而归，步高脚低，悲悲凄凄惨惨，瓦罐少不了打碎，只留下一条瓦罐系儿。到末了，刘老七退回了全部工钱，将三间瓦房又溜瓦抽椽，搭了油毛毡将就，一气睡倒，三个月翻不了身。刘老七一倒，六个队的窑封了，窑匠也全倒了。刘塬镇是商县管辖，但棣花镇也毕竟头顶同一块天，执行同一政策，四个窑场也一时倒闭两双，四家窑主分别也两家溜瓦拆房，一家拍卖家具，一家连老娘的寿棺也抬出去卖了还款。

两个镇子发了财，两个镇子吵闹不休；一场运动，人人都平均了，人人都平均穷了，两个镇子却又恢复了安闲。新的领导号召在新修的堤坝内，担山坡上红黏土铺田，种植粮食，虽然那只能长些小草，但它是"社会主义性质"的，也以此使两个镇子的新领导班子各自在本县的广播上有了名声。河中间的沙子又好端端地堆积起来，而两个镇子的关系并没有好转；原本在冬日，两边轮流架设木板桥，现在谁也不架，你那边有集我不赶，我这边逢会你别来，连姻缘关系也从此断了，真真正正过起了"鸡犬相闻，老死不相往来"了。大凡世上的一切比喻都是蹩脚的吧，鸡犬相闻，鸡如人一样不往来，但犬却耐不住，这种动物虽通人的灵性，倒缺乏人的理智，每每就三五成群在滩上追逐嬉戏，谈情说爱。一到夏天的晚上，有人偶尔想去洗澡，常被这游狗所阻，游狗者，发情之恶狗也，它们连接一起的时候，最反感见人，见之必狂吠狂咬，故沙滩上就路断人稀了。

只是棣花镇上的城隍庙，大门向两个镇子，甚至向方圆数十里的人开着。这是一座古老的建筑，庙门外是一牌楼，木结构，无一砖一瓦，以一巨木斜撑，四五百年，大风摇动而不倒。庙内有一小亭，是判官所居，因是文物保护单位，那泥塑的判官还在，凶神恶煞，手执赤笔，横额大书一行字：你来得正好！百姓中有老人久病，受折磨而不死的，儿女便将老人拐杖、旧衫送之庙内，烧纸钱，磕响头，谓之报到，盼早早归阴。还有一说，人将死而死不下的，亲戚便偷偷将一红线系在其手指上，然后取下，放在长子身上，让送到庙内，人就速死。据说刘老七的母亲在儿子遭灾之后，一口气窝在肚里，硬得如一块儿石头，那黑胖的关中儿媳就曾连夜送了红线到庙里，老娘才咽了气。但刘老七病卧了三个月，欲死而未死，竟从奄奄一息又恢复过来，使两个镇子的人都大惊，就一时谣言蜂起，有的说阎王爷是将他忘了，他的名字一定是被阎王爷写在命簿的纸带下面了；有的说，这是大难不死，怕还有后福吧！

可也就到了第三年的秋天，商州阴雨了十天，河水暴溢，发生了一次特大洪水，一人多高的洪峰经过这里，正是夜晚，两个镇子的人都沉沉睡眠了，一声巨响，把所有的人震撼。爬起来看时，那两个大石鳖荡然无存，两边修筑的堤坝拳大的石头也没有，而新修起的薄田里，水深过两人之高，只有那些树木将枝条露在水面，做千万次的倒伏。整整一天，两个镇子的人都站在老河堤上，默默地看，脸是一个颜色，煞白得像抽了血。

一场洪水，使一场热热闹闹的烧窑副业从此抹去了一切记忆，也使一场轰轰烈烈的打击资本主义的运动宣告了胜利的结束。《红楼梦》讲：白茫茫大地真干净。这河滩又是一片白净无泥的细沙了。

刘塬镇和棣花镇这一事件的始终末末，是曾经轰动了全商州。事过好多年，当长坪公路的公共汽车经过这里，车上的人，有知道的，总要指着那河滩说："瞧，那里就是修大石鳖的地方！"而那个刘家老七呢，他已经显得很衰老了，胡儿麻碴的，常常会出现在长坪公路上。毕竟是十二能，虽不能再发挥那一身的本事，但做起庄稼，也是能扶犁撒种，能扬场插秧，只是那溜瓦抽椽的三间房一直没法恢复，用稻草苫着。他心气盛盛的，总不死重新恢复的雄心。为了挣钱，他竟想出一个绝妙的门路，就在公路边上修了一个大厕所，专供长坪公路上来往公共汽车的旅客拉屎撒尿，积攒粪水，出售给生产队。积肥种粮，以粮为纲，这是属于社会主义性质的，但肥售集体，得钱自己，这又是资本主义性质，两全俱好。

社会发展到八十年代，没想也就在这个地方，又一件事轰动了整个商州，当长坪路上的公共车经过这里，或人们在那个厕所里小解的机会中，就可以细细观看到那两个镇子中间，竟又是满河滩的人在掏沙运沙，而刘塬镇边，便出现一个偌大场地，堆满了长长短短方方正正的水泥制品。一打听，是一座水泥制品厂。

这厂确实很大，人员一百五十三名，年产量，仅楼板三万张，电线杆一千根，水管五百个，年收入二十五万。细查一下工人花名册，出奇的是刘塬镇七十五人，棣花镇七十八人，先是自愿结合，摊股筹款，凡筹款入股的每家来一人做工，两个镇子差不多的人家都参加了。厂长是谁，还是那个刘老七。

刘塬、棣花二镇商品生产的成功，带动了所有的冰糖葫芦镇，办食品厂的办食品厂，办纸厂的办纸厂，办石灰场的办石灰场。茶坊镇办得最迟，办得却最妙，他们看一切能办的工厂都让别的地方办了，镇与镇距离又不远，不能重复别人，就因地制宜，办了一个商芝加工厂。因为名著天下的商山离其不远，秦末四个遗老食商芝，饮清泉，避乱隐居于此，人以地传，地以人传，这商芝就无人不晓，列入山珍第一妙品。其实在商山一带，此物多而贱，春天的集市上一街两巷都是卖商芝菜的，三角钱便可购得一捆。他们就逢季节大量收购，一番精心炮制，装入塑料袋，内附一份历史传闻，增其古香古色；一份营养成分鉴定，具有现代意识；一份烹调制作办法，更有服务到家的殷勤。果然远销京、津、沪、粤，掀起了一次商芝热。真是八仙过海，各显其能，这一百八十里丹江冰糖葫芦川从此不仅以产麦产米、旱涝保收成为全商州的白菜心，而又成了民办工业，发展商品经济的重要基地。至今到长坪公路，车到这里，交通特别紧张，黄河牌，解放牌，翻斗车，摩托车，大四轮拖拉机，小四轮拖拉机，手扶，拉车，闹嚷嚷一辆接一辆。时隔不久，两镇之间的河面上，便出现了一座水泥桥，是水泥制品厂和两镇四十八家商品专业户联合筹款修建的。这样一来，所有运沙的、拉水泥制品的车辆畅通，而桥头半里之地，是四十八家商品专业户的货店，人又称为生意桥。如此又是一年多，这水泥制品厂又是盈利了多少？这商品专业户又积攒了多少？无人可知，但到处流传一桩美谈，说是地区在商州市召开专业户、个体户先进代表大会，刘塬镇出席了三名，棣花镇出席了三名，而棣花镇的贾翠环，一位四十六岁的中年寡妇，专是在桥头卖油茶麻花的，每天早晨卖三个钟头，竟到地区开会时迟迟不来报到。开幕的那天早晨，只说她是不会来的了，但她却自个开着一辆三轮摩托车跑来了。三轮摩托车当然不算如何气派，但一个卖油茶麻花的寡妇开车来赴会，可是了不得的新闻！所以消息传开，她的小车和专员的小车一前一后行驶在商州市大街上的时候，好多人为她欢呼，威风倒压过了专员！

十一

镇子北头，是一条官路，分三个岔道往东往西往北，交叉的路边有一所小土院，三间上屋，东西两间厦房。院子是并不大的，右侧一口井，望下去幽幽的一点神秘，那辘轳就静静地架在上面，左侧独独长一棵曲柳，披一片像烫过头发的柳枝，山地里很少有这种树，都在说那是倒插的柳棍长成的，说起来倒极容易，但多少年来，镇子上还是独独只有这一棵。踏过从上屋台阶下一直到院门口的石子铺成的踏脚道，院门楼下就有一架绿森森的酸葡萄树。刘成一进院子，就扭着头看个不够，珍子说：

"傻壶！还不进来！"

"珍子，你家这么多房子，为什么还要住在剧团里？"

"太挤！"

"太挤？！"

刘成立即想起商州市里他们家的房子来，十四平方米，简易楼，无厨房，无凉台，兄弟三个十几年睡架子床。他咽了一口唾沫，叫道：

"这还挤呀？人心真没底，你是没尝过挤的滋味！"

珍子却没有回答他，脸上似乎阴阴的起来。

从这以后，刘成跟着珍子来过这院子三次，每一次他在羡慕这一院房子的时候，珍子就不高兴起来，竟骂他："多嘴！"他大惑不解，始终不明白这是为什么。在这个院子里，他见过一次她的父亲，是一个红鼻子的人，老实巴交却异常热情，甚至有些小殷勤。珍子已经将他们的关系告诉了她的父亲，红鼻子就曾经说：

"刘成，欢迎你常常到我们家来，我们这家不好，你能爱着珍子，我也就放心了！"

接着就留下他吃饭，饭桌上又要不停地为他夹菜。刘成感觉到珍子的父亲已经把他当女婿看待了。

"你爹真好！"他对珍子说，"你娘呢，怎么不见你娘呢？"

珍子却黑了脸，没好气地说：

"不要问！"

"怎么不要问？"

"讨厌！"

珍子又是骂了他一声。只要他们在一起，欢天喜地的，但一提起他们的家，一提起她的娘，珍子的脾气就异常烦躁。

刘成不止一次听外爷说过珍子娘的不是，其人是什么样子，他不可得知，但珍子的言行态度，足以证明着她并不尊重她的母亲。但她的娘如何不好，那毕竟是年轻时的事了，做女儿的又何必现在还这样呢？奇怪的是珍子还是照样住在剧团的小竹楼上，偶尔回来住一次，而且每次他去，也仍是从未见过她的娘。

这天晚上，七斗已经横斜，刘成蹲在葡萄架下，绿叶上的露水一滴一滴掉下来，落在他的头上、脖项里。院墙的一角在三天前的一场风雨中倒坍了，用木桩在那里立栽，系上了竹子编就的篱笆，并不高的，只消轻轻一跳，就可以越过。刘成翻过来的时候，谁也没有看见，篱笆前的一丛指甲花刷刷响了一下，就无声无息。他贼一样地蹑脚儿到了珍子的睡屋窗下，在用一个指头轻轻地叩打：

"嘭，嘭，嘭。"

"谁？"一切是那么静，房里的人和窗外的人同时感到了惊恐，夜色在空气里凝固了。

"我，珍子，是我。"刘成在悄声说，一双眼睛盯着上屋的东厢窗子和厦房的门，月色之下，看见那东厢窗前的一个竹竿上，挑着一件衣服，是裤衩吧。

窗子里一声低低的惊讶，接着就归于沉静，立即有些愠怒的口气：

"这么晚了，你来干什么？"

"我有要事给你讲！"

"什么要事？！明日吧。"

"明日怕来不及了，真的，有要事，我不骗你！"

窗子里有了窸窸窣窣的衣服响动声，又有了轻轻的拨窗子木关的声音。窗子是老式的木格窗，下边固定着，上边打开了。

"珍子！"刘成迫不及待地喊了一声。

"轻点！我娘回来了，就在东厢房里呢！"

刘成迟疑了一下，很快就从窗子里跳进来。屋子里比院子里黑暗了许多，刘成一时不能适应，只闻到了一股温润润的香味，一双细绵绵的胳膊将他搂住了，她穿着一件尼龙衫子；同时他抱住了她，两个人鼻孔里出着粗气，粗气各自烫灼着对方的鼻子、脸颊，汗水很快湿了全身。她拧了他一下，说：

"你真是贼胆儿！下午我回来，我娘也回来了，就睡在那边屋里，她夜里老失眠……"

"姨回来了？我还没见过她面呢，她肯认我吗？"

"轻狂！"

珍子浑身松下来，坐在床沿上；没有点灯，刘成终于看见她那一双黑暗里泛亮的眼睛。

"姨从哪儿回来的？她怎么老不在家？"

珍子说：

"我真烦透了你问这问那！有什么要事，你说！"

"请原谅我三更半夜到你这儿来。"刘成的狂劲消失了，显得很疲倦，说，"我去了剧团，你的房子门锁着，我就又赶回这里，我不能不见到你，我要走了。"

"走了？走到哪里去？！"

"我不知道。"

"你这是疯了！为什么要走？"

"……"

"你要走，就这么一走了了吗？我知道了，你是商州市人，来拈花惹草，哄骗了别人一颗心，屁股一拍就该走了？好吧，你走吧，谁让我眼睛瞎了！"

珍子打开了窗子，命令他立即走出去，自己却一下子软起来，歪在一张椅子上。

"珍子，我不是这个意思。"

"那你为什么要走？"

"我？"

"你说呀！"

刘成抬起头来，定定地看着珍子，说：

"珍子，我实话对你说吧，我真庆幸在这里结识了你，可这地方我不能再待下去，我要走了，什么都不留恋，只想来看看你。我是和外爷吵了架了。"

"吵了架也犯得着就走吗？"

"我花掉了外爷八十元，他查账，说是我偷走了，我说是丢的，他不信，我就跑出来，我还能再回去吗？外爷是看钱重过命的人，他是不会再用我的。"

"那钱呢，你买什么花掉了八十元？"

"我什么也没有花，你瞧，我这身衣服，还是我娘给我买的，我连一件换洗的都没有。我身上只有十元钱，这是外爷给我的，我只有这十元钱。"

"那钱呢，八十元钱呢？"

"我全给那些无赖了。"刘成说，"公社张武干的儿子，就是那个留分头的，他找到我，说你是属于他的，让我不要插手，又说他是送过你四十元。我不信，但我还是给了他四十元，告诉他：'账是还了，再要纠缠珍子，我就打断你的腿！'那修理收音机的张九子，也是这样找我，说他为你花了四十元，我也给他了。可这些，我怎么给外爷说呢?！"

"你真胡闹！"珍子低声叫道，"我花这些人什么钱了？他们在敲你的竹杠，刘成，你这么傻，你就这么没有头脑！"

"我知道他们在骗我，但我不能让他们这么纠缠你，珍子，你不要生气，这些我是不想告诉你的，你逼着要问，我才给你说了。"

珍子搂住了刘成，刘成感觉到他的胸部湿漉漉的，珍子是在哭了。

"我给你外爷钱，你去还给你外爷。"

"那不行，外爷更知道我是偷了他的钱，越发不信任我了。"

"那你回商州去？"

"不回。我有个姨父在武关刘家湾，或许我到那儿去，或许不到那儿去，我不知道，珍子。"

"马上就要走吗？"

"马上。"

"天明走吧，黑灯瞎火的你怎么走？你就上床睡吧，我也没有办法了，刘成，我是豁出去了，有什么办法呢？"

珍子将刘成按在床上，去脱他的鞋，然后去将他的腿拉上床，他哎哟了一声，立即将腿收回去了。

"你的腿怎么啦？"

"没什么，这你不要管！"

"长了什么疮吗？"

"没有，珍子，你不要问！"

刘成坐在了床上，黑暗里，珍子坐在床沿。她在枕头下摸着什么，突然拿出了手电，一下子照在刘成的腿上，腿上一道二寸长的红疤，已经发炎了，肿得水亮亮的。

"你腿上有伤？"

"把灯灭掉！"刘成说，"珍子，我全给你说了吧，这腿上是有伤。我给你说了，你或许就再不爱我，但你既然是知道了，我就给你说了，我是从商州市逃跑了的，我和那里的人打了架，我打断了人家一条腿，公安局的人到处在寻查我……珍子，我不能哄你，我不是坏人，那事全不怪我，你觉得我是坏人吗？"

珍子一下子愣起来，抓住了刘成的领口：

"你为什么和人打架？"

"我已经给你说过了，就是为开饭铺的事，但我隐瞒了打架，我不愿意提起这事，我怕你认为我是坏人。珍子，你相信我，我只是把他们打了，他们也打了我，我认识你，是我认识的第一个女子，我能和你这样，也是我第一次。"

珍子松了手，趴在床上低低地哭泣起来了。

窗子"哗"地被推开了，窗外站着一个人，是珍子的娘。

"娘！"珍子大惊失色，叫了一声。

"三更半夜的，你是和谁在屋里说话？"

"你不要管，什么人都没有！"

珍子娘却冷笑了，反身进了堂屋将电灯拉亮，叫喊着要把门打开。刘成慌作一团，翻下床来，要从窗子跳出去，珍子拦住了，说：

"你怕什么，你干了什么坏事吗？"

门打开了，刘成满脸羞愧地走出来，他腿有些发软，跌倒在了地上，不敢看珍子娘的脸，说：

"姨，是我不好，不该夜里来找珍子。我没有别的邪念，我只是来向她告别。姨，你可以骂我，打我。"

"向珍子告别？"珍子娘说，"你是刘成吧，你向她告别什么？"

"我和外爷闹僵了，我要离开这里。"

"你外爷不是要你继承家产吗？你起来吧，我还以为是什么坏人，三更半夜偷入民宅！既然是你，也就罢了。你和珍子好，我很高兴，可夜里翻墙进来，让外人看见，让珍子怎么见人？你是男孩子，脸皮厚，让我们母女怎么出门？你外爷那么好一笔家当，打灯笼也找不着的好事，你不安分，又要跑到哪儿去？"

刘成万没想到，珍子娘会这样待他，当下磕了一个头起来，说：

"姨这么原谅我，我越发感到我不对了。我和外爷合不来，我要走，也不知该往哪里去。"

珍子娘说：

"珍子长这么大，提亲说媒的人很多，我没看上一个，你们相好，你们就好吧。别往哪里去了，你外爷我知道，只是守钱，他除了这个外孙，也没有更可信任的人，你哪里也别去，就悄悄住在我们家，等你外爷气消些了，他还能不再认你？珍子，去给我倒杯酒来，我也整夜整夜睡不着觉，刘成来了，你也不给我说一声，你眼里从没有过你娘！"

珍子在小房里说：

"娘要喝，你自己倒去！"

娘就骂了：

"你就是这么个口气吗？你干了什么赢人的事了，还这么口气给我说话！"

刘成却去了厨房，把酒倒上来了。

96

　　一连两天，刘成待在珍子的家里，四门也不肯出，珍子娘管吃管喝。这女人四十五岁，长得白白胖胖，又十分干净利落。每天早晨，她起来很迟，坐在台阶上梳洗，四十五岁的半老徐娘了，似乎并不愿退出美的舞台，总是对着镜子一遍一遍梳头，而且有一把电梳子，来蓬松自己的头发；那已经褶皱松弛的脸面，竟搽着厚厚的粉脂，经常又搽不匀，显出一块儿一块儿白团来。她并不避讳刘成，在阳光普照的院子里，还要将头发拢起来，用瓷片儿刮那发际下的汗毛，叫着刘成帮着砸碎瓷片儿。珍子开始一天三晌回来吃饭，看见刘成在砸碎瓷片儿，在小房里叫道：

　　"刘成！"

　　刘成走进来，她唾他一口：

　　"你那么孝顺！那是你男子汉干的事吗？你要在这里，你就静静待在屋里，你不会闲着看看书吗？"

　　刘成已经看出，这母女俩很是不合，但疑惑不解的是这一家人怎么这般富裕，大小都戴了手表，穿着也挺时兴，而且自珍子娘在家后，珍子的爹却再没有回来。他问过珍子，珍子说爹和娘分居已多年了，爹是在五十里外一个小学管后勤，人太老实，娘见不得他。

　　第三天，珍子娘送给刘成一件上衣，问道：

　　"你还讲究是商州市人，就这老虎下山一张皮吗？"

　　"我没工作，挣不来钱。"

　　"你男子汉大丈夫，哪里挣不来几个钱？你若和珍子结婚，也就是这么光身一条吗？"

　　刘成羞愧得脸色通红。中午躺在床上，翻来覆去不能入睡，他感到了自己的耻辱，虽然这母女这般待他好，但他不能像土拨鼠一样老待在这里。他决心下午立即出走，等在外挣了钱，再来娶珍子。但是，一觉醒来，珍子娘却在摇他，说：

　　"你想挣钱吗？我给你五十元。"

"我不要。"他说。

"拿上，以后还我就是了，我给你介绍几个人，你看看人家是怎么挣钱的。"

他疑惑地收了钱，跟她走到了东厦房里，那里有一个地窖，这是乡下人保存红薯的地方。

"你下去吧。"

他顺着地窖下去，里边是一个很大的拐洞，红薯早已吃完了，里边空荡荡的，但立即看出深处有一点灯光，昏昏暗暗的光线中，有五个人在那里赌博。见他进来，五个人都惊慌失措，一下子抓走了各自面前的钱，忽地把灯吹灭了。

"是我，我的女婿。"刘成的身后，珍子娘笑了一声，"把灯点上，让我这女婿也挣些钱吧。"

灯重新点着了，昏昏暗暗的光线，人影投射在窖壁上，乍长乍短，如鬼魅一般。刘成看见五个人个个头发杂乱，面黄似蜡，他"啊"的一声就赶忙往出退，珍子娘却挡住了去路，说：

"你不愿意吗？这有什么，你是凭你的手气挣钱，又不是去偷去抢！你住在我们家，又是吃又是喝，住店也有店钱的吧？去吧，说不定你手气好哩！"

那五个人就拉了刘成坐下，刘成不知道怎么办，珍子娘替他下注，立即揭宝，珍子娘喜得直叫：

"赢了！赢了！刘成，我说你运气好，你还不信！"

就哗哗啦啦把布单上的钱收拢过来，一起交给了刘成。刘成并搞不清这是怎么下注的，怎么才算输了赢了，他竟一下子手中捏了一百元。珍子娘将那五十元本钱取走了，留下五十元给了他，他捏了钱就往出走，那些赌棍们哈哈大笑。珍子娘说：

"笑什么，他不会干这个，你们没瞧见吗？可我看出来，他比你们谁都利索，有力气，跑的地方多，干起那件事，一定会比你们强哩！"

晚上，当珍子回来之后，刘成将五十元全部交给了她，说是他要给她买一件衣服。珍子很吃惊，问钱是哪儿来的，他说了地窖里的事，珍子勃然大怒，一把竟将钱票打飞了，骂道：

"你也会干这种事？我就那么爱钱，那么爱穿新衣服？我算眼瞎了，瞎透了，怎么就没看出你是这类货色！我不让你和我娘多来往，你总是不听，你竟然也干起这种事！你走吧，我权当认不得你，是被社会上一个无赖欺负了我，占了我的便宜，你走吧，你走吧！"

刘成顿时感到了自己的可耻，只是向珍子求饶。珍子就呜呜地哭了，说：

"刘成，现在你该知道我们这个家了吧？我和我娘合不来，就是因为她整天不务正道，家里招些不三不四的人，赌博，走私，我恨死了这个家，恨死了这个镇子，里里外外都没有遇见一个好人，只说你来了，我娘让你住下，是待你我好了，她原来在打你的主意！"

第二天里，珍子再没有回来，刘成要走，又未见到珍子。家里又来了五个人，和珍子娘在东厢房里喊喊咻咻说话，后来，就扛来了六七麻包东西。珍子娘将他叫过去了：

"刘成，你待在这里，也不是个长法，他们要到省城去，你愿意和他们一块儿去吗？你什么也不必操心，吃的，喝的，都由他们来管，只帮他们把这些东西带上，到省城里去见见世面吧。"

"那是些什么东西？"

"都说给你吧，枸杞子。"

"这不是去走私吗？"

"你叫喊什么？！"珍子娘脸色恶下来，"这事你不能给珍子说！听着，你要想和珍子好，你就和他们走一趟，赚下钱了，你可以和珍子去旅行结婚。"

"我不会干这些！"刘成脑子嗡嗡直响，只是说，"我不能去，我怎么也不去！"

珍子娘说：

"你真个没种！你有钱吗，没有钱你想干什么，没有钱你也想和珍子好？"

刘成好不为难，他等着珍子回来，要把这一切告诉珍子，但珍子迟迟不见回来。直到夜里，珍子还是没回来，他就偷偷跑出来，沿着镇街墙下的黑影，走到了皮影剧团。剧团在演出，大门口灯火辉煌，人出人进，拥了好大一片。他不能这么抛头露面地买票进去，就绕到了剧场后的短墙边，趁着没人，翻了过去，突然"汪"的一声，一只狗咬了过来，他一慌，跌下来，却正好落在墙根一个人的身上。他看出这人是秃子。

秃子正一边听戏，一边哼着腔调唱，猛然吓了一跳，站起来问：

"你？！"

"你也是翻过来的？"他却气势汹汹地问道。

"我没有翻！"秃子已经认出是他，就害怕了，"我是半下午就进来的，进来掏粪就没有出去。你又是要找珍子？"

"她在哪儿？"

"你小子别再作孽！"

他没有再教训这秃子，站在了戏台边上，这戏院是露天的，观众乱七八糟地坐着，他看清了皮影儿在幕布上动着，听得见珍子在唱，却看不见她的身影。

也就在这个时候，他突然发现了在入场的门口，站着三个穿公安服的人，是巩一胜、麻子和一个年轻的。他立即就闪在黑影地里。这三个人除了那个年轻的外，他是认得的，他们都是地区公安局的，他们在这里干什么，是来寻抓他的吗？他心慌起来，感到了问题的严重，拔腿就跑，又跑到那短墙下。秃子还在那里。

"喂，秃子！"他低声叫道，"你认得我吗？"

"认得，你打过我，把你烧成灰我也认得！"

"戏完后你对珍子说，我走了！"

"你早该滚了！"

"你说什么？秃子！我告诉你，你再要死皮赖脸缠珍子，我回来会让你吃不了兜着走的！"

他翻过墙头，"嗵"的一下，从上边掉了下去。秃子恨恨地唾了一口，却又捡起一块儿土疙瘩丢过墙头，怕是正击中了目标，刘成骂了一句，就跑走了。秃子在黑暗里笑了：

"你是哪儿的野山猫子，来勾引珍子，我要有力气，你瞧我会怎么揍扁了你！"

皮影戏正唱得咿咿呀呀，秃子听出是花鼓《叹春季》，这折戏文他已经十分的熟了，就又蹲下去，和着珍子小声哼起来：

> 叹春季，抛奴家，正月哟节哟，
> 想夫婿远在外，将奴哎撇哟。
> 撇奴家，正月二月和三月，
> 奴有苦处对谁说，
> ……

自己的眼泪倒哗哗地流下来。

十二

"珍子，有人找你！"

珍子正在吃饭，同伴就说前边的院子里有人找她。刘成一走，使她莫名其妙，回家问娘，娘只推说不知道，还怨怪刘成无缘无故就跑了，天下哪有这等男人，住在女人家里吃了喝了便宜占了一走了了！珍子知道娘的嘴里是没有真话的，猜想刘成不会不见她的面就走掉的，一定和娘有关。母女俩就吵闹起来，娘什么话都能说出口，气得珍子就再不回家吃饭，带了自己应用的东西，彻底吃住到皮影剧团去了。剧团的饭没有家里好，她总是一个人端了在宿舍里吃，吃着吃着就一肚子委屈，倒恨起了刘成：是不是自己训斥过他，他一怒走掉了呢？她举着筷子敲碗沿，似乎那不是碗，是刘成的脑袋，骂道：你走吧！你走！我说你、训你、骂你、恨你，那是为你坏吗？看来我真是认错人了，两条腿的人儿真不好认呀，我也真不该把痴情儿给了你，把……她不愿说出最伤心的事了！筷子打着碗，一碗饭也打翻了。同伴在喊她，说是前院有人找她，是他吗？他还再有脸见我？你要是男子汉，要走就走得远远嘛，还回来见我作甚？！

"我不见！"

她气气地说着，就是不见，故意又关了门，面朝内歪在床上。但刘成并没有来敲她的门，她重新坐在桌前，却拿起梳子梳起了头发。门外还是静悄悄的，她再等不及了，开了门兀自走出来，一边走着，一边吃饭，一边还要说：

"谁来找，找我干啥？有头有脸的直接到我宿舍来嘛！"

但是，站在前院的却是刘成的外爷。她知道事情不妙了，转身就要往回走。

"你站住，小狐狸！"董三海却气咻咻地破口大骂了，"你怕什么，你行得端，走得正，你走干啥？我是老虎吗？吃了吞了咽了你了吗？你给我站住！"

珍子站住了，后脊梁上一阵发冷。

"你找我什么事？"

"什么事？你还有脸问什么事？刘成呢，你把我家的刘成勾到哪儿去了呢？"

"刘成是你的外孙，我怎么知道？"

董三海一口唾沫喷了过来：

"你怎么知道？你这个小娼妇，小狐狸精，我刘成才来乍到，你就把他勾上手了，三天两头和你在一起，你不知道？"

珍子气得嘴脸乌青，却压低了声音说：

"你老老的人了，我叫你也是爷爷的，你骂我作甚，谁勾引了你家刘成？"

董三海当下噎在了那里，一口的白沫，咻咻地喘气，说：

"好，好，那我问你，他待你好不好？"

"好。"

"你呢？"

"我待他也好，这怎么啦？"

"呸！亏你这不要脸的骚货说得出口！天上的太阳像油盆一样，你对着天，对着众人，你说，你们是什么关系？"

"恋爱关系，又怎么着？"

"那么，他人呢？他在我这儿待得好好的，人呢，你把他藏到什么圪埒拐角去了？"

"他是一个活人，我能把他藏到什么地方去！"

"你还嘴硬！这下好了，公安局来人要抓他了，问我要人，那刘成还能认得我这外爷？贼坏子早认人家小妈、小姨、小婆去了！你去给公安局的人回话去，去吧！"

董三海一口一个小娼妇、小狐狸，动手就来拉珍子，剧团的人当下就拉开他，他便从珍子娘开始往下骂，一直骂到珍子以她的脸蛋儿迷惑人，害了他的外孙，害了他这孤独老人。人越拉越上劲，竟扑过来，一把夺过珍子手中的饭碗，吧啦一声摔在地上，说：

"你还自自在在在吃饭啊，我让你吃，你吃嘛！"

剧团的团长，一位部队复员回来的军人，狠狠训斥了珍子，说：

"丢人，丢人！整天都是你惹是生非，败坏剧团的名誉！我已经警告了你几次，不要和那刘成来往。那刘成的样子，像个好人吗？怎么着，让人找到单位，这成什么体统！公安局来了人，你总该知道那刘成是什么货色了吧，你老实给我说，刘成到哪儿去了，你知道不知道？"

珍子看着团长，委屈得哇地哭了，但立即抹了眼泪，说：

"不知道！"

"不知道？"董三海仗了势力，叫道，"你让他跑了！他跑了，有公安局找他的事，你把钱给我还了！"

"我还你什么钱，欠你还是借你？"

"你这身上的衣服哪儿来的？你和他厮混能不向他要钱、要物？天底下有这么好的娼妇？你家为什么吃香的穿光的，还不是你娘和你靠卖肉挣来的？刘成偷了我八十元，那八十元干什么去了？我一分钱是好挣的？我这么大年纪，集集跑动，落下钱，你就那么没皮没脸地用？你今日不还钱，我就死到你的面前！"

他骂着，就倒在地上，翻滚打嚎，那衣服全拥了上去，露出难看的肚皮子。珍子气得没办法，厉声叫道：

"你起来，你别这么耍赖；你一辈子爱钱，我可以送给你！"

她从口袋掏出八十元，甩在了地上，扭头就走。

董三海捡起了钱，一张一张数了，分文不差，弹弹土，揣在怀里，还在骂道：

"现在大家看清了，她要不是个婊子，不是卖肉挣了八十元，她能这么把钱交给我吗？好了，你把刘成藏到什么地方都行，公安局要不找你，我也不找你，你红口白牙，看你怎么对人家说，也一条法绳捆了你去！"

珍子小跑回到自己宿舍，把门"砰"地关了，一下子扑在床上呜呜痛哭。

董三海走到镇街，逢人就说，一时三刻，镇子里的人都知道了，都在骂着刘成，更都在骂着珍子。珍子在宿舍里整整哭了一下午，剧团的同伴谁也叫不开门。那秃子在家正往粪池里挑水，听到消息，就也去了剧团，他装着去那儿挑粪，每次经过竹楼下，听见珍子在里边嘤嘤地哭，心里就针刺一样难受，又不能直接去敲门劝慰，只是在厕所里长吁短叹。

一直到了天黑，珍子就不哭了。她突然同情起刘成来，明白了刘成出走，一定是发觉公安人员后才走的，可她又怨怪起刘成为什么要走呢，说来说去，就是和人打了一架，老老实实向公安局说明原委，他们会把你怎样呢？这么一跑两跑，什么也说不清了，又平白无故地遭这么大的风声，那不是罪上又加罪吗？他能跑到什么地方去呢？刘成是说过，或许要到姨父那儿去，那是在武关的刘家湾，离这里几百里路，他哪儿有钱坐车？路上吃什么，喝什么？

"你呀，你呀，你好糊涂的刘成呀！"

她咬着牙，狠狠地说着，心里拿了主意：我要去找刘成！反正他已成了人不人鬼不鬼的，我也被董三海搞得人不人鬼不鬼，找着他，让他去投案，明辨是非，为了他，也是为了我。

"珍子，晚饭后你到我房里来，团里要开会整顿整顿，歪风邪气再不刹，这剧团就不成剧团了！常言说，要得着气，领一班子戏。哼，我倒不信铜锅里煮不烂个牛头！"

她开了门，团长却满面怒容地在训斥她。她站在那里，没有言语，一直等到天大黑了，却出了剧团大门，顺着镇街往西，连夜向县城赶去了。县城是明日一早，有开往武关的班车。

她从镇街上往过走的时候，街面上有的人已经看见她了，都在指手画脚地议论。她知道人们在议论些什么，偏偏扬了头，胸脯挺得高高的。转过一个巷口，秃子却把她挡住了。

"滚开！"她狠狠地在地上唾了一口，一直往前走。

"珍子，我有话对你说。"

她只是走她的路。

"是刘成让我传话的。"

她站住了。秃子走过来，却将她拉在了一边，悄声悄气地说：

"前天晚上，刘成翻剧场院墙来找你，你在台上，他对我说：'你给珍子说，我走了。'"

"你在哪儿？"

"我在院墙根下听你的戏来。"

"他到哪儿去了？"

"他没有告诉我，我哪儿知道？"

"好吧，你走吧。"

她说罢就又走了。

"珍子，天这么黑，你这是要到哪儿去？"

"你问这干什么，你管得着吗？"

第二天早晨，珍子搭上了一辆汽车，这车是拉运水泥的。路不好，天又下起雨来，汽车翻山越岭，走得很慢。珍子坐在司机楼里，司机她并不认识，但当她向司机求情之后，她便一直被热情照顾着，一路上，司机又说又笑，问了她这样又问那样。

"你是漫川出差的？"

"我家在漫川。"

"你是商州市人？"

"瞧我，哪儿会是人家商州市的！"

"你长得真洋气！"

"是吗？"

"眼睛好大，大得像鸡蛋；脸好白，白得像白面！"

"师傅，你以前一定干过炊事工作？"

"你怎么知道？我当过五年兵，前三年是做饭的，后两年才学开车……"

珍子忍不住地笑起来。

"你笑什么？你笑得真中听，把我的骨头都笑酥了。"

珍子突然僵住了笑，再不言语，心里怦怦作紧，她挨近车门边，拿眼睛盯着沿路小山崖。

雨下得小些了，走到一座小山头上，远处没有人家，汽车突然嘎地停住，司机说是车抛锚了，要下去修理，却对着珍子嘿嘿地笑。珍子不明白到底车坏了没有坏，警觉地先跳下来，司机也就下来了，还是盯着她嘿嘿地笑，一边摊着手说：

"怎么办呢，车走不了了，把咱们两个丢在这荒山野地了！"

"我求求你吧，师傅，我可以给你加倍的路费！"

"你求求我，我求谁呢？"

正在这时，车厢上站起了一个人，立即又有一条狗；他们是从车布下钻出来的，浑身的水泥，眉目不清，经雨一淋，又一身花花点点。司机和珍子同时吓了一跳，司机叫道：

"混蛋！你什么时候扒车的？下来！"

"师傅，我是从县城后公路拐转儿那里爬上车的，你要多少钱，我都给你掏的，我有钱。"

珍子"啊"的一声叫起来，她终于看清了这是漫川镇的秃子。

司机气咻咻地喝令秃子下来，一拳头就将秃子击倒在路旁的水沟里。秃子并没有生气，却对着珍子笑笑地说：

"你是到武关刘家湾吗？那儿刘成的姨父……"

珍子迟疑了一下，立即被司机拉上了司机楼，一阵马达发动，车忽地开走了。秃子恨这司机将自己丢在了半路，又急又惊，大声叫喊，车只是不停。那只黄狗可可怜怜还留在车上，汪汪狂叫。珍子在心里骂着这司机可恶，也觉得秃子可笑，他也是到武关吗？从车的反光镜里，她看见了黄狗叫着叫着，就忽地跳了下去，躺在路中间不动了，镜子里边的物象愈来愈小，那秃子在跑，在抱着黄狗顿足捶胸。

"黄狗死了！"珍子伤心地说。

"那秃子死了更好哩！"

珍子的眼角毕竟潮湿了，无论如何，她觉得今天还多亏了秃子和他的黄狗，要不，司机会一直说他的车坏了，那一副淫淫的笑脸。现在，司机不可能再敢将车停下，因为车已下了山，进入了河川道，五里六里就有一个村庄，路上行人很多，可黄狗却死了。多少年来，在漫川镇上，凡是她见着秃子的时候总见着寸步不离秃子的这条黄狗，而它，这么惨地死去了，那秃子不知怎么伤心呢？雨还在下着，似乎又大起来，秃子一个人遗在山头上，什么时候才能赶下山来呢？

珍子心里乱糟糟的，她再没有和司机说一句话，脸一直拧向车窗外，别别扭扭再坐了半个小时车，到了刘家湾，她下了车，付了钱，道一声"谢谢"拔脚就跑了。

但是，万万没有想到，当珍子赶到刘家湾糠醛厂，见着了程一民和青绒，才知刘成压根儿就没有到这里来。

"他说过可能到你们这里来的呀！"珍子急了。

"他来了就好了，我们就盼他来的，公安局的人到过这儿，正在找他哩。"

"公安局的人也来过这儿？刘成知道吗？"

"不知道。这孩子现在怎么成这个样子！你不是一直在漫川吗，你怎么也认识他？"

珍子讲了刘成在漫川的事，说了他们如何相识，如何相亲，而刘成的外爷怎么反对，以及她的母亲的从中唆使，后来又因为什么事情突然出走了。

青绒并没有出月，坐在炕上，一边掏出肥大的奶喂孩子，一边平静着还浮肿的脸，直直地看着珍子。珍子的到来，她并不显得十分热情，她是知道珍子的家世的，但听罢珍子鼻涕一把泪一把将事情说过之后，口气就温和多了，说：

"珍子，你和刘成既然是这层关系，我们做姨做姨父的并不干涉，我爹人老了，脾气古怪，话说得难听些，你也不必记在心里。刘成年纪还小，处世差池，你们要好，不光是一块儿吃吃喝喝、玩玩乐乐，更需要互相帮助，走上正路啊！"

珍子点着头，说：

"这些我知道，姨。我们那个家，在漫川里没人缘，被人看不起，这都是怪我娘，我也决不学我娘的样子。和刘成在一起，我也知道他打了人，劝他主动能到公安局去，可他却跑了。他还能到什么地方去呢？或许他走走，停停，还没有到这里吧，说不定明天、后天就会来呢。"

珍子就住下来，她是眼里有活的人，在工厂里，一会儿帮运砖队卸卸砖，一会儿到修建队和和浆，眼到嘴也到，看这个车间，问那个机器，心里直想：啧啧，能在这里当个工人那多好啊！但这不可能，心里又是空空的，酸酸的，就返回青绒的屋里帮着看看孩子，涮涮尿布。青绒哪里肯，只是说：

"你别忙活，瞧你这一身衣服，哪里敢弄脏了！前几年我回去，看见你还是个毛头娃娃，这才几年，出脱得这般水灵了！你给姨说，你们挑明关系多长时间了？"

"不长时间，姨。"

"刘成可是惹事的人啊！"

"他是没工作，也难怪他，什么事都逼成那样。可话说回来，他脾性儿就是不好哩，姨，这工厂现在是多少工人？"

"二百多吧。"

"还要人吗，怎么不让刘成也到这里干干？"

"我后来有这个想法，可我爹来了信，说他想叫刘成跟他学生意，将来让刘成过继做他的顶门孙子哩，我们也就消了要他来的念头。"

珍子和青绒越说越亲热，问起漫川镇皮影团的事，珍子的脸色便暗淡了，趴在炕头的被子上，再不做声。

"你这么一走，回去怎么向领导交代呀？"

"姨，我也顾不得这些了。"

"真难为了你。这鬼刘成，怎么就跑得无踪无影，这不是害了他，也害了你吗？"

"不要说这些，姨，只要他好好的，我什么都行。我想，他会来的，今日不来，说不定明日一早他就来了呢！"

可是，第二天，刘成还没有人影，珍子过一会儿就到湾口去看看，眼巴巴地望着一辆一辆汽车从长坪路上停下，又开走，就是没一个是刘成！她灰塌塌地走回来，在刘家湾的村子里转悠，一下一下踢着脚下的石头，心里在骂：

"刘成，你是疯了，死了，你还往哪儿跑？！中国地方大，可你能跑到哪儿去？你身上是有钱吗，能吃吗，能喝吗，晚上往哪儿去睡呢？你就这样算一个男子汉吗？你就这样对我好吗？你呀！你呀！"

她用力去踢一块儿石头，石头没有踢走，石头却将脚撞疼了，她跷着一只脚，在那里吸冷气，哭不得，笑不得，眼泪珠子却骨碌碌掉下来。

突然有人在叫她，她赶忙擦擦眼泪，抬起头来，却是秃子，他正从不远的一家小饭店里跑出来，跑得很急，手一扬一扬的。她愣住了，怎么，秃子也是到这刘家湾？！他是怎么从那山上走下来的呢？人已经瘦得更难看，浑身的泥土，肩头上背着一个牛角布袋，果然没有见着那只黄狗了。她一见着他的样子，本能地就往后退，但他却一直走近来，咧着那一口残缺不齐的黄牙嘿嘿地给她笑。她说：

"秃子，你那黄狗真的死了吗？"

"死了。"

“你怎么到这儿来了，来做什么生意？”

“不是。”

“找青绒，到他们工厂去呀？”

“不是。”

“那你跑什么？这儿就是有粪，也挑不到你那粪池里去呀！”

秃子却支支吾吾说不清楚，脸憋得紫红，说：

“你是来找刘成的吧，他不在吗？”

“不在。”

“他是不会到这儿来了，我想过了，他怎么会到这儿来呢？公安局的人能到他外爷家去，怎么能不到他姨家来呢？你还是回去吧，你一个人出门不方便啊，珍子！你是有工作的，你这么一走，皮影团能不怪罪你吗，你能在这儿等吗？”

“你说这话是什么意思？”珍子说，“你是不是也来找刘成的？他倒霉了，你是来找他报复的？”

“你？”

珍子已经走掉了，又回过头来，冷冷地说：

“我告诉你，你也别找刘成，你不是他的对手！你也最好别让我碰着！给，怕是又没钱了吧，这五元钱你拿去好好吃喝一顿吧！”

一张五元钱就放在了身旁的石头上。

第五单元

十三

　　全商州所有的县城，若从字义上来说，那是不相符，即，有县无城。唯一县、城俱在的，只有商县，虽然那城池现仅是方圆三几里的面积，残缺不全的几截石条墙，却足以使这个县一跃而为全商州文物重点保护之冠首，清以前这里是州，州府老爷是谁，无人可知，反正他们个个毫无政绩，不像苏东坡在凤翔兴水利而今有苏公祠，亦不像范仲淹在延安造林木而今留有范公砭。但既是州官，堂堂五品，又处山高皇帝远的边地，他自然要享尽人间之富贵。据州志载，原城南有游乐园，城北有射猎场，城内路分四条，形如井字，正中有一钟楼；模式酷似京都长安。这些现已无迹可寻，因为当年李自成兵退这里，一把火烧了城池，废墟上重建，就没了过去的模样了。但以方位来查，州府所在，正是现在商州中学那块高地；这是全城最高点，从校门到街面，一个漫坡，三十度，三百米，说是大凡进府之人，到这坡下，路陡马不能骑，轿不能坐，只能徒步而行。可见这州府何等威严，他虽不敢学皇帝老儿在皇宫几百米之外设端履门，但却以地形巧设，无规则的有了规则，不是皇帝的而做了皇帝。试想，这等狼虎老爷哪里会有"光明正大"？人常说：山中没老虎，猴子称大王。也就在这里有了明证。

解放初期，这商县正如它的名字一样，是七个县中的一县，县有大小，但县与县没有贵贱之分，全商州统为落后、闭塞之地，县城建设是一样水平的破烂。可后来国家为了加强山区建设，遂将商州划为专区，专区机构设在商县，商县才刮目相待了，先是扩大城区，增建街道，建商场、宾馆、戏园、影院，几年之间，人口由几千人增到二三万。到了七十年代，战略紧张，中央的、省直的一些大厂，纷纷向山地移搬，这商县就来了许多，几年里又是楼房平地而起，人口又增了几万，随之城关公社就有了蔬菜队，做农的而不种粮，以菜为业，城内有了清洁队，白日抱头睡大觉，晚上出力掏厕所，昼夜颠倒。有了公园，无雪可以滑旱冰，有河水偏又有游泳池，男的也去，女的也去。并不忌讳，也不脸红。又有了体育场，小孩踢毽子，大人踢足球，一个篮球，一群人去抢，抢到手又往外撂，大呼小叫。那酒类，先是有酒无馆，接着就有一家酒馆开业，又有四家五家开张，喝烧酒吃狗肉本是商县传统，却也有了吃面包、饮甜酒的，以至有了啤酒、咖啡、崂山矿泉水。街面本来以农民为主，但极快，满城衣服红黄蓝黑白绿紫七色皆有，言词秦楚豫沪京五调俱全。市场再不是农产品交易，而电化、塑料之物，声色玩娱之具充斥，人们不是蹲在墙角，撩起衣襟捏手论价，而是货栈里有经纪人，旅社里有采购员，甚至专门专户制了牌子：××驻商办事处，××工厂推销部，总而言之，这里是特殊的城市：头包缠巾，脚穿草鞋的山民和肩披鬈发，足蹬高跟的时髦女子混杂，卖草鞋粪笼、扁担、挠手和售太阳帽、杜丘镜、录音机、洗衣机的同居。于是，形势的发展，这里便曾市、县分家，正街之上挂起了两个牌子，一个是商县的，一个是商州的。但这种分家，地分为两处，人分为两等。扯皮的事日日发生。市的领导要强龙压县，县的领导却是压不住的地头蛇，各不以党以国以民的利益为重，争权夺势；以致市有势无实权，县有权却缺大势，误了许多正事。曾发生有一文化单位要盖房，掏高价已将地皮买下，将搬迁户安置，地基又挖出若干土方，但市里宣布，地盘为他们所属，那文化单位只好租住招待所，几年不得落脚。而市里要调人员入城，县劳动部门就是不予安插户口，竟使人才眼睁睁被外地挖走。如此种种矛盾之后，民情激愤，市县又合，结果差不多的单位合二为一，而中国的干部历来是能上不能下，上了就不下，他小错误不断，大错误未犯，这头上的乌纱帽就一直要戴到追悼会念过悼词之后方能结束，所以仅仅一个文化局，正局长一名，副局长五六名，个个都得喊局长，有的局竟是一个头儿一个兵，成了一对一包干现象。当然，这现象在下的群众反感，在位的干部也头疼，而更上一级的领导也明白，但那几年国情如此，也无可奈何！

终于体制改革，应上的就上，该下的都下，中央英明，国策保证，市、县又一次分开。但这次分，却大不同以前，市的权势大增，它不光管辖城区，亦将北东王公社、西三川公社、流水公社、南王头公社、北马家台公社也全划入城区。新上任的市长，是一山东汉子，年纪三十六岁，个头一米八三，大学文凭，演说口若悬河，干事雷厉风行。此人一来，万众振奋，首先抓了修治丹江河的工程：这丹江河本是沿城南流过，河滩宽阔，青草成茵，水缓坦慢流，清亮可爱，人称"女儿河"，但随着工厂增多，居民繁衍，河南之地也渐渐成了城区，而多年以来河堤无人治理，农民又在堤下偷搬堤石，乱伐树木，扩田种地，工厂将垃圾倾倒河滩，堵塞水流，以致夏日河水暴涨，年年防洪；洪水过后，则河滩污水横流，垃圾废纸成堆，猪羊拱食，野狗追逐，其污臭之气可以一直传到大街。这市长就发动全民扩建河道，修大堤栽树木，以每单位按人头丈量面积治理，有人的出人，无人的出钱。但是，那些外来迁移的工厂，仗其厂大名重，厂的领导以职以资而论，都是省级级别，眼里哪有小小市长，人也不出，钱也不掏，以致别的单位所分河面已水泥砌堤杨柳成行，这些工厂则按兵不动。谈一次，不成，再谈一次，还是不成，市长仁至义尽，大怒，宣布排污水者，罚！乱倒垃圾者，罚！断其水源，断其电源，断其粮食蔬菜供应。这些工厂也恼羞成怒，官司打到省上，再打到中央，好了，地方胜利！大厂们还是老老实实修治了河道。

此事一传十，十传百，街谈巷议，这位市长就被神化，又很快纷纷流传，说是他为检查商业服务质量，化装成百姓去一商店，那女服务员上班却听流行歌曲，连喊三声不理不睬，后来过来，冷眉冷眼："喊什么，吃得多了不克化吗？""你就是这样为人民服务的？""好大的口气，你能代表人民？！""你们领导是谁？""要告状吗，请吧，楼上一号房子，姓张的就是！"他随手写了一纸条，给她说："你拿着到你们领导那儿，让他们把你开除掉！"这女的看那纸条，落款竟是市长大名，结果那女的就被开除了。当然，这女的并没有离开商店，是因为商店的领导将开除的决定汇报给市长之后，市长则建议：开除公职，留用一年，以观后效。这事之后，所有商店，服务行业，很快人人负责，质量为之改观。甚至又有笑话传出，说事件发生后，一些商店、饭店、旅社领导，召开全体职工大会，讲：以后看见一个三十六七的，黑脸大个的，就要小心，谁不想吃这行饭了，谁就不提高服务质量吧！结果，竟有许多三十六七至四十一二、黑脸高个之人就极大地占了便宜，所到之处，没有不是言语文明、态度热情的。

但这位市长，却不容易找到，他是很少坐办公室的，头脑清醒，四肢发达，没黑没明地跑，因此最叫苦不迭的是他的司机，一年之间，司机竟换了三个：都适应不了市长的精力。这似乎令人不信，市长竟也有市长的苦处：下台的干部向上反映他，说他是二杆子市长，中央明文规定让"扶上马送一程"，以尽老干部的责任，可他是"还未扶，上马加鞭就跑了"！下边有人告他状，说是他左时极左，右时极右，比如处理某些单位的事要鼓励时就奖金不封顶，要批评时就关门停止生产营业来整顿。竟有人写匿名信送他：跳得高，摔得重！外面的风声这还罢了，家里的事更麻烦，他工资低，烟瘾却大，月月钱不够用，还得照顾山东老家。家有一娘，叫来不来，说：你当了官了接我去，你要倒了台我怎么有脸回来？铁打的营盘流水的兵，她还是当她的农民好。一副老脑筋，一股旧意识。却更有那自家的三姑六舅、七妗八姨，加上妻子的广亲众戚、同学好友，都以为他有大钱可沾，有大利可图，终日门庭若市。给办事了，在外狐假虎威；不办事了，转身反目为仇，他处理不了内务，断不了家事，夜夜睡在床上，面对妻子哭笑不得，长吁短叹。

但毕竟，这位市长满腹文墨，知识渊博，深知自古以来乱世宜圆，盛世宜方，当今国家正在振兴，鼎盛年月，自己就要不管当年如何务农，又如何习文，又如今从政，都要公正廉洁，为民做主。世上虽然各色人等，但好者为多，歹者为少，凡人凡事，要兼听而求明，勿偏信而致暗，人常说：君子好处，小人难待，聪明小人更难待，对已有过功利的小人尤其难待。这些，该自己务必注意就是了。所以，市长既然还在任，还是在干，商州市就日新月异，发生巨变。如果十年二十年没有再到过商县的，如今一到二龙山根，转弯，便步入公路，到了车站，再不远是十字街口。一座岗楼，楼内端坐交警，红灯亮了，停止；绿灯亮了，通行；那小车、卡车、公共汽车、架子车、自行车、拖拉机，头尾相连，一片铁的闪光，一齐喇叭啼鸣，看也看得头昏，听也听得耳聋。穿过十字街口，向北是两条东西平行的街，拣每一条街进去，楼房高矗，店门紧挨，木的、铁的、玻璃的，竟然还有转门。大的商场、饭店、旅社、剧院之旁，小商小贩的是玻璃世界：玻璃门玻璃窗，玻璃柜玻璃缸，一人进去，对影成十。上海的服装，青岛的皮鞋，兰州的毛料，江苏的风扇，任你花园看花，看得眼花。那些流动货摊，针头线脑，纱巾发卡，一尽稀奇古怪。而小吃小喝，烧鸡烤鸭，削面甑糕，旋饸饹，形是形，色是色，味是味。更有那农副产品市场，猪羊肉满架，鲜果嫩菜满筐，偌大的广场，里三层，外三层，有房的住房，无房的搭棚，棚前是摊，摊旁是笼，笼前则铺布单，严严密密，没有插脚之空。各种叫卖彼起此伏，不绝于耳，有一相声演员曾搜集素材，以录音机来录，整理竟多到一百八十种！细观那些卖者买者，亦不知是工是农，买者亦是卖者，卖者亦是买者，随买随卖，随卖随买，人皆有两栖手脚，脸则有了阴阳两面。市面上好人有，坏人亦有；或一会儿好人，一会儿坏人，人人都在这里沉浮，翻手为云，覆手为雨，有的就发了大财，有的就折了老本。每逢上班下班，这里更是拥挤，汽车不能通过，自行车得要推行，任何人到了这里，世界观都要为之一变：哈，世间这么丰富，物产这么繁多，怎么吃得了，喝得了，用得了？！绝不会产生悲观厌世之短见了。

省城有一作家，到这里体验生活，待了几天，写了一篇文章，他不是仅写市场的繁荣，作家有作家的眼光，他想看看菜市之上的各类之物，写道：

赶市最早的是那些富态的老太太，她们保养得很好，老爷子或许是有过很高的职务，如今退休在家；家里有的是钱，缺的是青春。于是上早市，一是为了锻炼身体，二是为了买个新鲜。"宁肯吃少，尽量吃好"，这是她们的学说。也正是应了越有越吝的俗话，她们总是怨菜蔬价贵，说，钱不顶花呀，这怎么吃得起！说这话，或许是对的，菜价是比以前要贵了，或许是她们以前并不跑市场采买，因为有公务员、保姆，或者手下的干事，会将菜买下送来，她们要付钱，回答是：一把水菜，值得吗？她们想想，也是，也就罢了。如今退休在家，没了权势，那些阿谀之人就不再登门，吃菜就得自己跑动了。她们却总不能理解：为什么有职有位过的人和没职没位的人食量相差这么大！她们买一斤韭黄就对了，那些人总是大青菜买七斤八斤？

赶市场最迟的，永远数着那些机关小干部了。这些人，一年四季穿着四个兜的中山服，留着向后倒的背头；似乎什么都不大缺，只是缺钱，什么又都不大有，只是常有病。对于菜市行情，却了如指掌：萝卜昨天是几分一斤，今日是涨了，还是降了；什么菜很

117

快就要下市，什么菜可能要到洪期。又特别懂得生意心理：清早是买的求卖的，下午是卖的乞买的。所以他们最喜欢市末去买那些莲菜，有伤口的，带细疤的，二角钱便可买得一堆，洗洗，削削，够上老少吃一天三顿，经济而实惠。

最不爱上市的是那些知识分子。他们腰里的钱少，书架子上的书多，没时间便是他们普遍的苦处，呆头呆脑又是他们统一的模样。妻子给了钱让去上市，总是不会讨价还价，总是不会挑来挑去，又总是容易上当受骗，又总是容易忘却。于是，大都是妻子夺了权，也取消了他们上市的资格。但是，卖主最怕的是这些离知识最近的女人，她们个个巧舌俐齿，买一斤豆芽，可以连续跑十家二十家豆芽摊，反复比较，不能主见，末了下决心买时，还说这豆芽老了，皮儿多了！过秤时，又要看秤星，危言一句："这秤准不准？"又只能秤杆翘高，不能低坠，称好后用手多余加一撮半把。最后掏钱，却一角一角检数，到了二分三分，口袋里有，硬说没有了，边走边还要责骂："你这卖水菜的，真小气！"

还有一种人，是属于"葡萄吃不上就说葡萄酸"的性格，男人者有之，女人者有之，而女人比男人有之更甚罢了。他们是一些想发财而还没有发财的人，或者是想成事而还没有成事的人。他们也忌恨那些有钱有地位的人，但眼红要大于忌恨。他们基本上和那些小干部、知识分子是一个水平线上的人，但极看不起小干部和知识分子的死呆。他们穿得一定要高过吃，衣着质料一般一定要颜色鲜艳，式样兴时。注重仪表但终究缺了高雅的风度，这原因使他们也百思不得一解。平日里买了白菜，见了熟人，总夸讲道这白菜好吃，指责鱼不是鲜鱼，一股腥臭。别人问：怎么不买些鸡蛋？回答一定是：那是什么鸡蛋，全放陈了。他们视钱如命，常常谋划在银行里存上多少钱了，方可得到实惠的利息。银行三月一次的有奖蓄存，他们总是一次十元存上十处，可惜中彩的事几乎无缘。请客，却出奇地数他们最多，也数他们最热情，最大方。四荤四素，六凉六热，鸡鸭鱼兔，水陆杂陈，那是极讲究的。因为他们的世界观是"关系学"三个字，所以总在一定时期，他们上市最活跃，采买最丰盛；忙过几天，被请的人吃得汗头油口，他们还要反复道歉：没好菜，不成敬意！这种请吃，自然有了好的报应，但也有无济于事的，他们常后悔不已。但过一个时期，却又抱一种幻想，又要请吃某某之人。

作家是不是在作新的"中国社会各阶级的分析"？暂且不论，可惜他待的时间太短，他若到城郊农村看看，那将又会触发他好多感想。可以说，这个城市最富有的不是那些工人，也不是那些干部，甚至包括那些大干部，而是这些郊区农民。他们几乎全不种地，其实也没有了地，即使有地，也要种菜，种菜如种金。当然他们曾一度把好菜各自拿到菜市去卖，坏菜才上交给国家，新任的市长抓了几次，现象消灭了，但就说统统卖给国家，年年月月也便有吃喝不尽的收入了。要么菜也不种，出卖土地面积。某个单位征用土地，他们不光懂得开口要若干大套房子，更会要求征地便要招人，人地同走，以农为工了。更有精明的农人，征用土地坚持不征，他们不喜欢住楼，死守平房，因为他们知道城内房屋紧张，单位无房者多，就拆旧盖新，一律二层平顶楼，一砖到顶，白灰粉刷，招揽职工来住，房价每十平方米由五元提到八元，八元提到十元，每家单单六十平方米面积的话，一年之内，本钱就回，二年之后，家就大发。甚至有的人盖房之先，让要求租住之人集款，谁集谁租住，结果钱集起来，交承包队施工，然后住人，一年后欠账还清，自己一分不花，一力不出，白白落十几间新屋。所以，如今的郊区农民，不是五十年代的，也不是六十年代的，亦不是七十年代的农民，他们能干而更能道，他们有钱而更有智，一些城市之人，常发感慨，这里的农民瞧着多胖，那肚子里边是下水吗？不，是才干，是狡猾！

郊区农民控制了城市的经济，是对，还是不对？据可靠人士讲，新市长正在深入作些调查，要进行分析研究。这些，倒还罢了，最使这位市长棘手的，也最为这个市全体人民不满的是随着这个城市的兴起，外来人员的影响日渐复杂，本市之人思想腐蚀，风气混乱，人们普遍对太洋的东西反感，又对土气的东西鄙夷。世俗之破坏更为老年人深恶痛绝，他们哀叹现在喝"西凤"烈酒的人逐渐变少，而崇尚啤酒；看秦腔的人少，听音乐会的多；叹羊肉泡馍再不能算上桌之饭，而各家大小饭店皆以南方人甜软口味为主。老年人不满是不满，青年人只是不管，自我发展，他们就反映到新市长面前，市长也爱莫能助。最令市人日夜操心的则是那些久不到商州来的大城市小偷高手，竟也看中了这个地方，那些沿海城市的走私者，也以其廉价的电子表、塑料制品、尼龙衣服，打入这里的市场，而摄去大量的木材、药材、文物古董。巧做奇服异装，江浙裁缝大批赶来，以口卖药的江湖骗子从河南、安徽赶来，市面上因此有了专业的经纪人，有了拐贩妇女的，有了聚众赌博的，有了嫖客暗娼的，有了百无聊赖游手好闲的。社会的问题，政治的问题，经济的问题，一起摆在市委和市政府的面前，使这位精明能干的市长也心急火燎。哪些对，哪些不对，哪些应支持，哪些应打击，别人吃不准，他也吃不准。他有什么办法，全社会的问题，商州市有，省上有，外省外市都有，他仅仅是一个市长，没回天之力。但有的是属于自己权力范围内的事，他会议不断，电话成串；公文如山，检查连线，他竭尽全力去改革和整顿。亏得他是远见之人，说服家属硬是不搬进市长的小楼里住，说："我的前途远大，脚下路程泥泞，早先务农，后习文，如今在万人之上做官，将来或许去拉架子车。但，能上就上，有权就用，当官并不为耻，尤其在当今社会，国家正是需要报效之时。但我在位，要主持正义，贯彻中央政策，必会美众恶寡，恶寡而留隐患，或许哪一日就要下台，下台就下台，无论如何，我要能上能下，心自安，理自得！不枉为国一公民，为党一分子！"

商州市的突飞猛变，直接推动了商县，又间接影响到各县各地，每每在商州市街上有留长发的，在各县也就发现了长发男鬼，商州市的影院里有尖声打口哨的，各县的影院也便有了打口哨的流氓。但各县的少男少女虽比商州市好的、坏的风尚要迟一步，但勉强还能撵上，苦的是那些各县边远村寨青年，他们才学会穿胶鞋，人家已穿上塑料鞋，才学着穿起塑料鞋，人家又兴皮鞋，那裤腿忽宽忽窄忽长忽短，山地人哪有钱追得上时髦？这便在商州城里流传了一个笑话，说是深山一对夫妇第一次到了商州市，夫妇决定也开开"洋荤"，要去照相馆照张合影。在照相馆门口，女的羞羞答答，扭扭捏捏，眼不知往哪儿看，手不知往哪儿放，让男的进去问。男的进去，问："这儿是照相的吗？"答："是，照几寸？"男的愣了，退出来对女的说："叫你进城多带些布票，你就是不多带，瞧，照相也要布票了，人家问'照几寸'？"女的掏出身上布票，拢共二尺，说："那咱就少扯些布，照一尺二寸吧。"男的说："既然来了，要照就多照些，布以后扯吧，照它个二尺！"于是两口进去说照二尺，开票的人笑了，说："这里不照二尺，最大八寸。要侧光还是全光？"男的大惊，面显难色；女的脸也赤红，汗流不止。男的终于充胆说："同志，我老婆是山里人，没到过大地方，封建呢，是不是让她穿上裤衩，我可以全脱光？"这笑话是真是假，一经流传，十分恶毒，极尽诬蔑之能事。于是，那些嘎小子一见深山的人，就喊：照相不？深山人随之反恶这帮浪子恶少，他们也要整整市里人，从山上随便挖来烂草茎、杂树根，言称兰草、米兰、枳子，使他们大上其当，也将那些核桃不脱青皮拿来，卖给市里的孩子眼看着他们将核桃以为桃杏吃皮肉不吃核，苦涩其口，也将那些湿漆树枝夹在引火柴捆里挑进城出售，使烧柴者手摸湿漆木而中漆毒，阴部大痒七天七夜。如此，斗殴之事经常发生。深山人极想到市中来开开眼界，来了又处处感到别扭，问路有人嘲弄，

121

卖货遭人贱看，钱又不经花，见啥又想买，干脆一晌就烦，一天二天就走，评价是："商州市虽好，不是久待之地。"此话老一辈人说过，那是指的长安，如今换做商州市，这些人更恐惧不敢往省城长安去了。

十四

刮了一夜大风，天黄得像患了黄疸肝炎，五点钟爬下床，娘儿俩就提水抱柴，点生炉火，门前的饭棚子盖却被风揭去了一半。

饭棚是竹笆和油毛毡搭起来的，竹笆上涂了一层泥巴，不长的时间就斑斑驳驳地往下掉，已经站在里边可以看见马路上的行人，那案板上、桌子上的面盆、碗筷、盐油醋酱就得用纱布严严地遮着。油毛毡还算好，是新买的一级品，只是太阳一晒，就软软地坠下来，似乎要滴油汁了。昨天下午，刘成就提议，这不是长远的事情，要去找同学帮忙弄来一车废砖头来，再买四张石棉瓦：既然门前这块空地申报可以做买卖，就要正正经经修间房子招揽顾客呢。娘却不同意，坚持再将就一段，等手头活泛了再说。没想这风夜里就来破坏了！油毛毡毕竟是油毛毡，风一揭起个头，撕下的就不是一角，而是一片、半面，像是有人用力去扯裂开的。压在棚顶上的横七竖八的半截砖头，有的滚在了马路上，有的落在四堵竹笆泥巴墙下，竟有三块，掉在案板上，一个瓷盆、五只景德镇的花边细瓷小碗七破八裂了。娘站在那里，"哎呦"叫了一声，手扬上来，就脸色煞白，软软地溜下在台阶上，呆呆地一句话也说不出来。

122

"娘，娘！"刘成慌忙叫着，抱住了娘，就要用指甲掐娘的人中，好容易将娘扶在墙根，娘清醒了，却一把拨开了刘成的手，叫道：

"你还不快去收拾，让那盆盆罐罐都碎了吗？"

刘成就钻进棚去，把那些破砖头清理了，找那片被风刮走的油毛毡，它已经让风贴在马路对面公共厕所的短墙上。取过来，趴在棚顶上用钉子钉，风还在刮，黄天黄地的，常常一个旋风卷来，围住了棚子，似乎要将整个棚顶托浮起来，娘颤颤巍巍过来一边递着钉子一边说：

"小心点，脚踏到椽上，别掉下来！夜里睡的时候，我心就慌慌的，我真担心你又要出什么事了，可我没想到这风也杀人啊！"

刘成说：

"让吹吧，把我也卷在里边，一块儿吹个没踪没影就好了！"

娘赶紧就骂：

"快住了你那臭嘴！大清早说什么败兴话，你还嫌你爹你娘跟着你们把罪没受到头吗？这死风是哪儿来的，天都黄成这样！"

刘成说：

"大西北来的，昨夜就预报了，真没想到这么大的，今儿个怕连太阳都出不来了！娘，你好些了吗？"

娘说：

"不好又有啥法子，七点钟还得卖饭。"

刘成说：

"何苦呀，挣不来钱了就不挣钱了，到什么时候说什么话吧，天总不能绝了人的后路！"

娘说：

"谁有你心宽！"

砖头一块儿一块儿再递上去，刘成像猴子一样在棚上爬动。然后就和娘找来几条大绳，紧紧系住棚的四角，下边用石头把绳头拉紧了。

棚子里，把破碎的瓷片扫出去，锅台上、案上、笼上，黄土落得一指厚，娘已经将抹布洗过了三次，擦过的盆碗还是五抹六道。爹就在屋里低声唤：

"刘成！刘成！"

"什么事，爹？"刘成进去，爹躺在床上，一声声咳嗽。爹是前天躺倒的，昨天又和娘吵了一顿，咳嗽得就爬不起来。

"外边的风大吗？"

"小多了，只是土气大。"

"吼了一夜的风。你给你娘说，要收拾干净，那碗筷多用清水洗几遍，叫她把那白帽子戴上，头发全要包严，市卫会的人说不定今天还来呢！"

"我知道，爹。"刘成说着，就要走出来。

"你趁天不明，就把那药渣拉出来，拉得远远的，上边拿雨布披盖住，千万不能撒出，谁也不让看见。"

"我这就去装车呀。"

"回来！"爹又是说，"牌子在床下，人家摘掉了三天，你先挂上。再来检查，药渣咱清理了，钱也交了，还能不让挂牌子吗？"

刘成弯腰在床下取出那个四方小木牌儿，上边是六个墨笔大字：刘家饸饹油茶。用手擦擦灰尘，在棚前墙上挂了。再去开那锁在大槐树下的三轮车，车是爹用破铁管、废角铁自个儿造的，样子笨笨的，却结实耐用。自爹退休以后，大哥顶替了，爹就天天蹬着这车子去采买荞面、麦面、生葱、大蒜、油盐调和，或者和娘一块儿拉着热凉饸饹和油茶去流动卖饭。饭棚已经迁移了三个地点，这车还和新造出时一样好使。他开始将马路边上的一堆药渣往车上装，装得满满的。

娘说：

"装得那么多，能蹬得动吗？你腿又不好，干什么心都重，多跑几趟不就得了！"

刘成说：

"多跑几趟天就明了，让人看见笑话吗？"

娘说：

"笑话就笑话吧，钱已经给人家掏了，还怕笑话！"

刘成说：

"你们爱掏钱嘛，凭什么掏这么多钱？"

娘叫起来：

"你是疯了，刘成！胳膊能扭过大腿了，你给咱扭？这一次你快乖乖的，你要再给惹这事，就要折了你爹你娘的寿数了！"

刘成不再言语，蹬着三轮车走了。街面上的人很少，只有两个搭早班长途车的人，背了包裹儿，提了皮兜悄悄地走。那些大白天里，从乡下进城来打网套的小伙子，还抱着棉花弹弓，屈身睡在一家商店的门口，睡得好香，鼾声一出一进地均匀。这些人干这项活路也真有趣，那么苦的劳作，干起来却优美得像舞蹈：棉花弹弓斜背在身，一手持着，一手拿槌打弓弦，重三下，轻两下，重弦嗡嗡，轻弦铮铮，双脚就跳来跃去；苦是苦，苦里也能寻到了乐！还有那些精明的干练的乡里少妇，光着头，净着脸，白日里背一大堆竹编的小菜篮儿，进这个家属院，入那座居民楼，锐声叫喊："旧鞋破衣换篮篮哟！"一件旧衣一个篮子，就可以再将旧衣拿去深山卖好价钱了。这些人，是以为经历了过来人的生活，还是以为年已半老徐娘，反正大放其心，夜夜竟三五一伙在路灯下靠着打盹，天一麻明，就又这么早地醒来。叽叽喳喳说着白日的所见所闻。

刘成把三轮车蹬得飞快，十字路口的警察还未上班，红绿灯暂时闭着阴阳眼。车子经过车站，他把头低得下下的，他不是害怕见到那些正在曾是他家饭棚的地方上砌基垒墙要盖楼的城关镇人的嘴脸，而是不愿意再看见那饭棚的旧址。一看见，他就心里发躁，就想打人！正好，那里并没有人，但楼基已高高砌起来。一口气拉过了三车，马路上的药渣全部打扫干净了，他走回来，爹已经下了床，帮娘在饭棚生火，老两口却又吵开了。

爹说：

"你现在还唠叨什么呀！你看见我还没死吗？要不是你，哪儿就会惹出这场事来！写了检讨，掏了罚款，咱还得老老实实把药渣拉出城去！"

娘说：

"他谁罚了，给他谁吃药去吧！这怎么怪我，我愿意让罚钱吗？东王庄那司机老张来，他白吃了两碗油茶，我说：'你能在哪儿买到杏仁吗，油茶里有了杏仁就香了。'他说：'我正要去自新制药厂拉药渣，那里边的杏仁很多，看能不能用？'我就让他拉来看看，他把一车药渣倒在那里。里边杏仁倒是不少，可脏得拣不出来，只用了半碗煮锅了，吃起来味儿倒不大，可人家市卫会来人，发现垃圾，问谁倒的，旁边人说是咱家的，人家就来叫清理，要罚款，我才说了……"

爹说：

"你真会说话！你要不说，让罚八元十元也就罢了，可你逞能，和人家吵，又说你是用来拣杏仁的！"

娘说：

"我怎么知道这杏仁药用后就不能吃？可我说了，我是用了半碗，真的也是半碗，人家就抓住了，说是违犯了食品卫生法，连牌子都给摘了，竟又罚八十元！你是男子汉，你怎么不去告，我哭了，闹了，你还当那么多人扇我的嘴巴！你有什么本事？你要有本事，我儿子也不会闲在家里，我也不会这么冬冬夏夏卖冰棍，卖小吃，享这么大的福，耍这么大的荣耀了！"

爹说：

"得了，得了，我怎么今辈子就守了你这个麻胡婆娘！头明搭早，你喊那么高，让街坊四邻又要骂咱们了吗？你是寻着让这门前的地盘也保不住吗？你这瞎猪婆娘！"

刘成气得头脑发涨，一脚踏进饭棚，低声吼道：

"吵什么呀，整天吵！吵！烦不烦死人！"

做爹娘的就不言语了，他们知道二儿子的脾气很坏，心里受的委屈比他们还多，就都害怕惹起他的火性儿。娘就一边擦着眼泪，一边在锅里搅油茶，爹咳嗽得直不起腰，一连几十声，嘴脸憋得乌青，刘成和娘并没有帮着捶背，却都停止了手里的活，直等着爹的一口痰咳出来了。

"爹，你去歇会吧。"刘成说，"今日风大，来吃饭的人不会多，我和我娘就够了。"

爹看着刘成，老眼花花的，却说：

"刘成，今儿个你还去公安局吗？"

刘成说：

"我不去！"

娘就手颤颤的，说：

"你还是去一下好，你走后，人家来过几次，你现在一回来，街坊四邻的还有不看见去透风的？你去给人家把事情原原本本说清了，不是也就没事了？要不，真有个三长两短的……"

刘成一脚把棚门口的凳子踢开了，说：

"我不去，就不去！要抓就来抓，我跑回来就是让抓的，就在咱家里抓好了，我什么人也不连累！"

一家人就又不言语了，听着棚外的风在呜呜地吹。

天大亮了，城市又恢复了它的烦嚣吵闹，上班的人、自行车像潮水一样从马路上漫过。因为风尘大，好多人穿了风衣，戴了墨镜，女子们的头上差不多全罩了纱巾。是天色黄的缘故吧，刘成看见每一个人手脸黄得毫无血色，并不多的人在饭棚前停下来，娘立即头上戴上白帽，爹也戴了口罩，一家人对外说话时，脸上全都笑笑的。

"吃一碗吧，才烧好的五香油茶！"

"碗干净吗？"

"你瞧瞧，三遍水，消过毒呀！"

早饭的高潮很快过去了，一大锅油茶却还剩有一半，娘就大声叫卖着。刘成的一位同学，姓陆，嬉皮笑脸地跑了来，两个人好长时间不见了，进了内屋，关起门说话：

"你怎么回来了？"

"不回来能到哪儿去？"

"你知道吗，人家到处在抓你！那个姓巩的，是个厉害的角色，立有几次功，还有那麻子，你认识吧？"

"我认识他们，他们不认识我。何必让人家到处跑，我哪儿也不去了，待在家里让他们抓好了。说来说去，就是那么大的事，人是我打了，我就是被判了刑，我心里也觉得那种货色该打！"

"你都到什么地方去了？"

"漫川。"

"哎，山阳的女子好，你没引回来一个？"

"去你的！不要提这些了！"

"你看着我！"

刘成看了他一下，就"唰"地脸红了。他想起了珍子。但他立即就笑了，说：

"算了，不用说了，等这场事过去我领你去那儿，怎么样？"

"算了，刘成！我看出来了，你小子必在那里有相好的了！我看得出你的眼睛，你什么鬼也别瞒过我，你说，是不是？"

"没有。"

"你敢？"

刘成便从口袋掏出一张照片来了，只好说：

"你看看，怎么样？"

"哈，刘成，你真是老实，我一诈，就诈出来了！你真行，你果然就勾搭上了，这么美的！"

刘成知道吃亏上当，一把捂了同学的嘴，唬道：

"声别那么高，我家人谁也不知道呢！"

"你说，抱过没有？亲过没有？还有，干了吗？"

"去你的！"

"怕什么，既然什么都说了，还保什么密？这么好的女子，你能不冲动！"

"抱过。"刘成说，一脸老实相，"亲了一口，亲在这里，嘴唇上面。真的，再没了，谁哄你是猪，是狗，让我出门叫车轧了！"

"你小子真有艳福，那你跑回来干啥？你这傻瓜！"

"我哪儿想回来，我一辈子不回来也不想。公安局在抓我，我把事情不解决清，我对得起她吗，能和她长久好吗？"

"唉，我怎么就老碰不上一个好女子呢？谈了几个，一听说咱是待业的，就吹了！可那都是些什么货色，丑八怪似的，以为她们有工作，眼睛就长到脑门上去了！走，到啤酒馆去，我请客，为你庆贺庆贺！"

两个人都谈得热起来了，就一块儿从家里走出来，穿过马路，进了南大街的啤酒馆，买了三大碗酒，几盘凉菜，划拳猜令地喝起来。离开了漫川，离开了珍子，刘成无时无刻不在思念着珍子，可这话在家里一句都不能说，心里憋气，脾气躁，稍有不顺心的事就没头没脑地发火。经同学这么一逗，他也无了顾忌，一时忘却了一切烦恼，一碗啤酒下肚，满脸通红，眼睛也大放光彩起来了。

突然，肩头上重重地拍了一下。刘成回过头来，立即脸皮僵住了叫道：

"你们？你们怎么在这儿？"

这不是别人，是珍子娘家里五个赌博人，正嘿嘿嘿地冲着他发笑。

"你好呀，刘成！漫川闹成一锅粥了，你倒自在，在这儿喝酒了？"

那为首的汉子随手端起一碗啤酒就一口气喝了。

"想不到吧，伙计，咱们又见面了！"

刘成站起来，又坐下了，冷冷地说：

"找我有什么事吗？"

"帮帮忙，有一批货，能不能放在你家？"

"什么货？"

"你见过的。现在不好带走，就看你小兄弟了！有落脚了，这个分，怎么样，咱伙计们是不会亏你的，那次你赢了就走，要是别人，瞧着吧，他不再输出去，他别想走！"

那人伸开三个指头，刘成立即明白这伙人来这里是干什么了，他喝了一口酒，一字一板地说：

"这不行，我们家从不干这号事！"

"那也好，咱们就一块儿走吧，你这儿是路熟，怎么样？"

"我哪儿也不去！"

"不去？你小子！你知道公安局正在抓你吗？珍子娘让我们来找你的，你要不干，我们立即去公安局报告去，你还能这么自自在在坐在这儿喝酒？"

刘成站起来，一拉同学的手，说：

"咱们走吧！"

五个人却挡住了去路。

"你们要干什么？"

"你去不去？"

"我哪儿也不去，我在家等着公安局哩！"

"好啊，你既然知道了我们的事，我们还怕你去反水呢，去也得去，不去也得去！"

刘成抬步就跑，五个人一起拥上追赶，立即六人就搅成一团打起来。刘成一肚愤怒全化作了力气，三拳两脚打倒了两个，但自己的鼻子也挨了一拳，鲜血喷了出来，登时满脸满身的红。同学也扑过来帮忙，他大喊：

"快去派出所！"

同学一溜烟跑走了，五个人一下子将刘成打翻在地，刘成趴在地上，一脚又踢在一个人的下巴上，那人哎哟一声，扑过来唰地从腰里掏出一把刀子，照了他的头砍来。他双手一抱，一阵麻木，等再翻身爬起，周围的人都叫喊着围上来，五个人撒腿便跑了。刘成抹了一下脸上的血，却发疯似的从大街上跑过，跑到派出所的门口，派出所的人已经赶出来了，他大叫：

"抓坏人！走私集团！"

自己就哼地昏倒在了地上。

人们把他抬到派出所的大院，好不容易用水灌醒了他，他疼得大叫，一举手，才猛地发现左手的无名指成了半截，那半截被砍掉了。

"我的指头！我的指头！"

他跳起来，谁也拉不住他，发疯地又跑回啤酒馆，他和他的同学终于在打架的地上，捡回了那半截指头，自己又一次昏过去了。

他被送进了附近医院。他的爹娘闻讯赶来，哭成一堆，但医院的医生问了情况，知道是打架所致，态度极其生硬，训斥了他的爹娘：

"哭什么，人是死了吗？自己的孩子立了什么功了！生孩子不管教孩子，这阵才知道后悔了？"

爹娘说不出话来，老泪纵横，给大夫跪下了，求着为刘成将指头接上。

"他还待业啊，大夫！他要成了残废，工作就完了，媳妇也没有了，大夫你们给孩子接上，花多少钱我不怕，我是开饭棚的，我有钱，我有钱啊！"

刘成从床上翻起来，对娘吼道：

"起来，跪什么！我不是流氓！"

几个外科大夫跑来了，看着伤口，却摇了头，说：

"快往市第一医院送！这断指我们接不了。"

送到市第一医院，大夫说：

"你们是怎么搞的，这么大的伤，为什么不及早送来？不行了，断指已经枯萎了。"

娘抱住了刘成，失声大哭；哭着哭着，竟用拳头打起刘成，拧起刘成，骂道：

"你怎么不和人打呢，你打得好嘛，打得指头没了！你怎么不一刀让砍了你的脑袋！"

末了就拿手扯自己的头发，扯下了一把，爹将她抱住了，大声训斥着，自己的眼泪也哗哗流下来。

刘成被包扎了伤口，注射了破伤风针，被爹娘扶着往家走，才到了那座饸饹油茶棚前，迎接他们的，竟是巩一胜、麻子和顺子。

"跟我们走吧，刘成！"巩一胜说。

刘成的爹一把抱住了儿子说：

"他揭发了走私集团，你们还要抓他吗？"

巩一胜说：

"揭发了走私集团，这是他立了功。但他的问题还没有解决！"

刘成一句话也没有说，从爹的怀抱里挣了出来。

老两口眼看着儿子被带走了。

十五

秃子第一次到了商州市，珍子没有找着，自己的头癞疤却招得人人厌恶，他只好改变了以往的习惯，花五角钱买了一顶草帽戴上。美观是美观了，但头沤得热得难受，汗水就滚豆子一样从脸上往下流。这么大的世面，所到之处人山人海，他却一个也不认识，当暮色降临之后，丁字街心的广场上横七竖八躺满乘凉的市民，秃子就害怕得不敢经过，他们都穿得十分的薄、十分的短、十分的少。一张席连着一张席，一副躺椅接着一副躺椅，空气里是沉重的刺鼻的汗味、香水味。他就大发感慨：这么多，都是哪儿来的？乘凉够了，又到哪儿去？怎么就不曾走错了门，那每一个人走进的门里，都是有自己的父亲母亲、妻子丈夫、儿子女子吗？他就心中涌动起一种愤愤不平，而十分痛苦着自己的黄狗殁了，使他落到这般的孤零。他是在武关的刘家湾里，受到了珍子的奚落，他并没有十分生气，而是将她送给他的五元钱紧紧地揣在怀里，越发感到珍子的美好和保护珍子是一种崇高的责任。但过了两天，身上实在没有钱了，他才怏怏离开了刘家湾，只身返回了漫川。在漫川，新的事变几乎使他又一次晕倒，那个皮影团竟开除了珍子！他恨死了那个军人出身的团长，但他又不能去找人家论理，当去剧团挑粪的时候，每一次经过珍子的竹楼下，那房子还在上着锁，心想：可怜的珍子还没有回来啊，她还不知道这里发生的事啊！就越发恨起团长的残酷，就挑着粪桶路过团长宿舍前故意摇溅出一些污臭的东西，后来就干脆"罢工"，不肯到这里掏粪了。

他花费了几元钱，给刘家湾糠醛厂打长途电话，要程一民、青绒赶快催珍子回来，各方做工作，或许还有取消开除的可能。

"她不能离开剧团啊！她怎么能离开皮影剧团？"他在电话里拖着哭腔在喊。

可是，程一民和青绒却告诉他：刘成在商州市被抓了，珍子已经赶往商州市了。

在商州市的三天里，他却不知道刘成家在哪里，更不知道珍子的去处，急得痛哭流涕。这一天，他又盲目地上了一辆公共汽车，坐在最后一排最边的一个座位上，那草帽就按得低低的，拿眼睛从窗子里往外盯人行道上的行人，他希望会突然之间看见珍子，那么他就要大叫一声从车上跳下去。但是，坐过了一站，二站，五站已经过去了，满街的人他还是一个不认识。无意之中，他闻到了一股浓浓的香味，这香味使他不能接受，头几乎又有些晕了，回头看时，紧挨他坐着的，是一位年轻的女子。他立即就屏住气，极力缩小着自己的身子不敢碰着人家，那草帽就按得更低了。车上的人并不多，天气太热，谁也懒得说话，只有几个年轻的小伙子站在车门口说粗话，眼睛却时不时往那女子身上舔。秃子就看见那女子低了眼皮，温柔得像个小猫儿。突然之间，那女的有一声屁响，人吃五谷，必然放屁，这本是毫无异议之事，但那些小伙子却恶作剧起来，以屁大的事大骂不已，说是不文明呀，不卫生呀，问是谁放的，而目光直盯着那女子，得意得又哈哈大笑。那女的早粉脸羞红，低头不语，她越是这样，越使那伙浪子放肆，一劲儿追问。秃子简直有些愤怒了，猛然之间，勇敢起来，说道：

"屁大的事嚷什么，谁不放屁？我放的！"

满车大笑，众人笑过之后，也深感无聊和低级，也就罢了。那伙浪子本想作践那女子取乐，没想经这戴草帽的把话说破，也讨了无趣，匆匆下车了。秃子在下一站也下了车，正往前走，后边有人轻声叫：

"同志，等等。"

他回过头来，竟是那车上的女子。

"有什么事？"

"刚才的事……多谢你呢！"

他摆摆手，几乎将刚才的事都忘却了，提起脚就又走了。又觉得女子怪善良的，就掉过头来问道：

"这位同志，你肯告诉我，刘成家在什么地方吗？"

"刘成？"女子笑了，"这么大个城，你没个地址，怎么打问呀！"

秃子也觉得好笑，一时心却急起来，眼睛都有些红了。那女的就问起他的籍贯，这次进城的任务，他一一说了。这女的就也告诉了她的来历，说她不是本市人，在洛南古城村，收罢麦后，和哥哥一块儿到这里挣钱，钱在这个地方难挣，也好挣，她便跟一帮针织女子在一起，每天在小巷口坐定，专门修补高级衣料的窟窿、破绽，她的哥哥先在郊区人家干了半个月麦客，现在就收捡破烂，等兄妹俩挣得一笔钱了，就回去呀。

女子说：

"人生地不熟的，你一天两天能找到吗？你去找我哥吧，他住在北城墙门洞里，由东往西数第五个，叫王混儿。你去了，就说我让你去的，我叫王秀秀，你住在他那儿，他地方跑得熟了，或许能找到呢？"

王混儿果然收留了他。一孔破墙洞里，睡了三个人，都是捡收破烂的。白天里，他们一边出外收破烂，一边打问珍子，夜里回来就三四个人坐在洞里谈各自的见闻，发各自的感想。他们什么都谈，谈到城里的新鲜玩意就嘴巴啧啧作响，谈到今日又受到城里流氓欺负了，就高声大骂，再说到钱难挣，几时才能挣下钱回家去呀，大家就都低头不语起来。秃子这时候，就不免伤心落泪说：

"城里坏人多，这么乱的，她能不能出了事了？"

"不会的，这里女子这么多，她不是显眼角色，能出了什么事？"

"她可好看哩，我在城里转了这几天，胜过她的也不会有几个的！"

"那到哪儿去找呢？她一定是会到刘成家去的。"

"刘成家也是找不着呀！"

"对了，刘成是进了劳教所，那珍子能不去那儿探望他吗？去那儿找一次刘成，他必会知道珍子的去向。"

秃子竟有些害怕了：劳教所能去吗？刘成能见他，给他说实话吗？

"我真不想去见他！"

"他是个什么人？"

"和人打架进去的，他也打过我，真的，我真恨他，但我也同情他，真不知道他在那里是个什么样子。"

王混儿就努着嘴指一个同伴，说：

"他偷过人，在那儿待过。别害怕，他现在改邪归正了。张亮，你们劳教所怎么样？"

"我们劳教所？去你的吧！"叫张亮的说，"那是什么地方？一句话，不是人待的！我说兄弟，咱现在捡破烂，能挣几个，就挣几个，不义之财万万要不得，什么地方都可去得，就是那里去不得！你知道吗？你要是新来的，一进牢子，早到的都站起来，恶狠狠看你，那眼睛像要吃人！问：喂，你干什么进来的？你若老实，想把自己的罪往轻的说：小偷小摸，要了流氓。好了，那伙人立即会扑上来，拳打脚踢将你放倒，搜你的身，从口袋翻那烟末子；再是不给你睡觉的地方，分吃你的一份饭，你就浑身是伤蹲在马桶边睡吧。为什么？他们是小瞧你，觉得你是小角色，偷东西可耻，要流氓更可耻。可你要一进去，谁也不理，一股凶气，他们要问，你就说：杀人来！他们倒却被你吓住了，谁也不敢得罪你，一劲儿还要讨好你！你们知道枪决时的情况吗？哼，押往刑场的路上，你要向执行人员要烟吃，人家是会给你的，可人家对你说：喂，吸烟可以，但你听着，今天你要配合好，你配合好了，只是一枪，那是叭的一下，你什么也不觉疼就走了，你要不配合乱动乱摆，你受疼吧，反正一枪不行，有的是子弹，必打死不可的，尸体就不周全了。那死刑犯就点着头，说：当然，当然，我一定配合好的。喂，秃子，那刘成是不是硬汉子？"

"他很硬。"秃子已经听得毛骨悚然，回答说。

"那他是不会吃亏的，明日你就去找他吧。"

这一夜，秃子没有睡稳，脑子里尽是那监狱里的事，梦见刘成在那里被人打了，打得满口是血，他吓得锐叫一声就醒了。醒来，洞里黑洞洞的，成团成团的蚊子在身上叮，他爬起来，到洞外拔了一些烂草，煨了烟熏蚊子。王混儿他们却赤条条睡在那里，蚊子怎么叮，似乎毫无反应，像是那身子不是肉长的，是一截木头。但每个人都把那一个包袱扎得紧紧，枕在头下，那是他们出门来的全部家产，里边有衣服，有钱，秃子白天里见过，每人至少六七十元钱哪！

第二天，他边走边问，终于来到劳教所。那大门好不森严，几道岗哨，他还未走到跟前，双腿就发了软了。办了手续，有人将他领到一间房子里坐了，说是通知刘成出来。可一等就等了半小时，他摸出一根烟来吸。刘成被领进来了，带领的人说一声"五分钟！"就将铁门咣地拉闭了。

"珍子！"刘成还没有看清就喊了一声，但立即认出是秃子，就呆在那里了，冷冷地问，"你来干什么？"

"刘成，我来看看你，珍子来过吗？她现在在什么地方？"

"你找她？"刘成睁圆了双眼，"你找她作甚？你死皮赖脸这么远就来找她吗？你以为我现在完了，你就可以欺负她吗？"

"不，不，刘成。"

"我对你说，我只在这儿待三个月！你明白吗，三个月，三个月后又是一条好汉！"

"我找珍子要告诉她一件大事！"

"什么大事？"

"告诉你也没有用，要说你对珍子好，你可知道你害得她多么苦！你快对我说，珍子呢，珍子在什么地方？"

刘成一把抓过了秃子手中的香烟，自己就一口气吸了小半根，一丝烟缕也未吐出来。

"我不知道。"

"你怎么能不知道？真的，你快说给我！"

"我不告诉你，你会怎么样？"

秃子没办法了，他几乎要跪下来，向他求告，但刘成只是吸烟，只是用浮肿的眼睛盯他。五分钟时间到了。劳教所的劳教人员走进来，刘成一下子将未吸完的香烟丢在地上，用脚踏住了。

"时间到了，进去吧！"

秃子突然像疯了一般，扑过去抓住刘成的身子，叫道：

"你这浑小子，你这没良心的贼！你这算对珍子好吗？珍子为了你，到处找你，剧团已经把她开除了！千刀万剐的东西！！"

刘成被带走了，一步，一步，脚腿沉重。快到走出那道铁门了，突然回过头来，满脸的泪水，说道："南大街五号！"大门哐地关上了。秃子拔脚就跑，口里不停地念着"南大街五号""南大街五号"，但是，穿过大街的时候，自行车的河流太急，他一时走不过去，等人少些了，急忙跑去，却突然那边冲过一辆自行车，他慌乱中往后一退，糟了，一声咔嚓的巨响，他倒在地上，身上压着那个骑车人，自行车摔在一边，两个轮子在哗哗地旋转。

"你会走路不，为什么往后退？"

"我是给你让路的。"

"你这山狼，怕没进过城，是来寻死来了，是不是想死了给你儿子讨个便宜棺材？"

他没敢和人家吵，膝盖上擦破了一片皮，血流着，但流得不多，那人骑着车子走了，口里还骂骂咧咧不绝。他低头想找些鸡毛一类的东西止敷伤口，但没有鸡毛，而且连细面面土也没有，只好一瘸一拐地走。头上却觉得晒晒的，一摸，那草帽也不知丢在哪里了。更糟糕的，是他竟忘了刘成告诉的地址，静静地想，勉强记得是南大街，便沿着南大街，从头往尾走着，边走边问。简直使他高兴得大喊大叫，因为他看见了刘成的父母，在远处的一间饭棚里忙活。他是早些年就认识这董三海的大女儿的。

"秃子！"刘成娘先是一惊，就热情地招呼娘家村里的人了，"你怎么来了，什么时候来的？"刘成爹瞧着不雅，将他叫进屋去，刘成娘已经盛碗饸饹进来了。

他高兴得话说不连贯，站在那饭棚门口，又是抓头，又是搔耳。

"我不吃，不吃。"他说，"我是来找珍子的，珍子在你们这儿住吗？"

"在哩！"刘成娘说，眼角就湿了，"你知道吧，刘成那小子犯了事，本来是咱有理，可咱没熟人，他二杆子又打了人，亏得那珍子倒能来找他！这女子真好，什么也给我们说了，可刘成只字未给家里提说过！天下还有这么好的女子，也算刘成命还好，可我总怕委屈了人家女子，人家图的是咱的什么呀！"

秃子没有言语，心里倒是酸酸的。是的，这珍子图的刘成什么呢，对他竟这么好，可她哪里知道她自己却落了什么下场呢？

"她人呢,我要给她说说话。"他说。

"你不急,她一早就到公安局去了,过会儿就能回来。听她说她家人却不愿意她和刘成好,我真担心两个孩子的事保得住保不住。待她好吧,也觉得这事难成;不好待她吧,又怕更委屈了她,好不为难呀,秃子!"

"她是个好女子!"秃子喃喃自语起来,"真的,她是个好女子哩。那好吧,你给我说,公安局在什么地方,我去找她。"

刘成的爹娘一定要他在家等着,秃子硬是不,只好指点了路,说:

"你还没吃一口饭呀!乡里乡亲的,不吃一口饭怎么行?找着找不着,你过会儿一定再来啊!"

秃子还未走到公安局,珍子就回来了,两个人面对面相遇了,但秃子并没有注意,因为他只是盯着穿得很讲究的女子,没想这珍子却一身旧衣服,那常穿的那件衣服却没有穿,脚上也不见了那双擦得明亮的高跟鞋。

"秃子?"珍子站住了,叫了一声。

"啊,珍子,快,快!"

他拉住了珍子,不等她多说什么,就拉她到了马路边的树后。

"我找你几天了,总算找到了!你快回吧,你知道吗,剧团把你开除了!你快回去做做工作,他们怎么能开除你呢?"

珍子身子往后一靠,靠在了树上,就再没有言语。秃子看见那一双纤细的手在死死抠着粗糙的树皮,突突地抖;他一时没了主意,紧张地看着珍子。珍子却抬起头来,问道:

"你是专门来给我送消息的?"

"嗯。"

"我真谢你!"她说,"开除就开除吧,这剧团是镇上办的,权就在团长手里,我回去也没指望了。"

秃子叫起来:"那你往后怎么办呀?"

"不知道。"

"这里总不是久待的地方呀，珍子！"

"这我知道，我是要回去的，一定要回去。你知道吗，刘成被抓了，他要在那里劳教三个月。你瞧我，也是人不像人，鬼不像鬼的，你都认不得我了。"

秃子说：

"这一身衣服，你在漫川却不大穿呀！"

珍子叹了一口气：

"我来时带的钱少，你去过刘成家吗，他们家真没想到是那么样子，城关的人被刘成打了，人家告着还要他贴医药费，算了一百元，我全给掏了，好一点的衣服也就卖了。"

秃子在心里叫道："你何苦呀，你何苦呀！"眼泪却流了下来。

"珍子，这地方不是咱待的地方，咱们还是赶快回吧。"

珍子看着秃子，她第一次这么认真地看着，秃子就有些不好意思起来，他假装揉眼，将眼泪擦了。珍子却说：

"你真好，你是个好人，竟能跑这么远来寻我，我该怎么感激你呢！可我还不能马上回去，我去了公安局，我认识那些打刘成的走私犯，他们潜逃了，我要帮公安局去认人，把他们抓住！不抓住他们，我也就枉和刘成好过一场，你说呢？"

秃子没有言语，慢慢转身走了，走出了百十米，回过头来，珍子还呆呆地站在那里，他又返回来，在怀里掏着，掏出了二十元，说：

"我回去了，我也真丢心不下那粪池的粪，说不定已经被人偷挑了。这二十元，你拿上，我有钱，我这几天一边找你，一边也捡了些破烂，还挣了十多元哩。你不要嫌弃我，你收下，城里人杂，流氓多，你要注意些；坏人一抓住，你就回来啊！"

他难看地笑笑，就走了。

第六单元

十六

达坪，这也是一个镇，但其实只是一个村子而已。它在丹江的上游，从地图来看，离得关中平原最近，但实实在在比较起来，却又是商州最深最深的山。如果顺着商县黑龙口下的一条石头河进入，直走三四十里，公路就开始爬山，落沟，半晌半晌地绕着一座山，即使赶着一头跛脚的老牛踏小道而上，那四个轮的汽车也是望尘莫及的。常常就有这样的现象出现了：山坡上，是一间倾斜的、破烂不堪的原木竖起来的房子，主人是赤着上身，肋骨在吸气的时候历历可数，端着一碗煮了鸡蛋大的洋芋的糊汤，身下卧着的是他的一条走狗，屋旁的地草坡上散乱着他的垂着大奶子的母羊，圈里是牛，棚里是鸡，他就要一边喊喊嚓嚓地搅舌头嚼食，一边晃着脚悠然地看着山坡下的公路。公路上，一辆很漂亮的小车抛锚了，车盖在高高地打开着，暴露着令人头晕眼花的线路、皮管、机器零件。两个披肩发的着紧身衣的少女，都歪着头瞧着车底，车底下仰面平睡着一个留大鬓角的男子，是司机。是一幅时髦文明和落后原始的对比图，但更似乎是一幅落后的原始的小农经济对现代的文明的城市生活的嘲弄图。总之，这又似乎是反动的、不符合潮流、不真实的一个生活镜头，但它却是真真正正的、不断发生的一个生活实景。

还好，在这一路坐车行走的，乘客们是从来没有打瞌睡的，所有的人都会自觉地绷紧神经之弦，年轻的女子们便要一直处于极度的紧张中。因为车不时地就沿着砭道走，七拐八拐，而临窗之下，可以看见车轮紧沿路边，路是在青石崖上凿出来的，或者是砌上来的，千仞万仞下去，就是河沟。沟里的石头是屋大的，三个间或一垒，两个就是一台；转弯处是没石头的，却是潭渊，深得发一种青色、黑色，似乎又不动，幽幽如石油。而车的另一侧，却要几乎擦着石壁，又是百尺千尺之上，山石裸露无遗，造型结构线不是缓起缓伏，而是相对直立，那危石丛丛，岌岌而可坠。胆小之人焉能不心在喉间失声大叫呢？每一个司机，在这里都被视为英雄，奉若神明；默默祈祷吧，不要让他头痛，不要让他眼花，不要让他突然患有心肌梗塞和脑溢血，所有人的前途、命运、家庭、事业，都交给他了！人们简直受不了这种精神上的折磨，希望漫天大雾弥漫一切，使他们眼不见，心不乱，或者可能的话，将一颗三角形的心托在手中，伸出车外去吧。但是，司机却喜欢在这种陡极、弯极的砭道上飞速行车，在乘客的大惊小怪之中如杂技演员一样，显示出他们绝妙的艺术来。难能可贵的是，世界上仍是有视死如归的人物，正因为不怕死，他们就能充分享受这人生的大起大落，忽生忽死之趣；他们既来之，则安之，依赖司机，呼呼入睡，睡够了，便一劲儿陶醉于山石造型的千奇百怪，四季景色的交替更新；仰观宇宙之大，俯察品类之盛，真可谓"游目骋怀，是以极视听之娱，信可乐也"。甚至，当车哼哼哼地向上爬，他们感觉是乘坐了潜水艇，正慢慢地往上浮，往上浮，那崖石越来越仄，那树木越来越矮，那间或像箭一样射过路面的兔子，那呆呆不动的狍子，那像树丫一样真假难分的花角草鹿，使人欢呼不已。还有那愈来愈明亮的阳光，那太阳也看得见了，在远处山顶上做一种涌动。只是夜里，那月亮在山下看，就在山之上头；到了山头，又在天之上头，一样的明亮，一样的大小。如果从山上往下行，那又是何等的惊心动魄！汽车的轰鸣声已不存在，是风之声，还是风之巨声，心就要断了同腹腔的一切联系，浮起来了，腾起来了，难受得发慌，立即会想象到身下不是四个轮儿的汽车，而是飞机，碧空之上往下急降的飞机，"哇"的一声便所有酸的辣的甜的苦的都吐出来了！终于到了镇子。简直想象不出，一个镇竟这般小！五十户人家，一户不多一户不少；又不是相对的两排，而是单线儿连摆，围成一圈；中间就是他们的广场了。整个镇子，东是一座孤峰，南是一座孤峰，北是一座孤峰，西稍偏一点，又是一座孤峰。从峰上往下看，是一个瓮，或是一口井，那镇落的人家，活脱脱是在开一种什么圆桌会议吧。正因为四峰在包围着，一年四季，这里"风平浪静"。太阳日照极短，十点钟阳光可以照着屋顶。一照下来，那里没有阴影的，可以说"普天之照"，下午四点，太阳归去，晚霞在这里是不存在的。最可怕的，但也最合于来这里的文人画家心境的，是一月里三次的雾罩：初一一次，十五一次，三十一次；不知是什么原因，时间是准时的，所以自古以来这三天里从来不举办红白喜事。也缘于此，这里最大的特色是潮湿，什么都长着绿苔。人家的屋舍，一劲儿高垒墙头，似乎如树一样，不唯横的发展，只图竖的空间。所有的瓦槽长满鲜嫩的植物，如宝石花一般。墙基处，檐水沟里，蛐蛐成群，湿湿虫涌堆，经常有女孩儿们在屋后阴沟里小解，会从沙土里冲出一只绿背的青蛙，甚至一只癞皮的蛤蟆。那树长到了极致，各个通身上下繁衍了附生草，有的叶细如毛，有的叶大如钱，而藤蔓之类，则蛇一样纠缠而上，又匍匐而下，随风曳动，森森幽幽的令人疑心里边生满了蛇和鬼魅。人们已经习惯了在这种水浸浸的空气里生活。大凡外来之人，冬天里倒能入睡，夏日之夜，那被子就水泡了一般，又会觉得这儿痒，那儿痒，有什么东西在蠕蠕爬动，以为是虱子吧，又抓不住那肉肉的动物。但肮脏的病极易在此产生。据说，解放前这里流行梅毒，太阳正午时分，那阳坡之上就有一堆一堆人赤身暴晒，他们没有药物，属于他们的只有虚的冥冥

143

之神和实的天之阳光，那极可怕的场面，使年幼的孩子们吓得直哭。解放后，政府派了医生来，只有青链霉素，挖去了病根，如今青链霉素在城市人的眼中，已成了谁也看不中的药物，这里却仍奉若菩萨，菩萨救不了他们的苦难，青链霉素却解除了千年灾根，以至有过一个小庙，塑了青链神像，迷信的老太太们一有头疼脑热，便要去那儿烧香供灯，将整瓶整瓶的菜油倒入那盘灯盏。

正是这种可怕的梅毒、疥疮、黄水疮、牛皮癣，坑害了这里世世代代，这里的人种就历来分了两种：一种是未受病毒侵害，绝对是大山大树的秉性和气质，强悍得像一头公牛；一种就瘦弱矮小。酒都是自造的，每年每户要有数坛，十数坛，深埋地下，今年喝去年的，明年喝今年的，富裕之人，可以埋三年五载而启坛。那猪是必须养的，不是一头，而是同槽的三头四头，年底全部杀了，一头上交国家，或是出售，其余就整扇地盐腌火熏悬之大梁。有的讲究吃一种肉蛆，故意让那肉生蛆，在肉下放一面筛，蛆滚下来投入面粉中，取出油炸。听起来这食品恶心，但吃起却十分酥香，尤其下酒，比油烧虾蛹更有一种滋味在口中心中。再就是辣子，那是什么饭也不能离得了的调料。当外地人来，首先望而生畏的是酒席，有客必上席，上席必劝酒，论酒不是盅，不是杯，是粗黑的耀州土瓷碗，此碗和酒是恰到好处的和谐，若是玻璃制的，那则太轻，若是景德镇的细瓷制的，那则太艳。敬起酒，就连敬三碗，然后男人拱拳，敬一碗；妇人躬腰，敬一碗；孩子磕头，撒一碗。以为妇人可以输酒，那就错了，妇人的肚里怀疑是多长了什么储酒的器官，连饮七碗八碗，脸是不红不白的。孩子的拳也是"罗家的枪"，威不可当；你得不断地吃那熏肉块子、肉干辣子、豆腐、豌豆荚泡菜，才能压住泛上来的酒劲。开始吃饭吧，蒸土豆就整筛子端上来；烩北瓜，那又捣得如枣泥一般，抹上一年一度才割下的筛制成的土蜂蜜，即使最普通的面条，碗是绝对的大，盛得绝对的高，或许少盐，淡醋，却出奇的麻辣，吃过一半，碗底竟会出现荷包样的鸡蛋、鸭蛋，和四边见方

144

的肉块。

外地人称这里人为"狼",便是指他们的吃食。商州市里,一些酒席之上,人们谈论的笑料常会说到这地方,说这里人能饮酒,一瓶"西凤"烈酒,就可以换得三只山羊;说他们坐席,若见了豆腐,就要说:豆腐是我们的命;但有了肉,就要喊:见肉不要命了!他们在吃上喝上是大肚皮的,甚至是野蛮的,但他们的心胸却出奇的善良,和他们打交道,他们总是吃亏,外地人都在嘲笑这里的人,但外地人又却在说这里的人好,这可能就是"吃亏是福"的解释吧。且慢,这种吃亏的性格,却永远不会使他们折了老本,或一败涂地。可以说,能吃起亏。这种能吃起亏的,是他们的物产和环境。物产之丰富,简直达到了无处不是其宝的地步,甭说那满山岗坡的树木,砍倒任何一棵就是几十元,单是那树下的藤条,站在一地方用镰砍砍,扎成捆儿,推下山去,掀入水中,然后只需到河的下游打捞出来卖给那里不远的公路上的二道贩子,一捆就是五元钱了。也不说那生漆、桐籽、黄蜡,如何赚钱,单就拿一柄小镢,在山上跑一天半晌,那猪苓、桔梗、党参、柴胡,就可以刨回一大篓;若运气好,遇见天麻,那简直是土里挖了金子!遗憾的是,这里的传统是封闭型的,他们只种麦、豆、苞谷、洋芋,地虽不广,但见缝插针,那石坡上盖一尺厚土,有种就有收获。粮食他们是有的,有吃有喝便是神仙,他们会将盆粗的树劈了来烧。会将黄花菜当做别的花草一样栽在门前,让其花开花落,会将整筐整筐的桃杏倒在地边让其沤烂,只拣取桃杏之核,用核仁油来治头上的癞疤和药毒身上的虱子。他们几乎不会做生意,要买是不卖的,可以送你,只要你看得起他。譬如,他敬你三碗酒,你要三口喝完,滴点不洒;他给你一碗没盐没醋的肉,你能一气儿吃净,嘴角流油,他们便认你是个好的。

以上这些,当然是古老的镇风,至今多少有了改观,但其单纯、豪爽、义气之本质,在外地人眼中,他们仍是奇特的地方的奇特人种。

他们是极喜欢打猎的,打猎使他们性格疯狂,疯狂的性格只有以打猎满足。似乎，在这里，与他们有生存之争的，倒不是人与人的忌恨、仇恨，而是这些狼虫虎豹。狼虫虎豹是永远消灭不完的，如苍蝇蚊子，愈是生命不可保证，愈是生殖能力强大；又适应了这种与猎人搏斗的生活，这里的狼虫虎豹比别的地方更凶恶，也更狡猾。于是，这五十户人家里，每一户的家谱上，都会出现一个两个传奇性的英雄，但也不免发生了悲剧，有的死于野兽之口，有的伤于野兽之爪，从此没了一条胳膊，或者半边脸上落下一块儿红疤，如果能跟着他们出一次猎，那是多么终生难忘的事啊！他们会背了猎枪，爬山如山羊，下洞似飞燕，躺在那里等候，却又沉静得如了磐石，任虫子钻在怀里，任蚊子叮在鼻上，就一动不动的。好了，野物出现了，战术是相当高明，野猪打一条线，狍子打一个点，黑熊八面埋伏，豹子三角列队，一枪打响，枪枪齐放，这是一场勇敢和智慧的搏斗。若是找不着猎物，就继续往深处去吧，悬崖上有野藤，拉一棱扯扯，韧劲蛮好，纵身一跳，便凌空而去，遇见大峡，有的架有浮桥，走上去，摇晃如荡秋千；脚抬多高，桥面就浮上多高；不会走的，就迈不开步；只好爬着移动，眼往前看，余光又在脚下。若是没有浮桥，只有那竹皮编成的独根索道的，猎人便坐在那滑篼里，脚在崖头猛地一蹬，"刷"的一声，人便成了黑豆。你会吓得小肚子抽疼了，猎人只好将你放在峡的这边，喊：你爬上树待着吧！或许你还未爬上树去，一只黑瞎子突然出现了，你打不过，跑不及，就立即倒地装死，但脸部必须朝下，最好在一堆乱石之中，这样黑熊就呼呼哧哧近来，用那蠢鼻子嗅你的出气，它是一头庞然大物，自有大将风度，只吞吃活人，而不屑于死去的臭尸；如此上上下下左左右右嗅过一遍，它便悠悠而去，这时，你极快上树，同时听到对面峡沟里起了枪声；接着，那竹皮索上一动，又一个黑豆，"刷"地过来，猎人背着一头身有奇香的香獐子到了面前，那香獐子口张着，喉咙上被打穿了一个洞，血还在流着。

他们在闲着没事的时候，一边会坐在火塘边翻着裤腰，将虮子一个一个丢在火里，让其发一声小小的"叭"，一边就要讲起许许多多人和野物的趣事，有作为人的伟大之处，也有作为人的蠢笨之处，一些事是极其残酷的、恐惧的，他们却一尽儿当笑话说。比如，狼在山上没有了吃的，就到人家里来拉孩子，常常是在夏夜，人们铺一张芦席在院里，或者门前的场地上睡，狼就从人怀里把噙着奶头的孩子叼走。以至于晚上睡觉，大人都在四边，孩子围在中间。但狼却要在黑影地里静静坐好，像一个人一样，口里发出一种响声，引诱孩子走来。孩子抓不着了，就去抓猪，那肥头大耳的肉东西，没出息的，一见狼就吓得吱不出声，乖乖让狼用嘴咬了耳朵，而用长长的尾巴弯过来当鞭子扫打，就一路赶着往山坳去了。有一妇人引着七岁的男孩去采蘑菇，妇人去解手，狼跑来，她就被狼扑倒拖着往山上跑，妇人毕竟力大，大呼大叫，抓住树枝，狼便放下来再咬，这时候小儿子跑来，无知也便无畏，竟双手抓住狼的尾巴拽，狼放下妇人，扭头却将孩子叼走了。又比如说到狐子，它有上好的皮毛，山里的帽子、袜子、皮袄，莫不是这狐皮做的，枪杀是会伤了皮子的，他们就要下一种药的，是炸药和碎瓷片儿用鸡皮包起来的，埋在狐子常出没的地方，只要放药，每晚就有收获。但这狐子之所以是狐子，后来就再不上当，竟还要用牙轻轻叼了那药丸，放在人家的门口，而使天明起来的主人开门走时，脚下就炸了；轻者，脚腿受伤，重者丧失了性命，以其人之道，大大地还治了其人之身。再比如说起那狗，家家没有不饲养的，但并不肥胖，肥胖者必富，富贵者必惰，且它们的尾巴一定要断去，这样就可以在山林中奔跑，无牵无挂。狗是最忠诚的，却没有好下场，人类如此，动物界亦是如此。有一人出外打猎，到了一个山洼，要做饭来吃，四处却找不到水，好不容易在一个石崖下发现了一潭细水，那人就去觅，但狗却在咬他，咬得真心烦，他就一脚将狗踢开。但是当他舀了水在烧时，狗又来用爪捣了锅灶，他以为这狗是疯了。狗是经常会疯的，疯了的狗是不能留它了，就拿起棍棒狠命去打，打得口鼻出血，呦呦直叫。打毕了，狗瘫在地上不能起来，他又去那潭里汲水，那狗却又爬起来，竟在潭中又拉又尿，主人就越发大怒，端起枪将它打死了。他因为潭中水已经不能吃，就扯着树枝要到崖畔的水源头去舀，猛然之间，发现就在那源头的草窝里，盘卧了一条剧毒大蛇，正将口涎滴在水里。他吓得从崖畔掉下来，抱住被自己打死的狗失声痛哭，结果就背狗尸回来，做了棺木，拱了坟墓埋了，自己也逢人就说，说罢就流泪，以忏悔自己的罪过。

达坪就是这么个地方，它是商州的西极，远远避开着一切，一切在自耕自收，自给自足，自生自灭。但是，一条公路的修建，使这里打开了门户，他们对那开来的汽车，视为天外之物，来一次围观一次，而成群的狗也汪汪大叫，追赶十里八里不能歇下。每当山雨冲坏了路面；他们会自动前去修补，直等着汽车开过，将那泥水溅他们一头一脸，还是笑笑的，甚至路垮得厉害，一时修不起，他们就砍了树木，搭了桥的模样，这便常要以众人的合力做了桥墩，让堵塞的汽车从头上肩上的桥面碾过。这样干，不是谁命令的，也不是物质刺激的，是他们秉性中所具有的素质。传说有一年一位外地人路过这里，正是冰天雪地的日子，他滚了坡，僵硬在雪窝里，是一伙山民将他抱回，烈火不能烤，就轮换着用热身子暖活他，而三个正坐月子的妇人三天里挤了七碗奶汁喂他。他姓什么，叫什么，官职多大，学问多深，山民们没有问他，也没必要问他，他走了，挥挥手也就罢了。所以，他们要引渡这些汽车，更何况这些汽车最受他们的女人和孩子们欢迎，那拉来的衣服、鞋袜、牙刷、梳子、镜子，已经使每一家每一人一件了。

可是，这路面越修越宽，车辆越来越多，外来之人也几乎每一家都有出没的，但这些人会带来五颜六色的塑料制品，化纤布料，甚至有了录音机，录下他们的话又让他们听；有了照相机，照下他们的影又让他们看；却随之那些药材、兽皮被他们淘换而去。当然，与这些外来人打交道，有得益的时候，但更多的是吃亏，是占了小便宜吃了大暗亏。他们渐渐就仇恨起那些人，和那些人吵，骂是不会的，理也辩不过，因为外来人硬时太硬，软时太软，说天道地，满口雌黄，翻脸就不认账；他们气恼至极，就会打，打是他们最拿手的也是最有效的语言。在现在而论，所有商州走私的角色，最喜欢到这里走动，又最害怕在这里走动，一是害怕那突然袭击的狼虫虎豹，二是害怕那些勃然而怒的达坪男女。当国家在那山口设了检查站后，这些走私的就只好翻山越岭，绕道而行，钱是不好挣的，但钱的诱惑使他们孤意冒险，有的就发了暴财，也有的就落个暴死。因而，从某种意义上讲，这达坪更是神秘的地方了。

十七

珍子回到了漫川，镇上的酒馆里人人都在议论着。董三海几乎成了情报处长，每天他的杂货铺前，或者他的家里，就坐了一些图热闹的人，他总要一边得意地派说，有情节又有细节，一边眼光却不停地盯着那铺台上的小什杂货，或是将院门关了，让来者都脱鞋上炕，以防备他们到处走动，将什么东西揣在怀里袖筒里。

"怎么样，我姓董的早就知道那小蹄子不是个正经东西，她还想混进我们家来！"

"听说她领了麻子他们去达坪一带抓住了几个走私的？"

"或许是这样，可她却抓不住她娘！"

"她娘和那个红鼻子教员离婚了，有这回事吗？"

"是的！"

"这老骚鬼，四五十岁的人了，还不安分！"

"那她爹就甘愿了？这个肉头！"

"这是好事！他是戴了一辈子的绿帽子，你瞧瞧他们那几个娃娃，有一个像那肉头吗？据说，年轻时她不生育，去后山娘娘庙上香，跪在神像前说过：娘娘神呀娘娘神，你赐给我一个孩子吧，我这么大了，怎么能没个娃娃呢？要说我不能生养吧，我在我娘家也是生过一个两个的，要说是我男人不能生育吧，我又不仅仅靠他一个，我怎么现在没一个孩子呢？"

众人就都笑起来。

"你个老不正经的，又在瞎说人家了！"

"这可是真的！据说当时南乡的画匠正在庙梁上趴着描画，听了这话，乐得掉下来，把一条腿摔断了，现在是站着金鸡独立，坐着猴子啃梨，睡着长短不齐。你想，这能是假的？"

"或许那是年轻时的事，现在老成那样了，她还离的什么婚呀？"

"这你就不知道了！据我打听，她是到南方的什么广州去了，那里也有一个走私的，两个人去年日鬼弄棒槌地认识了，合伙做了几桩生意，这女人见人家手中有钱，就想了办法去结婚，你瞧着吧，等她搂回那人钱了，屁股一拍就会回来的。"

"这就是你们做生意人的德呀，三海叔，要钱不要脸了！"

"你他娘，别一锅端！咱做生意凭的是一身苦力和一颗良心，咱比得人家，咱一个月比不得人家一个晚上，人家那东西，能走遍天下呢！唉，可怜了那红鼻子教员，也枉吃了国家的饭，你可以问问他，他两个月才允许回来一次，回来的晚上，可以让上炕，可那破女人吃罢晚饭后就吃了安眠药，迷迷糊糊死了一般，说：'这一夜就交给你罢了！'"

"胡说了，三海叔，这些话你怎么知道？"

"那女人出来给人说的呀！还说他们没感情，听听，还讲什么感情，夫妻就是夫妻，灯一吹就是了，什么感情不感情！"

"也真可怜珍子她爹了！"

"也难怪他没本事！那一家大小穿的戴的，家里摆的用的，还不是那女人挣来的？要不，这珍子也是这样，哼，学都学成个那样了。"

"不是说对你们刘成倒痴情吗？"

"那还用问，刘成是城里人嘛！再说，谋我这儿的事哩，我手里这几个钱，她也想法儿搂过去哩！"

董三海的嘴像蘸了毒的刀子，以致珍子一家人的声望立时在漫川一败涂地。人们都在咒骂着这母女俩，但又都希望在街上能碰着这母女，想当耍猴一样瞧瞧稀罕。但是，珍子娘是真正地离婚了，远走高飞，使那些烟店的、酒馆的，以及那些卖瓜子的小贩痛惜少了一个长期顾客，而珍子呢，明明风传已回到了漫川，却谁也没有见过面。

珍子是关了前门，掩了后门，在家里四门不出。她协同公安人员抓住了那五个走私犯后，就回到了漫川，并没有去求团长，也没有找什么可以说情的人，只把铺盖卷回家了事。家里，几个弟妹已经到县城外婆家去了，爹是一星期才回来一次。这个红鼻子男人，现在失去了老婆，却获得了这所房子主人的权利，每次星期六回来，就要给珍子带一点好吃的。父女俩吃着吃着，谁也就不说话。

"珍子，你想你娘吗？"

"我没有娘！"

"对，她权当已经死了！"

"爹！"

她却呜呜地哭了起来。

爹停了碗筷，默默地坐着吸烟，说：

"珍子，不唱戏了，就不唱了，爹能养活了你。爹是个没能耐的人，你娘这一辈子，毁了她，毁了我，也害了你们兄妹，这是爹对不住你们。爹也一夜一夜地睡不着，爹是老了，今生什么事也干不成了，可你们还年轻，罢罢，珍子，什么不是人活的路呢？城里的孩子总比咱们贵重吧，还不是成百成千的待着业？你回来了，就好好在家，将来爹一定给你找一个好好的小伙，招过门，咱又是周周全全一家人过日子了！"

珍子却哭得更厉害了。

"你不要哭，珍子，你一哭爹心里就难受啊！"

"我不哭了，爹。"

"你这次去商州市，见着那刘成了？"

"见着了。"

"你为了他，落到这一步，爹也不埋怨你。唉，这刘成也太不争气，也罢了，珍子，罢了！"

"爹，不要说了，这些不要说了！"

"不说了。吃吧，吃得饱饱的，现在倒好，多清闲……"

"爹，咱还能活下去吗？"

"怎么活不下去？咱还要堂堂正正地活！"

珍子又在家里睡了两天，第三天里，紧闭的院门打开了。珍子走了出来，她又是打扮得焕然一新，胸部高挺着，那微微鬈着的头发，在后脑上束成一撮，飘飘忽忽地晃悠。她走过了小巷，走过了街道，街坊人家都吃惊地探出头来看她，她头也不低，眼也不避，见熟人就锐声打招呼，站下来又说又笑。

那些浮浪子弟胆儿就大起来了，当她在院子里浇花弄草的时候，他们就倚在院子对面街上，一眼一眼往这边瞅。她只是不理会，提了桶在井台上摇辘轳，井是很深的，看得见里边幽幽的一点，她觉得很神秘，也很害怕，辘轳就沉得摇不动，手一松辘轳就倒转开来，咚的一声桶又下去了。

"珍子，我来帮你？"街对面的那浪子就跑来，给她献殷勤。

"我行！"她抓住辘轳把不松手，水摇上来了。

干渴了好长时间的花草，浇上了水，似乎就精神多了。一只绿翅红身的蜻蜓突然飞来，在花草上起起落落，末了就薄翼成千上万次地扇动，竟好像停驻在了半空，呆呆欣赏着自己落在地上的影子似的。她突然就想起刘成来了。

"那一次捉到的是蝴蝶。"她说。

"蝴蝶？"那浪子说，"你这一丛蒿子梅开得真像蝴蝶呢！"

"已经是十六天了，三个月九十天，还有七十四天。"她说，在心里算着数。

"珍子，这葡萄熟了吗？"那浪子不懂她在说着什么，便看着院门楼上的葡萄架。

"没熟。"她说，"出来了，还能再来吗？"

"没熟？现在不能吃吗？"

"它是酸的！"

"酸的，我能吃酸的！"

"要吃，吃你家的去吧！"

"珍子，你？"

"你还有什么事吗？"

"没事，瞧你怪孤单的。"

"那对不起，我要出去办事了！"

浪子一出院门，她却将门砰地关了。

也有一次，她正在院子里坐着看书，又一个浪荡鬼来了，他站在门口，在阳光下耀着什么，说：

"珍子，你瞧这是什么，真好玩儿！"

"什么好东西？"她走过去，发现那小子手中是一块电子手表。

"这是电子表嘛！"

"好不？"

"当然好！"

"你要觉得好，就给你吧！"

珍子看着那一满是肉刺疙瘩的脸在淫淫地笑，气就生出来了，一把打掉了那伸过来的手掌，骂道：

"你说这话什么意思？你认错你老娘了，你给我滚开！"

她反身进了屋，气得连桌上的茶碗也摔了，但手却被茶碗的瓷片划破，血流了下来，她就歪在那里哭。哭过了，肚里松泛下来，也觉得值不得，就立在那里无声地笑了几下。只是夜夜睡觉前，要把前门后门都关了，又用一根木头紧紧地顶住；三更里老鼠在顶棚上一响动，她就醒了，直到五更，黑暗里眼睛睁得圆溜溜的。

她本想清清静静过一段日子，日子却使她不能清静。那些风风雨雨的流言飞语，那些流氓无赖的纠缠打扰，她倒还罢了，受罪的是那皮影剧团的诱惑。当街那头的剧场里锣鼓叮叮当当闹起来的时候，她就有些不能控制，在院子里转出转进，末了就走到街上来，做长久的发呆。

她竟然就病了，不思茶饭，浑身乏力，终日里恍恍惚惚的，手脚只是发烧，怎么放也不是个地方。她去让老中医问了脉，抓了几服草药，也不见效果，心下也知道这病根儿在什么地方，就不再理会，常常一个人坐着，无端地掉几行眼泪。

这期间，秃子常到她家来，他是为她家挑茅坑粪的。自珍子被开除了剧团，他就再也不去剧团清理厕所了，以致那两个大粪瓮屎尿溢出，污臭难闻。那个退伍复员的团长找过他几次，问是否嫌剧团没有给他清理费而"罢工"的，他只是笑笑，答应去清理，可一转过身，一口唾沫就啐在地下，骂道：

"你就是给我金子银子，老子也不去伺候你了！"

他却主动地来珍子家掏粪了，而且承包了这一片人家。他几乎三两天就来一次，每一次来，珍子要么在做针线，要么在看书，珍子不问他，他也不多说话，将茅坑打扫得一干二净了，就悄悄地退出来走了。后来，他偶尔在茅坑边发现了一堆药渣，心里怦怦直跳：珍子病了？返回院子里来问珍子，珍子却在捶布石上捶打浆洗过的被单，他就站在了她的旁边，让身影正投合在她的脚下。

"珍子，那药渣是你倒的？"

"嗯。"

"你病了？"

"嗯。"

"病了？！什么病？你怎么不声不吭呢！"

她抬起头，看看他惊慌失措的样子，倒笑了。

"好了。"

"瞧你脸色，你病还没好呢！"

"也不得好了。"

"快别胡说，年轻轻的，怎么会病不好？你找的是哪个医生，刘坝村的刘老先生给你看过吗？我这就去请他！"

"别这样，你请来我也把门关了，我这病，什么药也不济事的。"

秃子愣在了那里，不知道该怎么办，他想去试试她的额角，但他不敢；他要去硬请医生，那珍子说一不二，真的又会关了门的。他站在那里，一眼一眼看着她开始捶被单，棒槌捶得啪啪响。

"珍子，我知道你这病也不是药能治的，你是害了气病了、心病了，可气这东西说软它就软，说硬，它窝在肚里就是石头，就是铁块呀！你应该多在外面走走，你想唱了，你就大声唱！"

珍子没言语，只是挥打棒槌。

"唉，你现在应该出去干些什么事才好呢，干些什么事呢？"

棒槌还在响着。

"是要干些事的，那就会把一切都忘了的，这家里不能一个人老待着。你不是能缝衣服吗？你要么去镇缝纫社找找人家？"

棒槌不响了，珍子说：

"谢谢你，我哪儿也不去。"

他只好退出来，走到院门口了，还说：

"珍子，那我走呀！"

珍子的棒槌又啪啪地敲起来，像雨点一样。他只好怏怏地走了。

155

秃子的经常出入，街坊四邻就看在眼里，但谁也不会怀疑其他事件，倒取笑这秃子越活越有趣，即使对珍子有那么一颗心思，那还不是个阴沟里的癞蛤蟆吗？每当他一出现，这些人就要饶舌地打问珍子的情况。

"她害病了。"他说。

"病了？害什么病，鬼缠了魂儿了得是？！"

"你才叫鬼缠了魂儿了！"

他骂过一句，心下突然作想：这病儿得得怪，既然药也治不了，必是也有了邪处！三天里，他就再没有来清理茅坑，突然从漫川镇失踪了。他打听到南三十里深山里有个阴阳先生，能捉鬼祛邪，他便去了。阴阳先生原来是一个跛子老汉，他听了秃子的诉说，开口要二十元，才能执事。秃子作难了半天，也便将钱给他了，千声万声地央求一定要为珍子治好，这跛子就关了门，焚了香，双目紧闭，口中念念有词起来，半个时辰后，跛子却说，这是家宅不好，有少年恶鬼作祟，一时不好捉拿。秃子吓得脸色煞白，心想：有少年恶鬼，这恶鬼是谁呢？莫非是那刘成不成？就说：

"大师，人死了才能算做鬼吗？"

"不一定。"跛子说，"鬼有死鬼，鬼也有活鬼——活鬼倒比死鬼恶煞十倍，这女子一定被活鬼所缠，不一定一下子能治住啊！"

秃子叫苦不迭，当场痛骂起刘成，又是苦苦央求跛子，跛子就说这要晚上才能执法。这一下午，秃子就没有回来。他替跛子磨了四升麦子，抱住磨棍将那石磨推动了成千上万个圈子，直累得汗流满面，七窍生烟。这种劳作换取了跛子欢心，夜晚里做成了一个黄表纸人儿，身上写了刘成的名字，用针在眼里、心里、手上、脚上扎了九九八十一个窟窿。又画了一张符，说：

"这纸人儿，要让那女子亲手埋在床下的土里，这符你等半夜三更无人之时，在那房子正东六步的地方点化，病就会彻底好了。"

秃子一番感激，连夜赶下山来，到了漫川镇上，正是鸡叫二遍时分，他径直到了珍子家的屋外，沿着墙根，向东走了六步，不偏不倚，正好在那木桩立栽的院墙豁口下，就蹲下来，划火点燃那符。偏这晚有风，火柴划一根，灭了，再划一根，还是灭了，他便脱下一只鞋来，在鞋壳儿里划着了火柴，那符点着了。

"谁在那儿？"珍子突然大声叫着，她夜里又是睡不着，歪在床上想心思，冷不丁听见响动，随之火光一闪，就开门走出来。

"是我，珍子。"秃子说着，手中的符已经烧完了，他嘿嘿地笑着，走过来，手攀着院墙豁口上的木桩，"珍子，这下你的病就要好了！"

珍子莫名其妙，踏着月光也走近木桩，问烧的是什么，秃子原原本本讲了一番，又从怀里掏出那个黄表纸人儿。

"珍子，那阴阳先生说得准呢！就是刘成这活鬼害得你有了病，你为他受了那么多的苦，他却这么报应你！针已经把他扎了八十一个窟窿，你把他埋在床下，他就再也不会缠你了！"

珍子忽地夺过纸人儿，嘶嘶嘶地撕了个粉碎，一把纸屑撒在了秃子的脸上，勃然大怒：

"把你怎么不扎了窟窿？把你怎么不埋了？你成的什么精，秃子！秃子！"

秃子霎时五雷轰顶，木刻石雕一般痴在那里，等清醒过来，珍子已经进了屋去，在里边放声大哭了。

第二天一早，秃子又来了，他不能不来，他不感到自己委屈，却可惜着珍子不听他的，更担心珍子生了气后，病更加重；心里想了许多要说的话，可一见到珍子，嘴里就讷讷地说不出来了。珍子一双眼睛像烂桃儿似的，在门口看见他了，却并没有骂他，倒叫他的名字。

"秃子，你生我的气了？我只说你不会再来了。"

"我没，我怎么都会来的。"

"我知道你也是好心，可你怎么就干这些事？"

秃子再也不敢去找那些阴阳先生了，但这一天却领来了许多人。他们是东乡成立的龟子队，说是秃子找着了他们，建议请她入伙，他们好不高兴，因为珍子的唱腔极好，他们龟子队如果有珍子参加，一定会更红火起来的。珍子一听，就又生了气，指着秃子说：

"你是怎么啦？谁叫你去联系的？让我去干这种下贱事吗？"

秃子说：

"这怎么就下贱了？现在农村富裕了，过红白喜事，哪一家不请了龟子队去吹吹打打唱几天几夜，人人都看着他们像城里剧团一样的，这来娃队长你知道他是谁？他也是县剧团吹唢呐的，县剧团是国营单位，比咱们镇皮影团高出几倍呢，可人家打了报告退职不干了，自己搭了这龟子班子，这怎么是下贱呢？你待在家里，就这么待下去吗？我已经看出来了，你是天生下的唱戏的，一唱戏百病就没有了，不唱浑身就要散了架，你瞧瞧你病成什么样了，珍子！"

秃子第一次有条有理地说了一通话，连他自己都有些吃惊了。珍子看着秃子，心里倒酸酸地疼痛，低头不语了。

那些人就退出来，说不愿参加也不勉强，反正是自愿组成的，如果什么时候想来，他们都是欢迎的。这秃子以后就越发勤地到珍子家来，转弯抹角地说些鼓动话。又是一天，秃子挑了粪桶又来掏粪，珍子说：

"秃子，你来听听，我长久没唱了，我唱一段，你听听还是不是以前的味儿！"

她就低声唱起来，唱的是一段花鼓调：

> 郎在山上锄禾秧，
> 妹在家中织嫁裳，
> 我爹我娘心肠狠呀，
> 我进他张家不久长！
> 前脚进门死他的爹，

后脚进门死他的娘，

小叔子砍柴摔下坡呀，

小姑子挑水滚长江！

他一家大小全死光，

再与我郎来拜花堂，

后院里有一棵苦李子树呀，

未曾开花你先尝！

唱毕了，低头一看，秃子却坐在那里眼泪长流。

"你怎么啦，秃子，是伤心我唱不出以前的味儿吗？"

"珍子！"秃子说，"我恨死那个团长了，我也恨死了刘成！都是他们害的，使你上不了台，你知道不，皮影团现在票也卖不动了。我看了五年皮影戏，送给了团里几十元戏票，现在休想挣我一分钱了！珍子，你别笑我，你也别骂我，我在我那粪池边上，埋了两个墓堆，一个是那团长的，一个是那刘成的，我咒他们！这团长不会干得长久，那刘成也该判他十年八年才好！"

"你又胡说什么！"珍子突然厉声叫起来，"他们妨着你什么了，你还这么咒他们！"

说完，自己倒过去把秃子拉了起来。

"秃子，我要给你说件事，那龟子队的人还找过你吗？"

"找过，人家才红火了，四乡八村过什么事，都去请他们，为这，皮影团恨得不行，说是丧了他们的行，可那有什么办法，我盼不得他们立马三刻就散了伙去！"

"我也想去哩，秃子！"

秃子一下叫道："这是真的？"

"不知人家还肯要不肯？"

"那盼不得的！来娃是我老表村里的人，你真要去，我也要去呢！"

"你去，你去能干了什么？"

"我行，我有力气，我背家伙呢，珍子！"

十八

"咚！咚！咚咚！"

大约三更的时分，门被使劲儿地敲响，刘成忽地就醒了。

这已经是春季的天气了，二八月乱穿衣，棉衣前天未脱之前，也并不见得十分燠热，今早穿了绒衣单衣，也不见得就冷了许多。"九九八十一，光头小伙靠墙立，冷是不冷了，只害肚子饥。"刘成的吃喝并不紧张，一天三顿九碗饭，吃罢就是发困，晚饭后，夜还未下来，他就扳倒头睡了，一直死死沉沉。门被敲打了一个时辰，他也懒得去开。爬起来，困眉困眼地打开了门，劈头骂道：

"三更半夜打得那么响干啥？吃得多了，挨得揍了？！"

门里，明晃晃的月光泻进来，是一个银亮亮的长三角，打门人却扑通一声跪倒在那里了。刘成立时醒了睡梦，但同时又冷冷地说：

"谁又掉下去了？"

跪在地上的是一个老汉，老泪纵横，说：

"是我的儿子，我的儿子啊！他三十了，有媳妇有娃的，可他却自杀了！他不该和村里的那女子好，他离不了婚，可他胆小，他没有去杀人，也没有杀了他的媳妇，他却上到舍身崖，就跳下去了！我真后悔，我怎么就不同意他离婚，我怎么就没想到他会死……我老老的了，我没有死，可他死了，一纵身就死了！你给我捞捞，多少钱都可以，我要看看我的儿子，我的儿子啊……"

这样的事情，华山上已经经常在发生了，刘成看着跪在地上，捣蒜似的给他磕头的老汉，没有掉一滴眼泪，也没有一声叹息，甚至倒有些幸灾乐祸，说：

"你现在还要他一堆烂肉干啥？他既然都已经叫你逼死了嘛！"

"师傅，小师傅！"老汉哭声起来了，"你无论如何捞捞我的儿子啊！我给你钱，五十元、八十元、一百、二百，我都给你掏，你可怜可怜我吧，你积积福吧，小师傅！"

刘成说：

"不要嚎了，我找我的师傅去！"

他从华山绿化管理所的这间柴火房里走出来，往河滩里去了。河滩里，一片蒙蒙的灰白，那里是华山甬道窜出的水流和渭河汇合的三角坝子，地势并不很高，但两河如何暴溢大水，从不曾有过淹没。坝子上是耕作的田地，而且有一块儿收碾庄稼的土场，华山脚下的人麦秋二料将坝子上的庄稼收割了，就在那里碾打，那场头的一棵歪脖子槐树后的一间小屋，就是临时的歇身处。现在，这里却成了师傅的住屋。高高的华山群峰挡住了月光，阴影浓浓地铺在门前，从甬道里流出来的河水哗哗地鸣响，刘成看见山头上的月亮小小的，房子倒像河里滚下来的，又搁在了岸边的一块儿黑丑石头。房门在掩着，嘎吱推开，前窗后窗没有糊纸，格条又断了许多，屋里什么家具都没有，一个支起的大青石板上，堆满了大大小小高高低低的瓦罐，那是全部日用米面，而炕角的墙上，则钉满了木头楔楔，挂着包包卷卷布布袋袋。师傅牛车印仰面朝上，大字分开躺在地上，一屋子的酒臭味。

"又喝醉了！"刘成说了一声，便去扶师傅，但那又高又大的躯体，立不起身来，手是软的，腿是软的，那脖子似乎再也撑不起了脑袋，又是一口污秽从嘴里喷出来，溅了刘成一怀。

"谁他娘的，又是请你喝酒了！还不快打些冷水！"

那老汉跑出去了，提来半桶河水。刘成舀了一瓢，让车印喝，那车印嘴搭在瓢沿，只是不喝，刘成便一手捏了那鼻子，冷水就咕嘟咕嘟灌了一气。但同时他发现师傅的贴身衬衣，竟是一件的确良的印有花纹的女式衬衫，那手腕上还戴着一只手表。他立即明白师傅为什么醉得一塌糊涂，一定是又在深峡里发了无名无籍尸体的财了。

"他今晚是不会醒来了。"刘成将师傅背上炕，把湿毛巾敷在他的前额，解露开长着浓毛的胸膛，走了出来，将门拉闭了。那老汉一下子瘫了下来，哭声又拉出来了。

"你儿子是从什么地方跳下去的？"

"听看见的人说在舍身崖，小师傅，就在崖东侧那个石嘴处下去的。"

"是什么模样？多大年纪？"

"这是照片。"老汉从怀里掏出一张四寸小照。

"这个短命鬼！好吧，我只好给你去一趟了！"

刘成返回他的房子，从床下摸出半瓶酒，仰脖儿灌了，就又从床下摸出一瓶来揣在怀里，扎好了裹缠，用牛皮带系了腰，腰后别上一个弯口钢镰，又在一个牛角袋里装了几块干馍，一沓塑料布，一条绳，一包烟，一盒火柴，走了。

"明日下午，你到甬道里三十里沟岔来接！好了！"

"能捞得出来吗？"老汉还站在门口颤声地问。

"只要鹰不吃了，就能捞回来；鹰吃也不是头发骨头都吃光的，老头！"

刘成进了华山。自古华山一条路，这座五岳之首，北瞰黄河，南背商州，海拔两千二百米，远而望之若花状，奇拔峻秀冠天下，山下各处楼台、岩洞，皆依山建筑，天然绝世，年年季季，月月日日，登山游玩者多如蚂蚁。但是好事往往就是坏事，常常乘兴而来的一些人，就会失足掉下，或是被山上滚石打下，华山便成了大喜大悲之处，以至那些寻死觅短者，死得又要清高的，就来这里谢世了。刘成很小的时候，就听说过，一旦在华山滚坡，"要寻尸首，洛南商州"。这华山正处在商州与关中的交界线上，但滚坡的尸首却绝对不是落在商州地面的。当三个月的劳教生活结束之后，他跑到这里拜车印为师，便跑遍了华山的每一条沟，每一座崖。他的师傅，那个四十四岁的汉子，原本是这山下之人，形貌奇丑，力大如牛，娘过世早，跟着一个终年在山上采药的老爹过活，当三十岁那年，老爹采药从山上跌死，他便走出山来，无家无产，无妻无子，四处游逛，在关中的各村为人打房基，打井，拱墓。丑人偏要多作怪，本是好好的一个吃饭的活路，他竟在一次帮人干活时，对人家的媳妇生了贼心，又有了贼胆，在厕所的便槽下往里偷看人家媳妇小便，结果一顿毒打赶出村子。他又在商州各县跑动，几乎什么都干了，上山中石洞掏过鸟粪，下河里打捞洪水冲下的木头、死猪、死羊，但更多的还是打房基，拉大锯。他有一身蛮力，饭量又大得惊人，就吃不惯商州人的糊汤酸菜，又返回华山脚下，开始为游山人背行李，给山上饭店扛面袋。最后见得山上落坡的人多起来，无人打捞，这是一件极肮脏、极辛苦之事，无人敢去，他便去了，没想打捞出来竟可以得到死难家属几十元、上百元的报酬，就从此独揽生意，挂起牌子"华山捞尸队"了。捞尸队，其队长是他，队员也是他。山上死了人，是亲戚不是亲戚，凡人心都是肉长的，没有不伤心落泪，唯独他喜不胜喜，不亦乐乎。他只要打问在山上何处失足，闭着眼睛也就知道了尸体将落在何方，神差鬼使般地把尸体背驮出来。于是，声名大振，远近没有人不知这牛车印的大名了！所以，走投无路，又陷于了极度苦闷之中的刘成，就来找到了他。

"你行吗？"当拜师时，车印看着刘成，表示了极大的怀疑。

"我行，我能爬山，会上树！"

"你怕不怕死人？"

"不怕。"

"你晚上到峪口白龙洞里，将那三丈三尺白布拿来。"

"白布？洞里有白布？！"

"你去了就知道了！"

刘成知道师傅在考他了，但却不知道这耍的是什么把戏，夜深人静，独自一人进了华山峪，深入五里，西崖根下有一洞，进去，擦火柴一看，险些晕倒，那里平摆了一具女尸，血肉模糊，身上正好覆盖一截白挽幛。火柴立即就熄灭了，他扯起那白布一角，拔脚就跑，才到洞外，忽然遇见一只恶狼，恶狼怕也是来找人尸填肚的，却碰到活人，便追他而来，他停，狼也停；他走，狼也走；他大喊一声："车印，你要了我这一条命了！"手一挥，将三丈三尺白布抛向空中，就瘫坐在地上，等着狼来吃了。但是，清醒过来，已是第二天黎明，狼并没有吃他，车印却赶来了，发现在面前不远，有五丈长一道狼的稀屎，原来狼看见半空突然一道白光，也不知是何等新式武器，便吓得稀屎乱溅，逃命而去了。

车印哈哈大笑，说道：

"好的，好的，你是胆儿大的种，你是我的徒弟了！这女尸是我昨天打捞出来的，她的家属用白布盖了，连夜回去叫人搬尸去的。这有什么，你是从劳教所出来的，活人都不害怕，还怕死人吗？我敢和这女尸亲嘴哩！你听着，干这行就是向死人要吃要喝要穿，比他娘的走私利还大，一不怕公安局，二又不上税，三能积德积福！我问你，你背过女人吗？你在什么地方敢多看人家一眼？我可是十几个几十个抱着背着过来的！"

从此，刘成就跟随了车印，常年住在山下绿化管理所的院子里，他几乎成了第二个车印了，能吃又能饿，能跑又能喝酒。果然这工作极能赚钱，十天半月碰不上一次，碰上了一次却可以吃喝三月四月。车印从不积攒，有了就吃，就喝，喝八两一斤"西凤"，就烂醉如泥两天三天不起。那借居的一间破草屋里，什么也不值钱，也不用收拾，只求晚上有一个睡处就是了，而且那钱，从不肯花在穿着上，山下常有无人管的尸体，随便进去脱一件下来，也是极高级的质料。所以，车印也穿过涤卡，也穿过毛呢，有球鞋，也有皮鞋，水壶几乎在床下丢了几十个，而手表并不易得，得来的常是不走的，甚至还捡过一个照相机，他不要这玩意儿，卖给县城修理店，人家哄他值不了几个钱，他也罢了，只讨回一瓶"西凤"酒。刘成却把赚得的钱，一半寄回到家里，一半也挥霍了，他也喜好酗酒，因为酒可以壮胆，又可以逼退尸体的腥臭，又可在睡觉前喝了，不一会儿就沉睡，而避免一闭上眼尽是那些无头无脚的可怕的死人影子了。

刘成在沟里走了几十里，天明的时候，到了鹰嘴井。但是在鹰嘴井的方圆每一块儿岩石上，树丛里，找来找去，却没有发现什么尸体。是找错了地方吗？他疑惑地向山上看看，天只看见席大的一片，白云在山峰的半腰就弥漫开来，到处是鸟的鸣叫，他有些害怕起来，听得见了自己的喘气声。突然，哪儿有丁丁零零的脆音，似乎是金属的韵律，他立即唰地头发竖起，脸上出现一层鸡皮疙瘩。转过身来，并没人影，只是石壁上正往下滴着细泉，这壁是一个几百平方米的光面石头的直竖，出奇地上边竟长了稀稀薄薄的"石蹦子"草。石蹦子，多么名副其实！他近前去用手去掐一棵，嫩得立即就溅水儿；将头伸在石壁下的一个尖嘴下，从尖嘴缝隙滴出的水点就落在口里。于是，心里说："不怕，怕什么！我是来捞死人的，死人的鬼魂还与我过不去吗？这地方就是鹰嘴井，从舍身崖下来的，只有在这里！"他猛然觉得是不是在半山上被树木卡住了呢？这么思索之后，就又顺原路往山上攀，那陡如刀削的石壁上，他下来时是从上边逮着一条绳的，现在也只有猴一样地拔绳而上。终于在左侧的一丛冬青树权上发现尸体了。这是一具很年轻的尸体，但一条胳膊是没有了，脑袋陷在腔子里，肚子破了，肠子被拉出来，一头挂在树梢，一头还连着肚子。他艰难地爬到树下，闭着眼睛，使劲儿地摇树，但尸体不得下来，他就用镰刀砍了树枝，尸体正掉在他的身上，血水和腐败的臭水沾了他一怀。他骂了一声，就掏出酒瓶，猛灌了三口，两口喷在尸体上，一口却咽了，用葛条系了那烂物，拼足力气往这边平台子上拉。这时候，突然有人哈哈大笑，刘成抬头一看，师傅车印站在那边的山嘴上。

"你小子又要发财了！见一面，分一半，我来帮你一把吧！"

尸体已经拉到平台上，刘成开始用塑料布裹，准备要扛起来往下边的沟里去。

"傻小子，用树枝裹着往下推！你能把他扛动吗，你是要你的小命吗？"

"这尸体已经少胳膊没腿了，师傅！"

"死了还怕再摔吗？傻小子，折得越少越好啊！"

刘成就拿镰砍了一捆荆条，将尸体包在里边，将荆条捆用葛条扎紧，从崖畔推了下去，他也随着从崖上的绳溜到了鹰嘴井。师傅也同时将一条长绳一头缠在树上，抓住一头，从悬崖上往下跳，那崖八十度九十度，人抓着绳索跳下来，不是一下子就能滑下，而是脚一蹬，一个跌子，下行一段，再靠近崖面一脚，一个跌子……刘成远远看着，觉得师傅一连串的动作是那么轻松优美，倒像不是在做生命的拼搏，而在划动一个一个间距相等的半圆，或者是书写一个接一个的 B 字。末了，快到鹰嘴井了，那三十米高的地方，崖石成了窟凹形，师傅荡在崖凹嘴上，再也不能将身子靠近崖面了，就猛地双腿一蹬，一个鹞子腾起，顺势极快地放滑绳索，等荡回去的时候，人已经稳稳地落在了鹰嘴井。

刘成将包裹尸体的荆条去掉，再喷酒，再要用塑料布裹扎时，车印挡住了：

"口袋有钱吗！"

"没有，一份遗书！"

"穿什么衣服？"

"蓝涤卡，已经扯碎了一半，毛裤也只有一个腰了。"

车印走近来，又将那塑料布打开，生气地骂起来：

"他娘的，一件能用的东西也没留下！"就将那条皮裤带抽下来，系在自己腰上了。然后苦苦一笑，拿过酒瓶，一脸庄严地向南去，在一块儿青石板上跪下了，双目紧闭，浑身发抖，口中念念有词，突然将酒在地上倒了三下，再在自己身子周围倒了三下，用火柴点了，自己绕火跳来跳去，叫道：

"刘成，来，辟辟邪！送这个亡灵上天，他再要托生，就不会拉咱们去顶替了！"

"师傅还迷信！"刘成说，"我从不这样，我活得旺旺的；你拿了人家的裤带，还愿人家以水酒！"

车印说：

"我多少年了，都是这样。你不信？迷信迷信，要信一半，不信一半，要不，出事你就来不及了。这酒一浇一烧，真的，就再也想不起他了！"

两个人开始坐下来吃干粮，喝酒，蓄着力气，他们现在只完成任务的一半，还要背着尸体从山沟没路的路上出走，少则四十里，多则六十里，上崖下涧，半下午才能到峪道口的。车印吃得狼吞虎咽，身子热起来，就剥脱了外边衣服，将那贴身的女式花衬衫露出来。

"师傅几时换这身的？"刘成笑着问。

"好吗？"车印说，"前天，你又去县城邮局了，我就有了一桩生意，是西安来的，尸体落得并不远，是黄羊坪那儿，跑去一看，嘿，是个女的，里边的衣服还好好的。我就没有捞，出来对她的丈夫说：不行，尸体掉在半崖上，你给八十元吧，六十元是不行的。但那丈夫只掏六十元，说若是太贵，他就不搬尸了。他娘的，他倒来威胁我了！他是估摸我一定会打捞的，因为六十元毕竟也不是平日别人会给的，我就只好二反身回去，一气之下将那女的衣服剥光了，藏在山洞。我什么都看见了，嘿嘿，倒真恶心人噢！"

"人一死，浑身成了僵硬，你一个人能脱下衣服吗？"

"当然能！你是干不了的。看我，拿了绳挽个圈子，先套住她的头，再套住我的头，我就身子使劲儿往上拱，她就斜着立栽上来，我就又那么伸了胳膊从背后将衣服往下剥。你想想，能脱不下来吗？放下那女的，一瞧她眼睛还睁着，把他娘的，她还死不瞑目，我用手合住她的眼，说：你这不要怪我，为什么你丈夫不掏那二十元呢？但我确实也害怕了，当下在地上倒了九摊酒，全点着烧了，回来一闭上眼也看得着她那赤条条的样子，我就喝酒，喝了八两，醉了！"

"你真缺德！"刘成脱口就骂了一句，"六十元钱也够你吃一阵了，倒还能看得上人家的衣服！你一个男子汉穿这么一件花衬衫像什么样子？怪不得一辈子老天要罚你没个老婆！"

车印突然不言语了，直愣愣看着刘成，末了，却又嘿嘿地笑起来了：

"没老婆？你倒不要笑话我，女人我也经得多了！女人才是真正害人的东西哩，当年我在那一家就吃了女人的亏，脊背上的伤一直过了百天才好，这次又让她害得我喝醉了一场！可你这小子，还是整天整夜不忘你那个珍子！那是个什么娘儿们，有前十天咱们打捞上来的那个好看吗？"

"放屁！"刘成跳起来勃然大怒，一双拳头就扬了起来。

车印倒吃了一惊，立即说：

"你敢打师傅？"

刘成额角上的青筋突突地跳着，手却软软地垂下来：

"师傅，不许你胡说！"

"好厉害的角色！"车印就又嘿嘿地笑了，"好喽，好喽，我不说了。你别看师傅什么话都说，我也是一肚子苦，四十四岁了，背了那么多女人，可哪一个是咱的？我要一死，这牛家也就没了，谁给我来收尸，谁给我摔孝子盆啊！"

刘成看见车印的眼角里有了泪水，这位从来未见伤心的人竟大声吸着鼻子在哭，他心就软了，同时想到了自己的将来，想到了珍子。

他说：

"师傅，干咱这一行的，就只能是这样吗？"

"我是不行了，刘成，就看你的啦，前日你去邮局，是给珍子写了信吗？"

"我不是给她写信，我不是给你说过吗，我谁也不给写信的。"刘成说着，样子很烦躁，"我是给我家寄钱的，我要能给她写信，我就不会来投师傅你了。你想想，我被劳教了，不管时间多长多短，总是背了劳教的名声，况且现在又干了这一行，我还有什么脸面再给她去信？"

车印骂道：

"这一行怎么啦？这一行为活人做好事，为死人做好事！他当七品的五品的官也不见得就比咱行的好事多！你没了脸面？是我硬拉你来的吗？你瞧瞧你的嘴脸，不给珍子写信了，怕一定是人家不给你写信了，你小子才说这种气话吧？嘿嘿，可你小子总还不错，毕竟还是抱过那活女人的，我他娘的尽是些死的，龇牙咧嘴的……"

刘成却扛了那尸体向沟下走去了。

第七单元

十九

　　照川坪这个镇子，它不在长坪公路线上，离洛华路也还有四十华里。从镇子北去五十四里，翻一座巫岭，就是商州的唯一原始森林。关于这片森林，传说很多，路程虽然不远，但很少有人往那里去，说是那里长满了密密的油松，粗的几个人不可搂住，细的也根部盆粗，即使那些并不成材的幼树，根为一握，梢也为一握，可以直长七丈八丈，川道人家都以这种幼松做织布的浆线杆，或石磙子的碾杆。可惜，那山却陡得出奇，几乎没有人走的路，而栋梁之材，又多在山巅或沟底，山高得人不能上，沟窄得砍倒树又运不出来，好多好多的原木就在那里自生而自灭，枯干腐朽。国家曾在那里开发了几次，但是，这毕竟是商州的原始森林，于国家的森林地图上，它仅是个微不足道的小点，投资就不大了。光那一条公路，一公里需得花三万元，所以投资钱花完了，路也修一段停止下来；再修一段，再停止下来，只能采伐山下的树木，而最险要之地，最优良木材，却还是利用不了。于是，多少年来，方圆上百里，就有了偷伐树木的贩子，这些亡命之徒，可以背上干粮，扛上大锯，在那山的深处砍伐解板，却往往披星戴月往外转运时，即使不被国家管理人员捕拿，也十有三四从那崖上掉下摔死。而且有一种树木，人触之便浮肿，肿过十天就死。这样，照川坪镇子里就有了一种极可怕的传闻：人到那密林去后，方向就不能辨别，总是走了半天，或者一夜，到最后却又返回了原地，就是有本事爬到最高的山尖上的大树上，看准了太阳从哪边出来，向哪边落去，但下了树朝那方位走去，又多是不能达到。除非是阴阳先生手中拿了罗盘，或是有一双瞎子摸骨算命的手，可以在树的根部摸辨出哪面向阳，哪面背阴。"那里是有一种迷惑鬼的"，这镇子的人说起来，变脸失色。

从这原始森林里流出一道河水，水并不大，但拐六九五十四个弯儿，才到这镇子。这五十四个弯儿，其实是五十四个大石潭，每潭相距一里，呈连环状。潭的进水口都是一个石槽，皆靠左，水注入潭中全然现一个半圆的白色，再旋转一圈，那半圈安稳了，水又恢复为墨绿，再倒旋半圈从潭的石下流出，进入又一石槽里运行，一潭接着一潭，从此而下，五十四个大石潭愈来愈大，愈来愈深，每当月在中天，临潭观看，圆月正好落在潭的中心，那潭的黑白参半相套，酷似一个太极双鱼图了。因此，有文墨的人联系那河水起源于莫测的森林，就认定这河水是一条神秘的水，是一条哲理的水。至今照川坪镇子后面河畔边，不知何年何代何人凿刻了一副对联，左是："云在山头登上山头云又远"，右是："月在潭面拨开潭面月更深"，横额为"太素元精"。

照川坪之所以为照川坪，也就以此出名。

但是，镇子周围十多里的山却与河上游的山截然不同，负土而来，山上却极少有树木。据四十来岁的人讲，当年这里还是树木茂密，五八年大跃进，大炼钢铁，就把树全砍了烧炉，结果人人都将铁脸盆、铁香炉、铁锹、铁锅交在一起投入炉中，炼就了红铁疙瘩，那树木便白白地没了。至今镇东坝子口，一堆生铁疙瘩还放在那里。山坡上的树砍完之后，附近的人烧柴也成了问题，就又拿镢头刨了树根，山就光得像和尚头，能开地的

171

开地了，开不了地的长蒿草，一下雨，泥流下涌，在镇后的沟里越涌越厚，这就成了坝子地了。坝子地里可恨的又是终年积水，茅草就发了疯似的长上来。别以为那上边的水草萋萋，可以做牧场吧，但走着走着，就会扑通一声陷进去，下边尽是黄泥糊糊。曾经有人陷进去，懂得的立即将身子横卧下来，慢慢抽出双腿；不懂的越挣扎越下陷，陷至腰间，口眼发紫，流出血来一命呜呼。因此就年年有牛贪图嫩草贸然进去，真成了"泥牛入海"无消息了。

沼泽地里是恐怖的，却也有其美好的一面，就是后来长出一种草来，这草不知是哪儿传来的，或是风刮来的种子，或是鸟叼来的果实，反正是长出来了，而且长大后迅速繁衍，几年光景就统治了这地面。样子极像芦苇，但比芦苇细点，也矮点，镇子人称"毛蜡"，是指它秀出的穗，形如蜡烛，将之捣烂，里边又是雪白雪白的绒毛絮，可以装枕头、做椅垫、蒲团，也有人曾和棉花搅在一起缝过褥子。这一切倒还罢了，妙的是阴历四月天气，麦子黄的时候，"算黄算割"鸟在四山叫唤，那沼泽地的毛蜡就都开花了，花是极不起眼的，花粉却多极，又呈粉红色。无风之时，整个坝子一片红浪，如朝霞长驻不起，一起了风，就遮天蔽日的红云红雾，阳光下浮翻升腾，人过成了红人，狗过成了红狗，天若有雨，那又是一番红雨落地的奇观。

外地人曾经将这一现象描绘得如天上仙境，本镇人却并不以此得意。因为那毛蜡之下，是曾经陷死人和家畜的不祥之地，而不祥之地却有这等美色，那只能是妖气所致，正如传说中艳艳桃花是少年女鬼的精灵，楚楚白杨是少年男鬼一样，也正如越是毒草越要开鲜花，越是狐狸精越要变美女一样。而且又有证据，是在"文化大革命"前一年，有人到毛蜡丛去采绒絮，半天不见回来，家人去找，他却倒在那里死了，口里、鼻里、眼里、指甲里都是淤泥。阴阳先生刘老五，外号刘半仙的，就论证这是鬼的作用：鬼附了身，自己将头往淤泥中钻，窒息而亡。这事情一晃过去了六七年，到了七十年代初，镇子里接二连三就又发生了一些怪事，常常是一家妇女与男人吵了架，突然就疯了一般，或要扑井，或要上吊，被众人按住，却又双目紧闭，口吐白沫，尽说当年在毛蜡丛里死了的那人的话。镇人大惊，不知何因，将这种事称作"通说"，往后，这种"通说"愈来愈多，皆是四十至五十岁的女人。

后来，镇子的东边有一山崖，夏天里溜了坡，露出山梁上一口石洞，洞里终日嗡嗡作响，人近前去，冷风飕飕，似抽风机之力。盛夏人在那里久坐，就没有不从此得了关节炎的。这一石洞出现，更使镇子声名振远，附近人争看，但谁也不敢下洞勘探，终不知洞深多少，内有何物。可外地风声鹊起，说这洞为鬼洞，常有黑风冲出，做旋转状而去，又旋转而至，吸进洞内。更有离奇之语，说这是海眼，直通八十里外丹江峪口洞，若在此洞倒入十担麦糠，可以从峪口洞那儿漂出。

镇子自古是闭塞的一个去处，一切处于几乎与外界隔绝的状况，这里的人传统性的是男人在田里耕作，女人在家里纺织，黑灯瞎火，夫妻上炕，进行一种既是人生任务又是娱乐的勾当，所以大部分人没有走出方圆五十里的地方。长坪路通车后，十多年前有一条支路连接到这里，年轻人可以骑自行车去县城看世事了，但更多的老太太还死守着一个大炕。她们讲究唱一种曲子，做一手针线，来美化自己的生活，享受自己的乐趣。但多少年来，一连串的事情发生，这里有了名声，使他们不安静起来，也正是这种不安静的形势，镇子上就出现了一些弄神弄鬼之人。时常，便突然造起一股风来，谁家的媳妇成神了，说是玉帝的女子，或是西天菩萨的徒子下凡，可预知人的未来灾难，可拯救人的后天的病病痛痛。这些所谓神人被那些三寸金莲的老婆婆们请去，念咒画符，捏骨推背。生意竟然还很红火，暗中风传着如何灵验，使谁家闹鬼之事消了，谁家犯煞之事息了，谁家母亲心口病被揣了一把好了，谁家小孩被捏了脑壳儿，夜里不惊不哭不尿床了。甚至又牵扯到了天下政治大事，说当年林彪坐飞机叛逃摔死，前一年神婆就掐算到了，邓小平恢复工作，也是神婆在他下台时就说过：此人必有后福。当然，神婆的活动，民间的传说，还只是一切在暗中进行，当宗教势力极快兴起，一种天主教的，很快被人鼓动，参加的很多，等到宗教政策恢复之后，这里谁也想不到的便成了全县甚至全商州的宗教镇。

种种因素，使这个镇子越来越独特起来，镇子上的有头有脸的教徒们就形成了一种不订规矩的规矩：入教的人只能同入教的人通婚。这样一来，镇子就完全地封闭起来，很少和外界来往了。但是，天主是只让教徒们顶礼膜拜，却是不管信徒们的子子孙孙，几年之间，近婚的夫妇，生养的儿女，不是傻子，便是呆子，智力和体力明显下降。孩子在学校，反应迟钝，体育运动，一塌糊涂，县上教育局最为头疼的，是那些教师们谁也不愿意去那里任教，因为这个学校的升学率一直处于全县倒数第一。

这样就发生了一件骇人听闻的奇事：有一姓黄青年，同本族未出五服的一个女子结婚，两家都是世代单传，一心盼望能有一个男孩出生。没想第一胎生下来，婴儿竟是眉目不清，口鼻特大，头脑扁而长，如水囊，按之稀软，以为怪物丢在尿桶里淹死了。又生第二胎，头是好头，则有口无鼻，一肉洞可见喉管，也便丢在毛蜡丛里让狗撕了。婆婆就大怒，以为媳妇是中邪，去教堂里祈祷，又去请神婆驱鬼赶魔。第三胎却更是一个口鼻皆无的肉瘤，神婆就认定这媳妇是扫帚星，败祖宗绝后代，要谢罪方行。村里一些人就拉来一头毛驴，要媳妇倒骑之在镇中走三匝。媳妇哭死不从，但终被几个男人绑了双手，披一身大红土布，拉上毛驴之背，倒骑着在镇中游走。这媳妇三匝未游完，就昏厥不醒了。这还不能罢休，婆婆又一定要儿子同这媳妇离婚，不料这小两口感情深厚，终是不忍，遂也再不信神信鬼，去县城医院检查，又去商州市医院复查，查清原是丈夫的精子染色体有问题。夫妇不能再生，两人抱头大哭，就在毫无办法之时想出一条办法：借种。当他们把外地一木匠请到家里做家具之时，丈夫夜设酒菜，说明原委，让其尽了委托，遂两口付了重金，打发他远走高飞。果然，第四胎生下一健壮男儿，这事，却不慎被丈夫酒后说出，一传十，十传百，镇人大怒，从此使这黄家身未败名先裂，方圆几十里传为趣话笑料。但这事骂是骂了，啐是啐了，那些产傻儿生呆女的夫妇，却夜夜相对叹息，终偷偷去商州市检查，查清了近婚所致，捶胸顿足，已生米成饭，不能离婚，遂也效法黄家，但手法高明，而是以走亲戚、逛县逛市为名在外做事。

黄家小儿渐渐长大，身体健壮，聪明伶俐，镇人虽知其来路不明，但没有不眼红羡慕的。那小儿上了学，功课一学就会，连着隔级跳班，在县小学生统一测试中竟名列第三，这事在镇里轰动，视小学生为神童，人人见之，人人喜爱。那黄家婆婆也不再咒骂媳妇，常到分家另出去的媳妇家去，帮着推米磨面，养鸡喂猪，夫妇出来也脸若盆大，无比荣光。

当然，在这偏僻闭塞之地，教会的势力还大，封建制的家长观念还重，一心效法黄家举动的毕竟不是长久之事、根本之事，为了摆脱儿女受累之灾，又为了镇人家人友好亲善，那些年轻男女就纷纷以这镇子远离公路为由，想方设法移迁此地，分散到长坪公路、洛华公路的各个村子去了。他们既然逃离了此镇，也就脱离了教会，也就婚姻自由自主，也就父强母壮儿女康健了。但是，事情奇又奇在那黄家小丈夫，当他在镇里慢慢受到人们看重之时，就推荐到了小学当民办教师，历经几年，也调到长坪公路边的一所小学任教。当镇子里外迁之风兴起后，他完全可以将家移出，但他却要求调回本镇小学来，要从事本镇的子女的教育，大搞起唯物论的宣传，破除封建迷信活动。阻力是大的，但公社支持，县委支持，镇中年轻人也大都支持，镇人就开始群起攻击那种近婚的规矩，逼使这种恶习取消。这样，他一举成了镇人不挂名的领袖，在他四十岁生日那天，本不是大庆大贺之年纪，镇人都来贺寿，又大家掏钱请了邻县的龟子队，吹吹打打了一天一夜。自然，也有一些人恨他恨得牙根出血。所谓"通说"之人，曾假死人之口，说他借种得来的儿子夏季要死，但夏季没有死，那神婆就画符念咒，说秋季要死，但秋季还是没死。八月十五那天，月明星稀，这小学生竟吃了一串葡萄，三个鸭梨，放了一个大大的烟灯。因为他期末考试又是第一，开学之后就是五年级了，他在为自己的万事如意而高兴得发狂呢！

奇闻逸事的迷离，人物风云变幻的莫测，照川坪镇很引起了人们的兴趣，近一二年来，几乎县上的专区的乃至省城的各类学者都来这里考察，有的回去写了环境地理的论文，有的写了民俗风情的调查，有的专门对宗教方面在这里之所以能兴起的社会原因作了分析。但是，谁也没有估计到，省城一位搞美术的同志来这里写生，却意外地发现了这里的民间美术。他写出了一篇数万字的文章，详尽地介绍了这里的刺绣、补花、印染、编织、剪纸、雕塑、镶拼、年画、灯彩。其中对刺绣介绍最为生动，现摘录如下：

照川坪的民间刺绣，构图繁密奇巧，设色华艳自由，针法细致熨帖。突出的作品有：镇东刘秀云（女，已逝世。作品产生于一九四二年前后），绣的帽顶、扇插、钱褡裢、钥匙套，绣技娴熟，手法活泼，综合运用齐针、套针、打子、盘金、游针、鱼鳞、反底、挑花等技巧，选取富丽高雅之色如金色、黑色、紫色、银灰等作为画面其他颜色的对比与基调，把人物、花卉鸟虫绣得栩栩如生。她的错花螃蟹，很有立体感，且又气韵生动，好像刚从齐白石的画上跳落下来一般。她的构图大都是国画小品风味，作品风格接近柔和淡雅、秀丽工整，与画紧密结合的苏绣，然而又常常露出轻松明快的湘绣的痕迹。如在一小块方形钱褡裢兜袋上，佛手的金线轮廓内又绣上房子、树，或绣上河水，岸边的钓鱼人钓起的鱼，比人竟大得多！在镇南二道沟收集的两块帽顶、四块枕顶（估计做于解放前后），作者将象征着"荣华富贵，福寿仙桃，福贵根苗，连生贵子，福自天来，鹿鹤同春，鱼龙变化"等主题的佛手、芙蓉、莲花、莲子、蝴蝶、鲤鱼、龙、鹤、鹿、猫、蝙蝠等物形混合组成画面，构图繁而不乱，色彩璀璨夺目。在一幅以"鱼龙变化"为中心主题的帽顶上，鲤鱼下三峰波浪，九根线条，竟也就用了九种颜色！其他的鱼呀，龙呀，云呀，树呀，都不拘泥于真，用色随画面需要而定。那么多灼灼照眼、你争我吵的颜色和形象，作者用最简单的黑绸衬底，画面便谐调了，统一了。镇中街麻毛姑收藏的帐沿，则又似乎有蜀绣的风味，绣的"凤凰戏牡丹"，红缎为底，多用晕针、齐针、羽叶针，片线光亮，构图大方，形象浓丽。同一生产队的陆文绒（女，五十七岁）绣的一块儿狭长形裙子飘带，黑绸底衬出又似桃花又似芍药的朵朵鲜花，给人一种静美之感。镇北横巷的金丑女（女，五十五岁）的蚊帐飘带上的绣球，由立体形花瓣连缀而成，每一小块花瓣上都绣上花草虫鱼之类。当它一转动，你就会联想到走马灯。而流水巷马兰兰（女，七十岁）的枕顶，喜欢在字里穿画。"福如东海，寿比南山""春夏秋冬"等字样中，分别出现了蝙蝠、鲤鱼、太阳、海浪、仙桃、白鹤、石榴、兰花、梅花等形象，有的谐音，有的寓意。更为别致的是，镇后东堡姓刘家有一枕顶，鸟儿身子就是一朵花，仙桃石榴内是花与蝴蝶的混合形状，叶柄是蝴蝶的向外卷曲的触须。这些艺术作品，多么无拘无束，无不给人以出神入化的感觉。

这篇文章发表之后，照川坪镇子的声名更是大振，随之却又是外地一些人大惑不解，便就有人来深入了解，寻找渊源所在。有的说这里自古闭塞，但山川河流灵秀之气饱满，山民们虽接触外界不多，可艺术从来产生于生活，他们就将对生活的追求、对美好的向往倾注于这些日用品上。有的说，此话有理，也觉无理，为什么这些作品会像湘绣、苏绣、蜀绣的一些构图和技法呢？就从照川坪镇人种来源调查，得出这里的人为早年混居而起，虽然迁居这里后渐渐内向封闭，但受各地的影响却以此保留下来。众说不一，于是有人就又玩味起后河畔巨石上的那副石刻对联，遂左右各加了六字，顿时镇人哗然，拍案叫绝。那加字后的对联是：风物世俗犹如云在山头登上山头云又远，人情艺文好似月在潭面拨开潭面月更深。

二十

六月六日，龟子班从漫川往西，再往南，往东，往北，转了七个县，三十三个镇子，生意十分红火。他们已经不仅仅那么小打小闹，唱些"孝歌""花鼓""四季调""喜盈门"，而是根据不同的情况，选唱内容不同的"本戏"，一个人同时扮几个角色往下唱，其实就同一个小型剧团似的，倒比剧团在舞台演出得更真切，唱的听的气氛更融合。珍子又学会了弹琵琶，边弹边唱，尤其唱那些悲凄之调，一出声便牵人魂魄，一扬三闪，回肠荡气，唱着唱着，不能控制，她明白这是为死人唱，为丧事的人家唱，也是为着自己唱，使听者为之动容抽泣，自己也泪流满面。珍子长得好，也唱得好，所以这个龟子班就没有空闲的时候，凡到一镇，班子被人家请去后，围观的人就很多，一些人往往为着一睹漫川女乐人的芳容而来，来了则被唱技所镇服。自然也就到处有提亲的、说媒的，甚至发生过一些无理取闹的事情。秃子就马前马后地保驾着她，一到某地，寻地方住下，班主去联系生意，吹鼓手就操练，珍子就吊嗓，秃子则满头大汗收拾整理行李和家伙什箱，再是为珍子端水，三遍两遍地喊着洗脸烫脚。有红白喜事的人家请着他们去了，能拉的拉，能唱的唱，他就站在一边，听一折，鼓一阵掌，叫几声好，把观众的情绪逗起来了，他就又拿眼睛盯着那些贼溜溜眼睛看珍子的人，他注意着这些人，而又要使这些人能从他的眼光里看出他的警告。珍子若要出门，他就在后边跟着，他有自知之明，从不同珍子一并儿走，亦不肯在人稠众广之中和珍子说话，怕有损珍子的形象。但所到之处，就有一些女子产生嫉妒，偏浓妆艳抹远远地和她对面站定，一比高下；这时候，秃子就挺身而去了，偏又一定要同珍子并排站着。他没上过文科大学，不懂得反衬的艺术理论，却知道他和珍子站在一起了，他会更丑，珍子会更美。他们的生活是流浪的生活，翻山，涉河，夜里常常走到前不着村、后不靠店的地方，就要在山洞里或老爷庙里歇着了。秃子这一夜就不会入眠，他会安排珍子在洞里或庙角的草堆上去睡，同伴就睡在洞口和庙口，生出一大堆篝火，一是驱兽，二是逼鬼。同伴与珍子之间，秃子是要用灰撒极宽的一道界线，他是在预防着外边的野兽和坏人，也预防着班子里的男人偶尔冲动的产生。这一夜里，他半睡半醒，似醒非醒，蹲在火堆边，心里说：我是老骨头，一身臭肉，坏人是不要我的，野兽也看不上吃我的肉，最危险的是珍子呢！天明起来，首先就去察看那灰道了，灰道太宽，一脚是跨不过去的，若有人夜半逾越，必有脚印留下。当然，多半年来，这灰道上没有出现过什么脚印，偶然有一次出现了脚印，秃子将所有人叫住以脚对印，结果将一名新加入的后生打得口鼻出血，虽然他是越过界线，但胆怯地又反身回来的，龟子班还是一致意见，将他开销走了。

这一天，他们到了洛南大川镇，镇上正逢物资交易会，被请去热闹了两天。第三天才要转点走时，镇南林家岔村子一位老太太请他们去她家了。这是一家在洛南县有头有脸的人家，四世同堂，村子里老太太一人守着一院砖瓦房子，儿子儿媳都在县上当局长，孙子是独苗，也娶了爱人，才生了一个还未出月的小孩。可祸从天降，这大学毕业刚刚工作了两年的孙子，去华山游玩，在陈抟老祖与赵匡胤下棋的地方，贪恋风光，照相留影，恰好一伙游客也到这里，让他代拍一张，他乐于助人，满口答应，将相机高高举起选择最佳镜头，没想就忘了身在奇险之峰，在往后退着时不幸从崖边掉下。尸体被人打捞出来，送回老家，一家人悲痛欲绝，老太太就一定要请龟子班来吹打一番，超度这可怜的亡人灵魂。

龟子班自然去了，于他们来说，为死人吹打，几乎是常事，但为这么一个有钱有势人家吹打，死者又死的不是在医院，也不是在家里的人物，

179

这还是第一次。珍子就问秃子：

"你去过华山吗？"

"没有。"

"那是个什么地方，倒那么容易死人！"

"就是呀，听说年年都死人，但年年都有人去爬山。"

"我真不敢去看摔死人的样子哩！"

"你不要怕，珍子。"

秃子说着，看见珍子脸色还有些不好看，就想说一句趣话逗逗她，却又想不出来，就说：

"珍子，要是我哪一天死了，你会怕吗？"

"你不会死的。你要死了，我给你唱三天三夜丧。"

"那我一听见你唱，就又会说话了呢！"

珍子才咯咯地笑了起来。

这滚山人的院子极大，屋里屋外摆满了花圈和黑幛，灵堂却设在院中席棚里，棺材也停在院中。珍子就又悄悄问秃子：

"房子那么大，怎么不停在中堂？"

"这是横死的。"

"横死的？"

"遭了意外死去的，都是横死，若不是家里死的，尸体是不能入门的。"

这家人哭得脸青眼肿，一见龟子班到来，招呼之后，又是扑在棺材上哭声一片，而那堂屋的小房里，更是声声啼哭不绝。

"那小房里是什么人？"珍子又问秃子。

"怕是死人的媳妇吧。"

"怪可怜的，还没出月子，丈夫就死了，她怎么不出来到棺材前哭？"

"她是红人。"

"红人？！"

"她没出月，就叫红人，丈夫横死的，也叫红人。红人见红人是犯煞的。"

"那怎么行？是我，我才不管这些哩！"

秃子赶忙唬道：

"珍子，你胡说什么?！"

龟子班在这院子里坐定，菜酒点心吃过，就吹吹打打起来。乐器一响，村人来得很多，院子里就水泄不通，密不透风。那拉板胡的是个瞎子，眼如两个红豆儿，却以为自己看不见别人，别人也不会看见自己吧，竟将那脸高扬，使人看见那小红坑眼窝就心里发呕。但这瞎子一身绝招，左腿上系着铜铃，不断颤动，右腿上固定一个梆板，活动一个梆板，脚打节拍，那梆子就敲起来，双腿配合真是得了心应了手。那班主，则吹唢呐，一会儿单吹，一会儿双吹，最后竟是口吹双管，鼻孔又各吹一管，四支金铜唢呐吹天吹地，那腮帮子就如猪的尿泡，眼睛却眯成了一条线，额上、脖子上的青筋历历可数。别的人敲锣的敲锣，吹箫的吹箫，人人各有专长，又兼任别样。吹打一通之后，珍子就咿咿呀呀将《诸葛亮吊孝》一本戏，扮各种角色，唱得人人落泪，个个叹息。

唱到一半，这主人家的堂屋里，却走出刘成来，一脸惊疑，站在台阶上，踮了脚尖往那灵堂前的吹鼓之人看去。这一看不打紧，却顿时五官挪了位置，大喊了一声：

"珍子！"

他是拼了命喊的，但声一出喉咙，却小得连他自己都听不着，浑身发软起来，坐在了门槛上，心里别别别地慌跳，脑子嗡嗡嗡地作鸣。他怎么也不敢相信，珍子会突然在这儿出现，她现在竟干了这种营生！一个年纪轻轻的美丽女子，到处浪游，为活人取乐，为死人致哀！他想立即就走掉，他不愿意让她看到自己，知道了自己的处境而难堪；她毕竟是个心盛的女子啊！

他跟跟跄跄从人群往院门走，他没有对主人讲，也没有去向主人索要那打捞孙子尸体的一百元钱，他想悄悄离开，回到他的华山去，回到生活得愉快的游山人和死得残酷的落山人的地方去。但他走出了院门，却一步也走不动了。

"我要走了，珍子，我要走了！"

"刘成，你怎么能走?！"

"我不能看见她，我也不能让她看见我！"

"你个孬头！你个窝囊废！多半年来，盼她，想她，念她，哭她，却就这么又要走开吗?"

"那我怎么办？我有什么脸面见她，见了她我能说什么啊?！"

"你是男子汉！你走吧，你走吧！"

"我怎么能走？我怎么能走?！"

刘成抱住了快要爆炸了的头，走一走，退一步，再走一走，再退一步，末了返回身来，倚在院门框上，泪眼儿盯着珍子。

珍子抬起头来，唱出了半句，那半句突然断了，她盯住了他，木雕石塑般地发呆了。

"珍子！"

刘成终于喊出声来，从人群中发了疯地扑过来。院子里一时大惊，人们都不知道这是怎么回事，眼睁睁看着这一男一女站在那里要相搂相抱了，却都垂了双手，都软得倒在地上，失声大哭。

秃子立即认出了刘成，他头上的癞疤块块都红了，跑过来，拿拳头就在刘成的背上砸，一边喊：

"赶出这流氓，把他赶出去！"

刘成只是哭着，并无反应。人群中有人动手来拉刘成，有人大声斥骂他的无理，那老太太却尖叫着过来把刘成护住，说：

"这是我家的恩人，这是刘师傅！孩子的尸体就是他从华山下打捞出来的，谁也不能打，谁也不能骂！"

人们又是一阵骚乱，议论纷纷，龟子班也停止了鼓吹，刘成和珍子随着老太太进堂屋去说话了。秃子却痴呆了，蹲在院中的捶布石上，不知该思什么，该想什么。有人去询问：这是怎么回事？他睁着眼睛，无光无神，只是说：

"怪事，怪事，天地这么大，怎么就让他们在这儿遇着了？"

这天夜里，刘成和珍子走出了这个村子，他们在河边的一棵柳树下坐了。

刘成说：

"珍子，我一出来，你为什么就不给我来信了？"

珍子说：

"我没了勇气，刘成。我一回去，皮影剧团就将我开除了，镇上人都在骂我，作践我，我活得不像个人样，又是什么事都干不成了，你是商州市人，好赖将来有工作干，还是城里人，我呢，我怎么有脸面去再影响你呢？"

刘成说：

"你怎么能这样想，你被开除，那还不是全为了我吗？我刘成是猪狗，我会忘记你？这么多年，谁在我最困难的时候关心我，鼓励我，使我没有破罐子破摔，这还不是你吗？"

珍子哭起来了：

"我给你写过十封信，但一封我也没发，我写了信不去发，我心里好受吗？每写一封信，我就要哭三天……"

刘成说：

"我想给你去信，我是知道你被开除了，可我不能把信写到你家，我写信给我外爷，我求他，让他把信转给你，可你就是不来信。我……"

珍子说：

"你外爷一封信也没转过！"

刘成就拿拳头在树身上打，连骂了三声：

"老家伙！"

"不见你来信，我苦得吃睡不下，家里生活又紧张，你知道，我们家在商州市不是有脸有面的人家，我真担心我若再这么待在那里，会继续要犯罪。我真害怕犯罪，这倒不是我受不了苦，倒是觉得对不起你了。你既然不给我来信，我也没勇气去漫川找你，我就去了华山，我和死人打交道。和死人打交道，我就可以少说话，我就少烦恼；你看我，珍子，我都成了什么人了，成了什么脸面了！"

刘成痛苦得泪流满面，拿拳头捶自己的脑袋。

珍子也哭出声来，说：

"刘成，你不要打你自己了，不要再打了！在华山上捞尸，就在华山上捞尸吧，啥事不是人干的？我现在也不是干了这营生吗？我白天给人家活人唱，死人唱；夜里，我自己心都碎了，我想你，也恨你，但更恨我自己！我几次要跑到商州市里去找你，可走到半路我就哭着又回来了。刘成，我这话都是真的，真的，你相信吗？"

刘成说：

"我信的，珍子。"

月光静静地出现在镇子后的山头上，柳树又将阴影洒在他们身上。珍子用手去擦刘成的眼泪，突然就软在了他的怀里，低声地说：

"刘成，你给我一句话，你还爱我不？"

刘成说：

"我爱，我怎么能不爱呢！"

珍子的脸上绽出了一种幸福的笑意，眼睛轻轻地闭上了，说：

"刘成，那你就抱抱我吧。"

刘成一下子将她抱住了。两个人都在战栗着，都在哭泣了，泪水交织在一起。刘成的手却很快又松开了。

珍子说：

"刘成，你怎么啦，为什么不抱了？"

刘成说：

"我不能抱你，珍子，我这双手抱过多少死人，背过多少死人，我一身的尸腥气，我不能抱你。"

珍子却坚决地说：

"我就要你抱！就要你抱！我宁愿就死在你的怀里！"

两人默默地对视着，泪眼蒙眬。刘成以最大的力气，再一次将珍子紧紧地抱住了。他们什么也听不见，什么也看不见，珍子的脸上滴上了刘成的泪水，流进了嘴角，味儿是那么咸，那么涩，那么苦。

也就在这天晚上，主人家招呼龟子班和刘成吃饭，刘成坐在桌子东边，珍子坐在桌子西边，秃子就坐在他们两人中间的北边。他一会儿看看珍子，一会儿看看刘成，他有意要把他们隔开，一旦刘成要向珍子说话的时候，他就大声咳嗽，偏就要问道：

"刘成你从劳教所什么时候出来的？"

"好几个月了。"刘成说，脸就红了。

"那里边听说什么人都有，是好人，进去都变成坏人了！"

刘成噎得说不出话来。

"你怎么就能又去华山捞尸？"

珍子就说了：

"秃子，你快吃你的饭，话哪里这么多！"

秃子就不言语了，珍子给刘成夹了一筷子菜，笑了笑，说：

"你来这里几天了？"

"两天。"

"你真是这家的大恩人了！他们特意把你请了来，你就好好在这儿待几天，真没想到，在这儿倒见着了！"

"见着了。"

"你瘦多了，干那事很辛苦吗？"

"一般。"

"你吃呀，你是爱吃这洋芋丝的。"

秃子看见珍子又夹了一筷子菜给了刘成，心里就极度地不安起来：珍子还是心在刘成身上。可刘成是什么东西呢？他进了劳教所，一辈子都是黑锅，又去干了捞尸的事，那是正经人干的事吗？他哪儿配得珍子？珍子就是嫁给他，她能得到什么好处呢？！他就没心思再吃下饭去，只觉得头疼脑涨，就放下碗回到住处去歇下了。

等吃罢饭，他就拉住龟子班主的手说：

"这刘成是商州市二流子，无赖，流氓，是他把珍子害得好苦，只说这多半年没见，他们的事情完了，没想又遇着了。我心真慌，右眼别别别地跳，这肯定没有什么好事儿。你瞧瞧，这糊涂的珍子，竟然心还在他身上，珍子能嫁给他吗？嫁他去受罪吗？你要给珍子讲讲，叫她不要理这刘成。咱们今晚就把刘成赶走吧！"

班主说：

"这怎么能成？刘成是这家主人请来的，咱有权赶吗？"

秃子就挠着秃头：

"是这样吧，咱们明日一早就走，走得远远的，使珍子眼不见，心不烦。珍子是咱们的，她也到了年龄，咱们一定要给她物色一个好对象啊！"

班主点点头，却笑着说：

"你不是很爱珍子吗？"

秃子霎时脸红得难受，口舌讷讷起来，含糊不清地说：

"我爱她，我当真是爱她，这几个月，她也对我很好，我也就满足了。我行吗？我是秃头，我太难看，我不敢，这怎么能成呢？"

班主瞧着他那可怜的样子，倒不忍心奚落他，说：

"好吧，你去找找珍子，我好好给她谈谈。"

可是，秃子却到处找不见珍子，也不见了刘成。他一下子急了，让龟子班的人都出去找，但是仍是没有，大家就都没有睡觉，一直等着他们回来，心想他们两个或许跑到什么地方去说些亲热话去了，那就一定会天明回来的吧。但一直又等到第二天吃早饭的时候，还是不见珍子和刘成的踪影。秃子就哇的一声哭了：

"她走了，她一定是走了！她好狠的心，不招呼一声就走了啊！"

说着，就拿脑袋撞墙，众人紧拉慢挡，头已经撞在墙上，起了一个大青包。

龟子班少了珍子，无人吟唱，胡乱地吹打了一通，就草草收了场。大家都在数说着珍子的不是，更异口同声地咒骂刘成，秃子就什么话都骂出来了，什么天打雷击的，什么千刀万剐的，狗吃的，狼撕的，骂得自己一口白沫，实在太累了，就睡在那里，双目紧闭，如死了一般。

等人家掩埋了死去的孙子，龟子班也勉强完成了自己的任务，准备又要往别的镇落去了，班主把一切都收拾好了，来劝秃子，说：

"秃子，算了，咱也是仁至义尽，她珍子还是要走，就让她走吧。咱也不要太伤心，走吧，秃子！"

秃子直愣愣地看着班主，却说：

"我不干了。"

"你也不干？"班主叫起来，"我也没有亏待过你呀，你怎么也不干了？这里是洛南，又不是漫川，你不干了，你要往哪儿去，你又能干了什么？"

秃子却又哇哇地哭，言语含糊不清。

"刘成，刘成，你这野小子，你这流氓，你害得珍子还不苦吗，你还要勾引她？你是要骗了她，卖了她，要把她吃了吗？刘成，我把你这狗日的，我要掐死你，捏死你，你这个祸害！"

班主看着他鼻涕一把泪一把的样子，以为他是疯了，就一巴掌打过去，吼道：

"秃子，你疯了？！你清醒些，咱们快走，别在这里丢人现眼的！"

秃子抹着嘴角的血，却说：

"我没疯，我不疯，我真的不干了，你想想，我还有什么心情干下去，你知道珍子这么一去有好吗？那刘成劳教过，又和死人打交道，他心是硬了，凶了，他能对珍子好吗？珍子是他拐去的骗去的，他要害了珍子的！我要告他！你是班主，你就给写个状子吧，写他拐骗妇女，要求救出珍子！我就到商州市去，我认得麻子，让他一定要管这事，找回珍子，把刘成再判他十年八年，一颗枪子将那贼脑袋崩了！"

他就给班主扑通一声跪下来。

二十一

董三海坐在炕沿上，哭丧着脸，两条精瘦的黑腿在怀里抱着，脑袋就夹在腿缝中抬不起来。

"不要难过了，爹！"程一民坐在丈人的身边说，"你不是说灾祸是躲不过去的吗，折财就折财，只要人好好的，这也就算是我和青绒的福分了。"

他拿过水烟袋，装上烟了，递给丈人，自己就低着头卷起火纸媒子，他是没有吃过水烟的，董三海看着他把一张火纸卷坏了，又开始卷第二张，就夺过来说：

"一张纸二分钱哩！算了，把洋火给我吧。"

他吃过了一袋，却并不吹烟哨子，将炕下的布鞋取上来，把烟火蛋儿弹在里边，装上烟了，再按上火蛋儿，一袋一袋吃起来。屋子里立时烟雾腾腾，又一直烟从窗子出去，弥漫到窗外的厨房里。正在洗涮锅碗的青绒说：

"呛死人了，爹，你不会少吃点吗？娃娃还在那儿睡哩！"

"还没洗净？"董三海说，"洗完了就上来，我要给你们有话谈的。"

青绒走上来，挨着爹的身边坐下了。一民说：

"难得回来一次，有些空就和爹坐坐，要不明日一早，什么也就又忙得没空了。"

董三海听女婿的话，却并没有感到满意，反倒逗起了一肚子的牢骚，说道：

"一民，青绒，你们总算回来了！再过一个月零五天，我就是六十六的年头了，常言说，人过六十，土埋在脖子下，我还能有多少个春秋日月？现在说走也能走，说跑也能跑，但说一句不行，也就不行了！可你们倒好，一走就不回来了，办你们的工厂，发你们的大财了！"

青绒就不爱听爹说这话，说：

"你以为办工厂是容易的？我们都在那里闲着把老人忘掉啦？现在形势发展得很快，今天是个样子，明天又成了另一个样子，糠醛厂合股办起来，好多人心也就热，商南县那个从省城搬迁去的 202 大厂，为了解决他们待业青年的就业，也办了一个糠醛厂，人家有钱有人，一心想丧了我们的生意！一民担的是什么样的心？出的是什么样的力？孩子长这么大，他洗过一次尿布，或是做过一顿饭？我也被孩子拖着……"

董三海说：

"这些我知道，你们那儿是那个样子，我何曾不知道呢？国家让私人搞商业，漫川镇上做生意的一家挨一家，可县上商业单位就也改革了。好了，胳膊还是扭不过大腿，人家是什么资本，什么货品？！我倒腾了一些紧缺货，人家就把税务局的人请去吃了喝了，税务局的人就来要我上这样税，收那样费，还有那市场管委会的，卫生会的……三下五除二的，你想想，私人能落几个钱呢？你们虽说是民办的工厂，可毕竟是工厂，赚多赚少我不知道，人却在说，你们现在住大房，电视机、收音机，还有洗衣机，人生着双手连自己的衣服也懒得洗了，你爹长这么大，倒没享过这种福呢！

189

瞧瞧你们现在，一身上下都穿得棱棱整整的，皮鞋也穿上了，你爹这脚也就不是肉长的？"

青绒说：

"爹总是说这话！我把皮鞋给你买一双你能穿出去吗？不管如何，你也是做买卖挣钱的，你也是知道一个钱挣得艰难吧，别人在对着你胡说，好像我们钱就是用耙子在地上搂的！再说，你是缺钱花的？是我们看着你少吃没穿的不管你了吗？我们回来一次，你就这么嘟囔一次！"

一民说：

"到底青绒是亲生的，可以在爹的面前要脾气！你让爹说嘛。"

董三海就说：

"你说我有钱，现在你们都看到了，你爹被人偷了，全偷了！要不是这么又偷了一次，不给你们打电话，你们怕还不回来哩！回来了就好，我已报了案了，镇派出所的人来看了，县公安局摩托车也来了一次，可还不是问了几句，在本子上写写，就又走了。我看得出来，这些人不是为我安心破案的，他们怕是看我是没头没脸的人吧。你们回来了，听说你们办工厂，专员都去看了，和专员一块儿吃饭、看戏哩，你们明日一早就给县公安局再打电话，让他们再来，来一个有权有势的厉害角色。要紧的快去搜德旺的家，我已经盯着他们一家人了，我真怕他们会把赃物转移了！"

一民说：

"公安局不会不负责任的，爹，你也别乱猜疑，这样不好。"

"不是德旺又能是谁？"董三海说，"他谋算了几年，他知道我没个儿，青绒是个女子，不会回来顶门立户，他就大胆地偷起来了！"

"女的谁说不能顶门立户，宪法上这么说的？"青绒说。

"我都问了，也查看了。"董三海说，"宪法上倒没这么说，可你们能回来吗？一民有工作，现在又办工厂，再说他老家又在武关，家里也是独根独苗，有父有母，有家有产，你能不去照顾吗？孩子又小，即就是将来来我这儿，可等他长大，你爹坟上草都长成了橡子！这德旺比你能，早看出这一步，他就献殷勤，说是要跟我跑生意。我能要他吗？哼，那媳妇做得才好，竟端吃端喝，一口一个伯！那些年为啥不这样？你娘瘫在炕上，哑口无语的，家里没了麦面，我去他家借了一碗，那一碗麦面里竟能掺一半白苞谷面！这是人做的事？猪狗做的！我能让他来跟了我做生意？说是跟我做生意，还不是谋我这一院子房，一房周围的树，和我的生意本钱！我不要他，见面不理他，他两口给我笑，我正眼看也不看，他向我借钱，我一个分币也不松口！他能不恨我吗，不恶我吗？看着我集集生意红火，能不来偷我吗？"

一民说：

"人家不一定是那么个心思吧。"

董三海说：

"不是那心思是什么？你把火纸拿来，我也不省着这火纸了！你们想想，这一院子房旧是旧些，地势低，常年潮湿，可也值千儿八百呢！现在房基紧张，让国家批个房基，你没大困难，没大后门，你能让批下？就是手里捏几千几万，没房基也是白搭，光我这一院子房基，就又值多少钱？他有什么本事，看别人做生意，他也要做，夏天贩过一次西瓜，竟然赔了！他就去耍过钱，可他手气比屁臭，下五十，输了，下八十，也是输了，家里没有什么可变钱了，他能不偷？十个小偷八个赌！不是他偷的，是谁偷的，家贼难防啊！"

"一共能丢失多少？"青绒说。

董三海就拿了算盘，边说边拨珠子儿：

"粗布三丈，平面布有四丈五，黑白染膏五斤，火纸十刀。货还不多，主要是钱，我塞在那界墙上的缝隙里，他怎么就找着了？这地方只有刘成知道，他走了呀。他在时我倒还放心，夜里有放电影的，我就去看；他一走，我就害怕出事，夜夜不敢出门去逛。青绒你知道，你爹没有你们吃鸡吃鱼的口福，你爹就是贪口酒，贪口烟。镇中何三家生了儿子，摆酒席，把我请去了，咱要给人家赏个脸的，我不能不去，喝到一半，酒并没有喝够，心里就慌慌的，想到家里没人守着，我就回来了。一进院子，堂屋门却开得大大的，我心就毛了，可又不敢相信，就以为我走时忘了锁。但再看时，那门是撬开的，就偷了，就偷了！你们看，这屋子乱成什么，他是到处翻动着，就把钱拿走了。这是第四次了啊，一民，青绒！"

青绒叹了一口气，说：

"咳，别人家从没丢失过一条线，咱就被盗了四次，咱的人缘这么不好，遭人欺负呀！"

"放屁！"董三海把烟袋重重地放下了，"你爹的人缘哪儿不好？"

一民忙用眼睛瞪着青绒，就掏出纸烟说：

"爹，你抽根纸烟吧，青绒真是胡说，这不是爹人缘好不好，人家是总以为爹一个人，家里空的机会多嘛！"

"我不吃那纸烟，那没劲。"董三海说，"他们是欺负我没个儿呀！更要紧的，是他们眼红爹，气愤不过。农民就是这，见不得你富，你一富，你待他再好，你也落不下个好人缘了！你爹还是常常藏富啊，我为啥不敢买电视机，连收音机也不买，就是怕显眼，可他们鬼精灵，专在暗处为你爹计算家里有多少钱呀！"

"爹到底手里有多少钱？"青绒又说。

董三海就又呼呼噜噜吃起水烟，闷了好大一会儿，说：

"能有多少，爹做的是小本生意，是在一分一厘上抠掐的，哪能像你们的工厂？况且农村现在富了，红白喜事的光行门入户的就受不了，你们怕还不信，咱这镇上，结婚的要上礼，埋人的要上礼，过寿，生娃娃，立木盖房，现在连打个井，挖个厕所，都要贺贺，你去不去，村里人都去了，不去就算没了咱这董家！我虽没儿，可我不落别人的话。别人上十元八元，我还只是一元二元，就这一年下来，六七十元不够呀！你们说，我还能落几个？"

孩子突然醒了，哇哇直哭，青绒把孩子抱起来，要给冲奶粉，一边喂，一边说：

"一哭就吃，你外爷可没钱给你买糖在奶粉里放了！"

董三海倒笑了：

"我孙子我当然要管的，糖有的是！你老怪我没给孩子买个什么，说是你娘要在，不知怎么疼这小外孙的。爹是忙啊，你坐月子，也没去看你，但外爷会给我的孙娃买个童毯的，一定买的！"

青绒说：

"爹以前可不是这样呢，爹是个手大的人，没想一做生意，把钱看重了，人也就吝起来了！"

"钱不好挣啊！"董三海说，"没有钱了，有一个就想花一个，有了钱了，挣一个也想存下，存一个就想存两个。这你们也是办工厂做大生意的，道理你们能不知道？叫我孙娃好好长吧，长到炕沿高了，天天我给他一角钱去买麻花吃！"

一民就说：

"爹，青绒那张嘴，你是知道的，当着你面了，什么话都说，可不在爹面前，总是念叨操心着爹。我们在外，不能照看你，你一个人在家，怪孤单的，我们商量了，你往后就到我们那儿去好了。"

"那不行的，一民。"董三海说，"我本来也应到你们那儿去，养儿养女就是防老嘛，我拉扯她青绒大了，现在不靠你们，靠谁呀？我是不知道享福的吗？可我不能去，我一走，这家里没人，这董家就彻底完了！现在我还能走能动，我倒不想拖累了你们。今日你们回来了，咱好好坐坐，我有个想法，才要说，你们倒提起这话，我就全说了吧。"

"你说吧，爹。"一民说。

董三海说：

"几年前，我就操心这个家能不能继续下去，你们是不可能回来的，这我也想了，就曾思谋办个人，我在家也不孤单了。可你们不同意，说七老八老的人了，要找就得找个老婆子，原本想找个人照料做做饭，洗个衣服，若再找一个老太婆，不是更找了麻烦吗？我想也是，听了你们的话，也死了那份心。后来刘成来了，你大姐有意思让跟了我，我也看得出来，你大姐想将来让刘成过继到董家门下。我当时心动了，收刘成做了我的帮手，将来也好依靠他。可刘成让珍子勾去了，心竟坏了！这珍子是什么人，不说别的，你们知道她娘吗？知道她娘也就知道这珍子了！她现在做了乐人，我的天，竟有女乐人！不成器的刘成劳教了三个月，出来后心还不死，还给珍子来信，寄到我这儿让转，我就没给他转！"

"爹！"一民说，"我和青绒也都操心刘成，大姐和青绒虽说是异母，但是同父，我们去年过年也未去商州市看望大姐大姐夫，真苦了他们，这几年过得不如以前了。听说刘成出来后，去华山了？"

"可不就去了华山！"董三海说，"你大姐给我来了信，说去华山捞尸了，我一听，就气得七窍都是火！世上什么事干不了，偏偏要干那种事情？！可一想，也好，让他出去，碰碰钉子，或许世事就知道多了，我给你姐去了信，让刘成再来，我还收他当帮手，他要干得好，乖乖的不惹是生非，我真的就想让他把户口转来，将来给他找个媳妇，咱们这董门就不会在我手里没后了。"

青绒就说："爹，你不要老说人家珍子长珍子短的，她娘是她娘，她是她，人家年轻轻的，太作践人家，咱一个老老的人，也是失了身份的。至于人家和刘成好不好，那是年轻人的事，你能管得住吗？"

董三海说：

"这不行，若是我不想让刘成顶董家的门，他刘成找个什么媳妇我也不说，可现在既然他要到董家顶门立户，我就有这个权力哩！"

一民见老人动了气了，就说：

"让爹把话往完说嘛！"

"我之所以能让刘成再来，我想他心从此会实的。"董三海就继续接下去说，"因为那珍子走了，当了女乐人天南海北地串乡去了，她一走，没了牵挂，刘成会一心继承这一门的。到那时，你们也不必为我操心挂肠，就是有一天睡倒在炕上不得起来，也有人烧一碗开水的。"

"爹的意思，我也早看得出来。"青绒说，"虽然你没给我们说，也不同我们商量，你是一心想把这家财交给刘成的。"

"这也是我作难的事啊，青绒！"董三海脸上很不好看，"我半年来，夜夜睡不着，也就是为这事。我想过，这样一做，是对不起你两口子的，你两口子这些年，是管着你爹的，你娘死了，也是你们埋的。你大姐他们十几年和家里没什么来往，这一点上，我给你大姐记一辈子，她是对不住你爹的啊！可现在，她既然有意思，不管想怎么样，刘成毕竟是亲外孙，要比旁人外人强吧。"

"爹既然这么想的，我们做儿女的还能有什么意见？"一民说，"只要爹好，爹觉得怎么办就怎么办吧。"

董三海说：

"一民到底在外边跑得多，说出话来有理有情的。青绒你想想，如果这份家财给你们，这村里人服不服？那侄儿德旺服不服？虽然宪法上讲着儿女都有继承权，可老观念上还是儿子继承呀！就是硬交给你们，你们能在这儿住吗？等我一死，把房拆了，树伐了，折价卖了把钱拿走了，可我这董门就在这镇上再没有了！我坟埋在这里，谁每年清明来烧纸，大年三十来送灯？"

青绒说：

"爹，要是刘成来，你能保证他不跟珍子好吗？"

董三海一口唾沫啐在地上，说：

"他敢？我能让他过继，他就不能和珍子往来，这我要事先把话说明的！再说，这也不可能，珍子现在干的是什么下贱的事，而且她娘的事你们还怕不知道，和老汉离了婚，去广州和一个走私犯结了婚，拐了人家的钱又回来了，说是又要和老汉和好呀，瞧这是什么货色！派出所找了她几次，说她也是走私犯，说不定能抓了去！这样的人家，刘成还能与珍子再好吗？要不，我怎么就给他找了一个对象，你们相相，这女子咋个样？"

他起身从柜上的一个匣子里拿出一张照片，让一民、青绒看。这是一个憨厚的女孩子，只是眼睛极小，嘴又噘噘的，能挂个醋瓶。

"身体不错吧？"一民说。

董三海说：

"身体好呀！一百三十五斤！人可老实，一天四门不出，只会做饭，做针线活。我想若是过了门，她会过日子的，会孝顺我的。你们要是同意爹的主意，你们明日就给你姐去信，让刘成来。他要来了，我就给他把媳妇娶过来，这董家就又是一家人了！我要找干部、邻居作证写出明文，他生下的娃娃，那必须是要姓董。咱董家有了人，以后我死了，你们回来给我上坟，也算有个落脚了！"

一民和青绒却都不言语了。

"你们怎么不说话了？"董三海说。

青绒说：

"爹把一切都想好了，就按爹的办吧，可你防着，万一刘成得了这家产，又有了媳妇，小两口还能不能好好待你，这是我们最操心的。"

董三海就笑了："这我知道，我给你们说了吧，我手里有四千元，一千五百元我是存了，存折在我身上，那两千元是我的货，这是本。还有五百元，我身上装了一百五，三百五就让人家偷去了。可这一千五百元，我不到死，我不会告诉刘成两口的，这两千元的货钱，我还要告诉他：其中一千元是借你们的。这样他就光知道我有钱，又得不到，他要是个坏种，就为谋算那一二千元，能不待我好吗？我至死也就不会受他们的冷落了！这一

196

点，你爹是想到了，怎么能想不到呢？"

说罢，三个人都不说话了，沉闷了多时。末了，青绒站起来说：

"睡吧。"

董三海说：

"时间不早了，睡吧。我说的那话，你们可不能吐一个字给刘成。明日一早，你们就给县公安局打电话，让他们就来，一定帮爹破了这一案；再，别忘了给你大姐写信啊！"

青绒没有应声，抱着孩子从一屋地散乱的包裹上跨了过去，到西厢房里去睡了，一民说句"知道了"，也走了出去。董三海还在叮咛：

"别踏着那贼翻乱的东西，我被偷过四次，知道要保护现场的。"

第八单元

二十二

　　这位商州子弟，一回到生他养他的故乡，就欢得像风中的旗子，浪中的游鱼。他背着他小小的行囊，行经七县十八镇，现在，是该返回省城去了。他不能不返回，因为他的户口在西安，西安有他的工作单位，有他的妻、女俱备的小家庭；他的这种返璞归真的商州之行，是有假期来限制的，假期一到，他就得走了。

　　十多年前，他走向省城的时候，是张着两只向往的渴慕的翅膀，那种单纯的、质朴的、热情的情绪，和现在是截然的不同。匆匆一月的旅行，他明白仅仅是经过了七个县的百分之三十的地面，只是走了一条丹江河，一条洛河，一条长坪路，一条洛华路；所到之处，或许只走马观花地看了一下，或是道听途说地收集了一些传说趣闻，或许偶尔翻了翻几本地方志书，一切都是表面的、草草的。但是，他同时已经感到了许多不习惯，又清清楚楚知道这种不习惯是一种可怕的惰性，他曾经在商州市的鸟市上，静静观察了一个上午各种鸟儿的形状和鸣叫，当时就产生了这种强烈的感受。这是一条窄窄的街道，两边的树枝上全挂了鸟笼，且个个十分讲究，似乎

198

不是在比鸟儿，倒是在比试着鸟笼。昏睡了一个晚上的鸟儿和养鸟的人，都到这里来活动着身子，呼吸着新鲜的空气，寂寞的养鸟老人在家里或许是谁也不和他说话，寂寞的鸟儿也或许在这笼里已经囚禁得要死；早晨，在这条街上，人和人对话，鸟和鸟鸣和。有一只笼儿内，装的不是画眉，也不是绿嘴，更不是鹦鹉、黄鹂，却是一只鹰。这简直是一种奇迹！这鹰在笼子里大声叫着，发出可怕的声音，那翅膀就不停地拍打着笼格，但养鸟人却是将笼门打开了，大胆地让它出入。这使所有饲养鸟儿的人都感到吃惊，眼见得鹰飞出来，扑扇了一阵翅膀飞到树上去，过了一会儿又自动飞回笼内，在笼里吃起食物，就有人禁不住请教养鸟人了，回答说："这就是我养鸟的办法，我养它五年了，它在笼子里的时候，是有向往着蓝天的宏志，但正因为我在笼里养了它五年，它出了笼子，却再也没有飞上蓝天的羽毛了！你们懂了吗？"听了养鸟人的话，他是懂了，但又觉得不懂。现在，当他要从商州返回省城，感到了许多的不习惯的时候，他才突然觉得他是彻底地懂了那养鸟人的话。

但他千声万声还是要感谢商州的，感谢自己，他这一行，使他终于获得了七八，失掉了一二。他生了一身的虱子，脸而且黑得厉害，却明显地胃口好了，什么都能吃，吃什么都能克化，再也不用一早一晚吃那酵母片、山楂丸和做一种以腰椎为轴的摇身运动了。手脚出奇地不再发热发酸，夜里又断绝了安眠片，更是在他的心灵上，每时每刻都感到了时间的紧迫，感到了目标的遥远，要干的事情的繁忙。他每天几乎都在处于一种行色匆匆的状态，坐汽车，也搭木排，甚至步行；跋山涉水，每天每天的晚上，作那种使他冲动的日志。他不能忘记在山上，不小心触犯了一窝黄蜂，掉头就跑，但黄蜂成群而来，他大叫着从崖头滚下去，昏迷了。当他醒来，却发现一只满身花纹的母鹿，正在用舌头舔他的额角，他就在这种痒痒的、凉凉的舔动下苏醒的。他伸出手去，那鹿却后退了，定定地看着他，然后一声高叫就在林子里消失了。也有一次，他突然被铺天盖地的山雨围困在一个凹崖下，他清清楚楚看见在河沟的一块儿石嘴上，那么一点面积，却是众多的野物的避难之所，有狼，也有山羊，有青蛙，也有毒蛇；恶善存于一处，竟在四面洪水中的"孤岛"上保持得那么平和和安静，他简直大惊不已！他是亲眼看到过一只鹰在草丛里抓走了一条毒蛇，盘旋了一阵，径直地像石子一样坠落下来死亡了，他走近去，才验证了蛇是被鹰抓伤的，鹰却被蛇毒中，而鹰蛇全部落在石岩上被跌撞丧生。当他赶到一个山村，突然患了感冒病倒了，照料他的是一个老汉，老汉用姜汤灌他，做拌汤喂他，然后就用火罐，里边点了火纸，按在他的印堂、额角，拔出三个大红印子，又用三条被子将他焐在热炕上。他出汗了，出得头发都像才洗过一样，但病却神差鬼使似的走了。他要走，老汉硬留他，留得几乎发了火，他只好在那里多待了一天。老汉似乎什么都生吃，在房后放一个铁夹，到晚上就果然夹住了一只野羊，野羊提回来，立即就扳住头，用刀子放血，就让他抓住四蹄，只用手在羊肚子上划一个道子，就再不用刀，一个拳头，嘭嘭地捶打着，那羊皮就利利地剥了下来。开始架火要烤羊肉了，但一只麻雀却飞进屋来，老汉只扬起扫帚一抛，麻雀就掉下来，三下两下拔了毛，拿一根竹筷插入麻雀的屁眼儿，在火上上下烧了，就吃起来，说是先打个牙祭，也让他吃，他不敢；老汉却全吃了，吃得巧妙，那皮肉儿啃光，那内脏儿留下，似乎兴味未尽，舌头伸出来，还在嘴唇上舔舔。在这块闭塞的荒僻的而又是极其单纯又极其神秘的地方，奇花异草是看不完的，危崖怪石是赏不够的，更有这里的人可亲可近可怜可爱可笑可乐，他简直有些不愿意回来了，不回来是不行的，在家乡时，父老们说：长安虽好不是久留之地。现在对于他来说，商州虽好，也不是久留之地了。他转了一圈，又从洛华路往北，顺着原路返回。半路上，他却遇见了四个人，三个大人，一个小孩，其中两个大人是两家的。他们都是专业户家庭，腰里是有钱了，就想出来看看世面；到省城去，也顺路经过华山而要上去游游。他们什么也不带，穿着新新的衣服，衣服都是涤卡，衣着似乎和粗糙的脸配在一起有些别扭。城里人有城里人的肤色，乡下人即使穿上毛料呢子，也还看得出是乡下人。这是他们过这种富裕日子时间还不长的缘故。他们就自我嘲弄，叫作是"土特产洋装潢"。另一个大人是那个小孩的父亲，他是一个手工淘金者，在他家的门前河沟里，到处都是淘金的洞子，他将响沙挖出来，在河边用澄槽慢慢摇洗，是沙土的冲去，是金银的留下。沙中捞金，那是要凭苦功和运气的，而且运气往往更甚，常是一家人开了金洞，淘十天半月未得一钿，外人就在洞外捡他们穿烂的草鞋，将草鞋上的沙淘淘，竟会出奇地获得大片的沙金。

"我就捡过一颗金子！"他说，"我去砍柴，中午正走在河滩，瞧见远处金灿灿的一点，走过去，那金光却没有了；我再退回来，又看见那金光了，就拿眼睛盯着，再一步步近去，哈，果然一颗，小绿豆大的，我一下子就发了，盖了三间瓦房！"

但是，他却不是出外游玩的，一心一意来朝华山。因为六年前，他没有儿子，到华山顶上求过神，说：如能得愿，一定要来还愿的。不久，孩子就出生了，是个男孩，他就年年上华山给神磕头上香，今年孩子六岁了，他一定要让孩子也上去一趟。两个装潢了的土特产就笑他：年年上山，还未还清愿吗？他的回答：其实是来试试他的身骨的，只要他还能上华山，便证明他还行，他还可以设想好多的事来干。比如，再挖三个金洞，再盖一院新房，或者就准备买一辆小四轮拖拉机，或者就承包大队那座砖瓦窑。若哪一年害怕上山了，上不去了，他就把一颗诚心放下，痛痛快快去死，河里可以去死，坡上也可以去死。对于死，他说得很轻松，好像死是瞌睡，是光荣隐退，是一种生命的最后升华。

他们结队到了华山下，说来也巧，正逢着华山三月十五庙会。从山峪口的玉泉院一直往下，两千六百米到横穿而过的通往县城去的公路上，那都是庙会场子，人的山，人的海，有房的以板门开店，无房的以芦苇搭棚，无房无棚的，挑一块儿白床单的，张一条门帘的，甚至仅仅撑有一把阳伞的，或者以石筑台，以台为案，齐严严地一家挨着一家，地界在这里寸土不让，中国城市的地基向来一尺千金，这里就似乎更是"寸金难买寸土"了。因为这一天赶会，不仅是华山方圆的百姓，而波及之广，东至河南郑州、南阳、灵宝，北至山西侯马、夏县；西至西安、咸阳及渭南地区十几个县，至南，就是整个商州了。乘火车而来的，坐汽车而来的，坐船坐排，骑自行车，步行而来的，香客揣了虔诚和钱币，一是朝山拜祖，二是来吃喝开胃，三是来农产品贸易。那小吃市上，几乎展览了中国北方所有的花样品种，光米就有米饭、米稀饭、焖米饭、甜糕米饭、八宝甜米汤、软米甑糕、酒米粽子、米面皮子、米面蒸饺、米肉苜蓿、米粥、大米粉肠。面类更是具备特色：削面、丢面、浆水面、拉面、涎水面、棍棍面、扯面、臊子面、油泼面、岐山面、糊涂面、菜面、凉面、黏面、裤带面、旗花面、吊面。有人能卖多少，就有人能买多少，人的肚皮在这里，能吃能喝，扩张到了意想不到的容量，简直是"吃了五谷想五味"！甭说那卖拉面的，五大三粗的汉子拉出了多少面，连那滚动肉疙瘩的胳膊都拉肿了，吃客还是在外排队，那卖四寸厚干锅盔的，也不知卖出了多少，主人家那把砍馍的柳叶长条刀，已经在磨石上磨过了五次；单那小本生意，卖凉粉的，一个上午，钱票就塞了一牛角口袋，那老太太专雇了一孩子不断地从河里挑洗碗水；她提着口袋，头缩在背笼里点钱出来，钱都是顾客吃过各种油食，钱币上的油腻粘在她手上，用肥皂竟洗了几遍。趁机会，那些贩子们，拿了各种从上海、广州、南京、西安的服装；拿了从青岛、成都、杭州、兰州的男女大小皮鞋；拿了自家老婆、儿媳、姑娘手工做成的老虎枕头、八角书包、莲花肚兜、香包、麒麟烟包，立时使这里五彩斑斓。人是三教九流的有，横七竖八的乱，该洋的就洋得怪样，该土的就土得可笑。做卖的，做买的，奔忙的，悠闲的，看行情的，听信讯的，当然也有女人来抖显服装打扮和风骚给男人看的；也有男的淫眼儿淫脸寻女人要流氓的；也有偷鸡摸狗行窃的；也有公安人员穿了便衣明察暗访罪犯的。到处是人的头，满地是

202

人的脚，人找人极难，除非你戴一顶三尺高的大红帽子。可怜就有妇女走散了孩子，发疯似的在喊："妞妞！我的妞妞！"更有好多细眉红唇时髦女郎穿了喇叭裤的，穿了牛仔裤的，却光着一只娇小的涂染了五个指甲的脚，那鞋被挤掉了。而又有几个村姑的长得如绳的长辫上竟突然发现发梢别有谁的一支金星钢笔，那是无意中挂着走了的。

是香客的，就往玉泉院去，那是天下最绝妙的地方，整个院落为三进，一进高起一进，里边有千年古柏古松，有似人似马似虎似狮的奇石怪石；有泉，泉底石子花纹五彩，有天上雨花降落凝固之容；有亭，亭角八面翘起，上大下小，是欲作飞动上天翱翔之势。登石级，进正院，步入正殿，供的是几分威严又几分慈祥的老祖陈抟。香客有男有女，有老有少，但女的多于男，老的多于少，最虔诚、最令神令人为之感动的是那些老太太，她们满把票子买香买表，没完没了地磕头作揖。在正殿门口，香炉已经盛香不下，忙得不亦乐乎的道士们就一捆一捆将香抱起丢在一个五尺开口的大环锅里让自燃自灭，而香灰竟已与锅沿平齐。侧院有一石神卧像，长不足三尺，粗不过一搂，大理黑石，说那是尊药神，洞门口则人出人入，头痛的摸神头，脚疼的摸神脚。常言说："男人头，女人脚，只准见，不准摸"，可怜清静神仙倒被凡人如此揣摸，硬是通身成了光如玻璃，亮如明镜！洞门口人总是堵塞，又没有交通警察，就似城内公共汽车的门口，未进去的喊：往里走，往里走！进去了的又喊：不要挤，不要挤。耳朵就常常撞在洞口擦出血来。有的虔诚得一进洞就双腿软下，有的一出洞则仰天长笑，都是来看神的，却被人看了，而你看我，我看你，灵魂被神牵去，身影儿又被那些省城来搞摄影的摄去。香客平时能吝得过河屁股缝里夹水，这一天却挥霍得如公孙王子，十元八元三十元五十元一沓一沓往布施箱里塞，三尺五尺一丈二丈的红绸黄缎一件一件往神案上献。于是，玉泉院门口就有了两种人，一种是卖草珠的，这是专门种植的一种野草，酷似稻子，结一种子，如珠圆滑，如瓷光亮，以线条串了，当做念珠儿，一串一角，一个上午可出售五个竹筐。另一种人，就是临时乞丐，之所以临时，是并非身上无衣，口中无食，他们可以穿皮鞋，嚼香糖，偏在这里伸手讨钱，即是一人一分，这一天里，足可以白手得来二十元。

这位商州的子弟，同着四位商州的乡党，在玉泉院门前的场子上，挤了人，也被人挤了；在玉泉院里看了香客，也被香客看了；只觉得头晕眼花。那孩子最受不了香火的呛味，哭着要出去，便五人转到院后山下，那里竟有一瞎子在捏骨算卦。这卦师眼不辨黑白明暗美丑方圆，口却论天干地支富贵贫贱凶灾恶善，捏起骨来，指短甲长，但屡屡惨遇失败，说男子是工人，男子却说他是农民；对一女子说来月就能得子，女子就扇他一个耳光，告其自己还未结婚；瞎子只好掩面收了摊，众人哄地一笑，散了去看武术。表演者是汉子，光头光膀，以红带紧腰，跳蹦不已，运气，功发至头，头裂石碑，功发至掌，指钻熟砖。那两个商州乡党，一等武术汉子表演完毕，竟直呼：石根哥！原来同村同族同姓！相见大激大动，兴致起来，便三位一体又表演了一番鹰蛇斗，立时被游人包围；到了这般时候，这位商州子弟才猛然醒悟，和这二位同行数十里，不知二位是武人！随之想挤进去攀谈一通，或振臂高呼：各地各界各类各层人士，请为武术捧场，以力健身，强人志气，而耻笑求神问卦之徒吧！可惜，人墙高筑，不能入内，转过身又不见了那登山的父子，只好退回来，自个儿随游山之人上山去了。

山阴道上，上来的，下去的，摩肩擦背，二十里到青柯坪，十里到千尺幢，五里到老君犁沟，再十三里到苍龙岭，一路流云飞雾，一路奇峰回转，眼看得发酸还是要看，腿登得发软还是要登。见旁有一庙院，进去见一道士，相谈之后方知那道士八十有余，上知天文，下晓地理，满腹经纶，更善书画，谈得投机起来，他说出他是商州之人，那道士竟也原籍商州，十岁出家到此。遂拿出一本旧书，为《华山志》，翻开第九十三页，上有一段记载，都是惊天动地之故事。说是远古时期，华山之阳，那商州地面出了一位英雄刘八，这刘八三岁丧母，随父烧炭为生，十五岁上，父得罪官府，被麻绳捆了，缚磨石投入丹江，刘八就连夜杀了知县，上山落草为寇，从此揭竿聚众，专与官府作对，几年之间义兵发展到三千。自古英雄爱美人，这刘八夫人是一绝色女子，能歌善舞，又习刀棒，对丈夫忠心不二。后造反声势愈来愈大，惊动京城，朝廷派遣数万官兵剿杀，山寨被围困二十天，粮尽弹绝，竟出了一叛徒里应外合开了寨门。刘八兵败，带了夫人和一支精兵杀出重围，又在山下杀了三天三夜，随从全部战死，夫妇二人骑一匹马出逃，夫人让丢下她，刘八硬是不肯。走到洛河岸边，下马饮水，夫人再劝还是不听，就说：你瞧，谁来了！刘八扭头看时，夫人却刀刎其颈，芳命已逝。刘八大哭，追兵又至，他将夫人尸体带上又逃，后实在不方便，只好忍痛割了夫人头颅揣在怀中，杀退官兵，单人独骑跑上华山。在华山南峰顶上，放下夫人头颅痛哭一场，随之以手挖石，竟挖出一穴，将夫人头颅埋掉，就仰天长叹，口呼：我生不能再回商州杀尽贪官污吏，死做厉鬼也要回商州使他们不能安宁！说罢就纵身一跳。当天晚上，商州道台就七窍出血，仆地而死。也从此后，华山有了"要寻尸首，洛南商州"之说。英雄跳山以后，那埋葬夫人头颅的石崖一夜之间高高突起，形如人头，中有一洞，相传为夫人口，是她见英雄跳下，急呼不已。至今南峰顶有一石，酷似人头，风从洞穴钻过，嗡嗡之声震耳，那凌空石崖壁上，凿有四个大字：海风山骨。这位商州子弟读完《华山志》，壮怀激烈，告别道士继续登山，但见行人一溜带串，竟有一行三个老太太，迈小脚拄拐杖，一步一停，却是不肯退回，也不肯坐下歇息。他上前搀扶，劝歇息歇息，回答说："人是靠一股气活着的，只有硬上，才能有劲，一歇气就可能上不去了。你瞧那些背砖人！"他看看前边，果然有十多位背砖上山的，人全是仅穿短裤，赤着膀子，背上是一木夹，夹上斜放了三十块青砖，从下往上看，只见精瘦的腿，腿上的如蚯蚓一般盘缠的血管，那草鞋是水还是汗，在石阶上一步一个湿印子。他赶上去，瞧那背砖人的相貌，走势，那种刚强之劲，大觉疑惑，不禁问道：

"你们是商州人吧？"

"你怎么知道？"

"我感觉到了。"

"是的，山上搞建筑，这种活别人干不了，只有商州人来承包！"

"我也是商州人！"

他大声叫着，感到了十二分的自豪和得意；随着一气儿登上南峰，果见顶上有一巨石，酷似人头，但不见"海风山骨"四字，待转到崖边往上看，那凌空之处，凿有屋大四字，却不知是如何刻凿上去的，疑为天意神笔。面对正南，他终于看见了商州的丹江河和洛河，还有长坪公路和洛华公路，各在地间划一。

二十三

"珍子，你怎么来了？"

刘成扛着一具被塑料布包裹的尸体从沟洼里出来，汗水就将眼睛模糊了，才停住脚用衣襟抹脸，一抬头，却发现珍子正站在一块儿石台上，眼睛红肿肿的，给他笑。他忙将尸体放下来，就跳上台来。

珍子说：

"你一走，车印师傅又去喝酒了，我待在房子里给你做饭，我做的是洋芋糊汤，咱们家乡饭，做着做着心里就发慌。真的，刘成，不知怎么的，我心里就慌起来！我灭了灶里的火，就来接你，可我不知道是到哪儿去捞尸了，坐在这里，天就又变了，我就哭。"

说着眼泪就又流下来。

"哟，真又哭了！"刘成喜欢地说，"你真是个小姑娘，倒会给我撒娇！吓，哭起来真好看，让我瞧瞧，那眼泪是怎么流出来的，像水银珠子一样吗？"

"去你的！"珍子倒笑了，"人家为你操心挂肠的，你倒拿人家开心！哎，你要赔我的鞋呢！"

她跷起右脚来，是穿了那双高跟鞋的，但右脚的鞋后跟却被压掉了，就拿手使劲儿地扒左鞋的后跟；扒下来了，丢手撂到深深的河谷里去。刘成乐得哈哈大笑，说她真傻，怎么能穿着这种鞋进山？就一下子将她抱起来，像抱着一个儿童，在石台上打转儿，珍子也就一边咯咯地笑，一边嚷着快放下。

"让山上的人看见了，刘成！游山的人多，真羞死我了！"

刘成却是不放下，她只得紧紧搂着他的脖子：

"看见就看见了！到山上游玩的人，大都是一对一对的，人家什么都干了，咱还不行吗？你信不信，我可以这么抱着，能把你一直抱到山顶上去，让你去北峰看日出！"

珍子说：

"快放下！我信了，我全信了！后天你就领我上山去一趟吧，现在你放下，我嫌你身上有臭味，你才背了死人！"

刘成冷不丁地停止了转动，将她放下了，难堪地给珍子笑笑，就从怀里取了酒，在手上、身上喷了，自己闻闻，又对珍子说：

"你现在闻闻，还有味吗？"

珍子却一指头点在他的额上：

"你这个傻蛋，现在我倒嫌你一身的酒味！"

刘成也憨厚地笑了，就满身的精力在冲动着，饱满着，洋溢着，就无字无句地冲着四面山崖喊叫了几声，就坐在石台上。石台很大，平整得像一个舞场，而出奇的有两条裂线，直直地纵横交叉成一个十字，刘成就坐在十字中心，一把将珍子也拉着坐下了。

"我真幸福！"刘成说，"我现在进山，不管爬多高的崖，下多深的沟，一想到山下有一个人在想着我、等着我，我就什么都不怕了，狼也不怕，鬼也不怕，就只怕两样。"

"怕什么？"珍子说。

"怕死。"

"怕死？"

"原先我去捞尸，每进一次山，心里就想，说不定我也不会出来了！不出来就不出来吧，死在山里头倒死得清静！现在想，我一定要小心哩，要不得出来，山下的珍子不知道会怎么哭呢！"

"还怕什么呢？"

"还怕，就是还怕你不哭！"

"贫嘴！"珍子就狠狠拧了他一把，说，"说真的，原来一听你在捞尸，我就直打冷战儿，一看见你那一双手，心里就恶心，反胃。到这儿这么些日子，我也不怕了，别说你才捞了尸回来，就是你成了尸体，我也能抱着亲你嘴上的血哩！"

"别说那不吉利话，傻女子！"

"我偏要说，一咒十年旺哩！"

"我真要死了，你怕是看都不看了！你要是真的，别说我嘴上有血，现在就是没血，你敢亲吗？"

珍子猛地就亲了一口。刘成就势又抱住了她，两人都倒在石台上，刘成已经不能控制，手在做着动作。

"别这样，刘成，万不敢这样！"珍子求告着。

"咱们不是快要结婚了吗？"

"这不行！咱都忍着，到那一天了才有味哩，反正已是你的人了，你急什么？什么我都可以依你，这一次你得依我！我们就这么坐坐，多好啊！今日是在什么地方捞的？"

"在羊沟窝。"刘成坐起来，脸上退去了冲动之色，"是个女的，怪可怜的，只剩下一个身子，四肢全没有了，怀里还揣了一封信，是份遗书，说是她真心爱那男的，那男的也爱她，看信上意思那男的是有了妻子儿女的。

遗书上还说，他们有爱情，之所以这么死，是家里人逼的，单位领导逼的，是社会上风言风语逼的。但听这女的她爹给我说，是她同那男的一块儿到了鹞子翻身的地方，说好一块儿跳，但女的跳下去了，那男的却害怕了，没有跳。这可怜的女子！"

珍子说：

"你们男人就是坏，要跳就一块儿跳嘛，偏偏他就不跳了！"

刘成说：

"要是那男子跳下来，我才不去捞哩，让他这没良心的东西烂在沟里，臭在沟里，让老鸦啄着吃了！"

这时候，一朵云飘在了山崖顶上，又起了一阵风。珍子一直盯着那朵云，说：

"为什么就要去死呢，刘成，我真有些害怕了！"

"有我在，你怕什么呢，什么也不要怕！"

"要是我，我决不自杀，既然爱，就一定要活下去，活下去了，幸福就会来的，你说是吗？"

"是的，珍子。"刘成说，"一定要活下去，还要活得刚刚强强！"

两人说着，天就阴得更厉害了，四边山崖上的风似乎都滚了下来，在沟道里冲撞，忽地一会儿往东，忽地一会儿往西，草木就倒伏开来，松涛竟呜呜地吼了，最后像是海啸。刘成说：

"坏了，要下雨了，赶快离开这里，要不雷就下来了！"

说时迟，那时快，天空中就嘎喇喇一个炸雷，瞧得见远远的对面石崖上，落下一个火球，在岩石上轰地炸了，碎石粉末腾飞起来。接着就又是一个火球在一棵老朽树上撞着了，老朽树劈开了一半，一半黑桩似的还竖在那里。刘成大叫了一声"快！"就抱了珍子藏在石台下的一个浅窝洞里，立即听见石台上一声巨响。

"珍子，怕不怕？"刘成一声声问。

珍子差不多是要震昏了，面无血色，死死抓紧刘成，却说：

"不怕怕怕……这雷电怎么就是火球，华山上常是这样吗？"

"是这样的。"刘成说着，就将别在后腰上的大弯镰丢到沟下去了。珍子也将兜里的一把小刀丢了，又要取头上的发卡。他重新将发卡给她别好，还拨了拨她的刘海，像是在打扮着自己的小妹妹，或者是一个小布娃娃，两个人犹如一对鸟儿蜷缩在石台下的浅窝洞里。

雨，瓢泼一样地就倾注下来了。

"让它下吧，下十天十夜我也愿意！"

"现在就只剩下咱们两个了。"

"这多好！咱们说什么别人也听不到的，我给你讲个故事吧？"

"你讲。"

"讲捞尸的事，我第一次进山……"

"我不听这些，你重讲！"

"好吧，从前，有一个石头山，石头山上有一个石头洞，石头洞里坐着个说故事的人，他说，从前，有一个石头山，石头山上有一个……"

刘成突然不讲了，他看见山上的水道流下沟去，河沟里水立时黄起来，涨起来，看不见那些峥嵘的石头了，就叫道：

"哎呀，水要冲走那尸体了！"就钻出浅窝洞，往山下赶去，又返回身来叫道：

"珍子，你好好待着，别出来！我把尸体移到高处，我就来了！"

"小心点，刘成！"

珍子喊着，一眼眼看着刘成攀了树枝慢慢下到了河沟。那个女尸，雨水将塑料布冲洗得特别白亮，河水快要冲到那里了。刘成在水里蹚着跑，将那女尸捆儿艰难地往肩上扛，走了十来步，却突然摔倒了。珍子"呀"地叫着，就跑出了浅窝洞，喊着刘成，刘成一边叫喊着让她快进洞去，一边爬起来抹脸上的雨水。那女尸却被水冲走了，刘成极快地在水里跑，一下子扑过去，终于将尸体拉住了。再艰难地要扛起来，但没有成功，就搂抱在怀里，一步一步向河边的高处走。

珍子这个时候，突然发现河沟的上游更大的浪峰涌了下来，就发疯似的狂呼：

"刘成，刘成！大水下来了！来人啊，来人啊！"

刘成已经顾不及回答她，但脚下仍像牵了无数条皮筋似的步履艰难，而且摇摇晃晃，似乎随时就要倒下去。四山更是没有人回应她，茫茫雨地里，哪里会有一个人影？

但是，就在这绝望之际，远处的山梁上出现了五个人来。珍子就像从崖上掉下来突然抓住了崖畔一棵树根一样，脑子里极快地闪过一缕思绪：这是游山的人吗？是山上采药的人吗？就大声呼叫：

"快去帮忙啊，河沟里有人，大水要下来了！"

五个人，被雨水淋得落汤鸡一般，都弓着身子，听见喊叫，猛地就在那里站定了，其中一个惊叫道：

"是珍子！就是珍子！！珍子——！"

那人就没了命地跑过来，脚下的石头、泥块哗哗啦啦飞溅下山去，原来是秃子。

"秃子！"

"是我！珍子，是我！"

"你怎么到这儿？快，快，快去帮刘成，他在河里，他要被水冲了！"

秃子浑身精湿，一把将珍子拉住，死死地不放，只是喘着气说：

"珍子，总算找到你了！你在这儿，你就受这份洋罪，珍子！"

痛苦使那张丑陋的脸扭弯得更加难看了，他在哭着，泪水和雨水全从脸上流下来，接着就笑，笑得没死没活的，说：

"刘成，刘成在哪儿？"

他顺着珍子的手看见了刘成，已经将那尸体抱到了岸边，连人带尸体又一次摔倒了。

"刘成在河里，快，快！"秃子突然对着那边四个人大叫，那四个人立即抓住藤条树枝，极快地跑到了河边，又立即从河里要蹚过去。珍子已经看见刘成发现了来人，在那边锐声喊：

"不要过河，河水急，水底有滚石！"

那四个人却掏出了手枪，在喊：

"刘成，你老实点！你要再跑，我们就要开枪啦！"

刘成一下子愣在那里。

"啊，是你们！你们为什么还来抓我，我犯了什么错了？"

河这边的四个人在说：

"你拐骗妇女！你认得山阳漫川的秃子吗，你知道漫川镇的龟子班吗，他们控告你！"

雨哗哗地下着，珍子却在石台上把一切都听到了，她一把揪住了秃子的衣领，厉声质问道：

"那是些什么人？是公安局的，来抓刘成吗？"

秃子一下子跳起了身子，说：

"是的，是巩一胜、麻子、顺子他们。刘成把你拐走以后，我就夜夜做噩梦，我受不了，我，还有咱们龟子班，就去报案，就去告状，是我把他们引来的。这下好了，他刘成再跑不了了！"

"你胡说！你胡说！"

珍子"啪"的一个耳光打在秃子的脸上。秃子在雨中痴呆了，珍子同时也痴呆了。雨淋得他们睁不开眼。珍子突然哭喊起来：

"他哪儿是拐了我？是我跟他来的！我甘心情愿来的！我们恋爱！我们要结婚！"

她挣脱开秃子的拉扯，就往山下跑去，却从石台上掉下去，仰面朝天地倒在那里，又爬起来，像疯了一般连人带碎石往河沟下冲去。

秃子站在那里，呆了，呆得像一只木鸡一样，嘴大张着，吐不出一个字来。

河沟里，刘成并没有跑，他静静地坐在女尸的旁边，女尸的腰部下，水在那里打漩儿，积涌着一堆水的泡沫，白得像三月的雪。四个公安人员从水里蹚过去，他看清是当年在漫川皮影团门口的那几个公安人员。珍子已经冲到了河的岸头，一只没有高跟的鞋丢失了，赤着嫩白的小脚，头上的发卡也不知在何时遗掉，乱发全然被雨水贴在了脸上，她也认得了是巩一胜，是麻子，是顺子和另外一个人。她领过他们去钻过达坪的深山老林，捉拿了砍伤刘成的四个走私犯，她声嘶力竭地喊道：

"刘成没有罪！不能抓他，不能抓他！你们不相信我吗？我是珍子，我是珍子啊！"

一阵轰隆隆的巨响，上游冲出更大的浪头，木块、树枝、野兔、山鸡，都高高地浮在浪头上，齐楞楞从山沟的转弯处涌了下来。巩一胜回过头来，看见了珍子，在河中迟疑地站住了。

"他没有拐我，是我跟他来的，我们是正当的，我们就要结婚啊！"珍子还是在喊着，还是向河水里跑，她要拉住巩一胜。

刘成忽地在河岸那边跳起来，喊：

"珍子！你不要到河里来，快往山上去！我不走的，我没事的！快都上山，水会越涨越大的，马上就没河岸了，快呀，快都上山去！"

巩一胜已经快要蹚过河来了，麻子和顺子还落在后边，巩一胜转身用手去拉麻子，麻子又伸出手拉顺子，已经拉住了，突然一个浪头打了下来，顺子不见了。

"顺子，顺子！"巩一胜和麻子大喊，反身又要往河中心去。刘成跑过来了，粗声吼着：

"河里去不得啦！危险啊！"

自己却一下子扑到河里，迅速地向顺子游去，顺子在浪头上冒了一下，忽地又不见了。刘成浮到了河下方那块突出的大石头上，石头还没有没顶，他站在那里，眼睛盯着水面，刹那间一个鹞子再扑下去，将顺子抓着头发举起来，立即又不见了，立即又冒出来。巩一胜看见了刘成的上衣已经不见了，胸膛上流着血，顺子的嘴角也红了一片，两人已经到了大石头的边上，刘成使劲儿托顺子，顺子爬上石头上了，反过来用手抓刘成，刘成手扬了一下，不见了，又浮起一蓬乱发，顺子抓住头发了，却横穿过来了一棵树干，顺子弹坐在大石头上，手里抓住的，还是刘成的一撮头发。

轰轰隆隆的山洪一个波浪撵着一个波浪下去了。

这瞬间发生的一切，使已经站在对岸山根下的巩一胜和麻子失去了所有的神经。河这边的珍子、秃子和另一个公安人员也惊得没了声音。五秒钟，十秒钟，刘成再没有冒上来，河两岸才大叫起来了：

"刘成！刘成！！"

巩一胜、麻子顺着河往下跑，一次一次跌倒了，一次一次爬起来又往河下跑。秃子已经慌了，抱住了珍子不敢松手，珍子在啐他，撕他的脸，咬他，一把将他推倒了，沿河跑下，喊着："刘成！"一个浪头便将她打倒了，她要爬起来，又是一个浪头，河面上翻动了一下，什么也就没有了。

二十四

中午，在华山峪河下的刘家坪湾道，刘成的尸体打捞上来了。他的身上，被水中的滚石、树木砸烂了六处，已经没有血，伤口白花花地翻着肉，最后是卡在湾道上的一丛礁石缝里。秃子和巩一胜、麻子、顺子他们沿途跑下去，一边满面泪水，一边大声呼叫，到了这里，秃子发现了水面上漂浮出一蓬头发，四个人就跳下去，果然刘成就卡在那里。他衣服已经被水脱剥光了，赤条条的将半身子卡在石缝，又全部泡胀了，无论如何也拉不出来。秃子就钻没儿下去，硬是一点一点往出活动，尸体捞上来，他就一边哇哇地吐着黄泥水，一边痛哭，说是都怪他，他不了解刘成，他冤枉了刘成，就昏过去了。麻子忙掐他的人中，砸碎了手电筒的玻璃罩片，用碎玻璃划破他的眉心和中指，挤出黑血，他醒过来了，一睁眼就叫道：

"刘成死啦，刘成死啦！谁叫你们抓的刘成？是谁，是谁？是我秃子吗？我秃子成了什么人了？我是狼，我是猪狗啊！珍子，把珍子叫来，我给她磕头，我给她做牛做马，珍子呢，珍子呢？"

他突然扑起来，抓住了麻子，使劲儿地问，使劲儿地摇，麻子眼泪哗哗地流下来。

"珍子也死了！死了！"他一把丢开了麻子，狼一般吼道，"你们为什么不找珍子？为什么不找珍子？"

巩一胜就让麻子和顺子他们在这里看守着刘成的尸体和秃子，自己就沿河又往下跑去找珍子，秃子却说：

"我去找，我一定亲自去找！"

"秃子！"巩一胜把他拉住了，黑了脸说，"你身子不行了，你就在这儿！"

"我要找，我一定要找！"秃子又狼一样吼起来，"珍子是不会死的，她会等着我，我要找回她，我一定要找回她！"

他疯了一般沿河往下跑，一边跑，一边喊珍子。河水绕过了华山，开始掉头向南，注入了洛河了，河岸上水把堤冲垮了好多，沿途的人都在河边看着水涨，或护守着田地，将沙袋、将砍伐的树木垒在了堤岸的豁口。他见着一个人，就抓住问："见到珍子吗？"

"珍子？"

"她让水冲走了，看见了吗？"

215

人都纷纷摇着头，再要问他些什么，他却又跑走了，那稀泥里，乱石里，他跌一回跤，爬起来，又跌倒一回，双腿的膝盖上已经血肉模糊，他还是往下跑，叫喊着，声哑了，谁也听不清他在喊些什么。过了田家村，过了石门驿，过了回龙沟，水还是那么大，那么浊，没有珍子的面。下午，天黄昏的时候，他跑到了牛家湾，岸上的一个树杈绊倒了他，他再也爬不起来，躺在那里眼泪汪汪地嚎开了：

"珍子，珍子，我对不起你呀，是我害了你呀！你不能死，你死了我怎么见人，怎么活着啊！你是不会死的，你在哪儿，你回应我，我知道你那颗心了，是我瞎了双眼，我赎不清的罪啊！啊！啊！"

他哭得昏了过去，不久又醒过来，趔趔趄趄再往下跑，却突然发现前边的一片矮树林里，站着三个人。三个人在吵着架。他跑几步，抱住一棵树，大张着口喘气，再跑几步，抱住一棵树，喘喘气，脑子晕晕沉沉的，他听见那吵架声了。

一个说："怨你，你不该先说那话！"

一个说："你争什么，还不是你争的结果?！"

一个就骂道："还吵什么，作孽还不够吗?"

他走过去，这是三个捞河柴的山民，他们全脱得一丝不挂，手执着一竿老长老长的捞兜。那岸头上，就堆着两堆河柴。秃子知道，这一带沿河的山民，守着山上却没有多少烧柴的树，是苦焦的地方，因此每每发洪水，上游人是灾是难，他们却得利得益，捞取冲下来的木料、柴草。就说：

"兄弟，你们在这儿看见珍子吗?"

"珍子是谁?"

"一个女子，大姑娘，她被水冲走了，你们看见了吗?"

"这位秃子，洛河水一涨，哪一次不冲走几个人，河里女的冲得多了，她是什么样儿的?"

"白脸，长头发，有些鬈，左鼻根，这儿，有个痣，蛮漂亮的。"

三个人却面面相觑，不言语了。

"你们一定看见她了！她在哪儿，你们快告诉我，我要我的珍子，我的珍子！"

三个人却扑通一声跪下来了。一个说：

"我们良心过不去，正在恨自己哩，实话给你说了吧。刚才我们捞上来一个女的，那模样就像你的珍子。我们只说她死了，就拉出来放在那儿，就在那河边沿上，可一试心口，还是热的。"

"啊，是我的珍子！她活着，人呢，人呢？"

秃子跳起来，喜欢得抱起那人，那人却吓得后退了，又说：

"她心口还是热的，我们又惊又喜，就要往村里背，可我们太造孽了！我们都是光棍，这地方穷，娶不下媳妇，娶一个就得花八百，我们就争起来，我说是我发现的，他两个说是他们下去捞上来的，我们就这么争着，谁也不让谁，都想把她背回去，将来给自己做了媳妇，这村子已经有三个这样捞上来的媳妇了。可谁能想到，她就在我们争吵的时候，她是醒了，她真是烈女子，竟身子一翻，就又掉进河里去了，我们只听见她叫了一声'刘成！'我们再去捞，已经再也找不着了。大哥，我们不是人，干了一件伤天害理的事，我们应该打一辈子光棍，当了绝死鬼啊！"

秃子"啊"的一声，拳头就雨点一样落在那人的头上、脸上。那人竟一动不动，让血从口鼻里流下来。秃子又是一声大喊，吐出一口浓血来，没命地就沿河岸跑下去了。

"珍子——珍子——我是秃子，我是秃子啊——"

但是，又是三个村庄闪过，三个河湾闪过。雨停了，雨后的太阳出来了，又很快落下去，满天空都是黄表纸一样的黄，血一样的红。在毕家滩，河面开阔起来，秃子发现那浅水滩上趴着一个人，扑过去，他只叫了一声"珍子！"就什么又不知道了。

当星月满天的时候，他醒过来，坐在水里，看着身边的珍子，月光惨惨地照着她。她冲出了五十里，竟脸面并没失态，只是一双大眼闭上了，他拍着她的脸，叫道：

"珍子，你怎么就这样死了，死了，死了！"

就拿自己的秃头在泥石滩上撞，撞得血也流下来。末了，小心翼翼洗净了珍子的耳朵、鼻子、嘴里的泥沙，他把她抱起来，一步一步往河堤上走。在河堤上，他抱着走一气，坐下来哭一气，直到天明，才走了二十里。他没有了一丝的力气，就在附近的村里，说明了原委，借了一辆架子车，他将她放在里边，一路哭着走到了华山脚下。

等秃子把珍子运回绿化管理所刘成住过的那间房子，巩一胜他们已经为刘成擦洗了身子，换上了衣服，停放在床板上了。四个人哭得鼻青眼肿，顺子还趴在刘成身上，拉也拉不开。刘成的爹，漫川的董三海，以及在漫川的一民、青绒，他们昨天接到了电报，连夜搭了便车赶来，还有珍子的红鼻子爹，都在那里哭得死去活来。一见秃子把珍子运了回来，又都扑过来大哭，董三海却把秃子挡住了：

"秃子，珍子怎么能拉到这里来！红人能见红人吗？不能把他们放在一起，放到别的地方去吧！"

大家都惊住了，珍子爹将珍子抱住，轻轻地放下，生气地说：

"她死了，你还这么待她，不放到这儿放到哪儿？珍子是为谁死的？要不是为了刘成，她能死吗，能死吗？"

董三海倒不将这红鼻子的人看在眼里，说：

"你要我们赔你的人命吗？刘成好好一个小伙，他怎么会成这样？说到底，还不是你们珍子害了他！"

珍子爹就说："姓董的，活着你欺负，死了你还作践?！你这么大岁数的人了，说这话你心里亏不亏，颤不颤？"

董三海说：

"我倒是怕了你这肉头货？我就说了，你来把我舌头割了？"

两厢倒变起脸来，一民和青绒就将董三海拉住了，那秃子却扑通就跪下来，给刘成磕头，给珍子磕头，又给珍子爹和刘成爹磕头，哭道：

"你们都不要吵了！都怪我，都怪我，是我害了他们啊！"

院子里一时大乱起来，还是巩一胜和麻子找来了一张床板，将珍子停下来，青绒替她擦洗身子，梳头，换衣服，两方人又都哭起来，将整沓整沓的纸钱烧化了，满院子飘着纸灰。

这天夜里，商量后事，刘成的师傅牛车印坚持把刘成埋在华山上，说刘成跟了他这么长时间，他舍不得这个徒弟，刘成在这里打捞了几十人的尸体，等那些死难家属到这里来，看见他的坟墓，人们就会永世记着他的。刘成的爹心也动了，说就是把他运回去，商州市也难找一块儿坟地，刘成是从商州市走的，活着的时候就不喜欢商州市，干脆就埋在这里吧。珍子的爹却一定要把珍子运回去，他哭着说，他现在家破人亡，老婆从广州回来，审查之后，公安局已经将她逮捕了，他一生只有这珍子关心他，疼他，她却早早死了，他要运她回去。就这么决定之后，秃子却拉住了双方的家长，长流着眼泪说：

"我有一个想法，不知你们肯不肯依？"

"说吧，秃子。"大家把他扶起来。

"我总算了解了刘成，更了解了珍子，他们一直在真真正正地相好着，他们是太好了，所以别人都不理解，我秃子也不理解。在山上，我拉住了珍子，珍子打了我，也骂了我，我才意识到我是错了，我是瞎了眼，没看到他们心上去！她对我说，他们是在谈恋爱，他们快要结婚了。现在，他们不能生着结婚成为夫妻，能不能成全成全他们，把两人埋在一起，给他们结个阴婚！珍子要运回去，刘成是不是也不要埋在这里，他并不是甘心情愿要来华山捞尸的，他一心想到漫川，想和珍子在那里，就让他们一块儿埋在漫川吧！"

秃子说完，双方都傻了眼。董三海说：

"你真是胡说，我们刘成，怎么能和她珍子在一起？她是什么人，刘成是什么人？你秃子还能出什么主意，就出的这馊主意？！"

珍子爹却"哇"地哭起来，昏倒在地上。刘成爹忙去叫醒了红鼻子，说：

"珍子爹，你说吧！珍子是到我们家去过的，我们看得出来，她真的对刘成好，你说怎么办呢？"

珍子爹说：

"大哥，我是个没主意的，怎么好就怎么吧，反正人都死了，也难得秃子这份好心，就让孩子死后在一起吧。"

董三海就又骂大女婿的糊涂，说这成什么体统，不怕人笑骂吗？

一民和青绒就埋怨自己的老人了：

"爹，两个孩子都死了，你还说这些话干啥？双方做家长的已经同意了，你就什么话也不要说了，让刘成和珍子的灵魂也安宁些是了。"

连夜，麻子联系买来了一口特大的棺材，在一片哭声中，将两人双双装了进去，他们烧了纸，奠了酒，又放了一串鞭炮，刘成和珍子就算草草举行了阴婚。车印看着刘成装进棺材的脚上穿着那双平日穿的半新布鞋，一定要将自己脚上的那双皮鞋脱下给他换上，双方家长都劝他算了，他不，到底给换上了。当五寸长的大盖铁钉钉起棺盖的时候，所有的人又是一片哭声，秃子受不了那一声声沉重的砸钉声，跑出来，将秃头在院外的苦楝树上碰出了三个大青包。

第三天一早，双方的家长、亲戚搭车返回了商州，因为棺材没有车运，秃子就自告他来雇木排从洛河走水路运回去。别人要替换他，他死不答应，只好双方千声万语谢了他。等大伙都要走的时候，秃子却把董三海叫到一边，说："大伯，你是有钱的，刘成毕竟是你的外孙，又跟你干了一段生意，你掏出一些钱吧。雇排钱，我掏了，我身上没有了一分一厘，总得给刘成和珍子买一只公鸡压在棺材上，他们的魂儿就不散的，还有那阴纸钱，也得沿河为他们撒着。"

董三海掏出二十元来，说：

"我的那份家当本来是都要给刘成的，你以为我舍不得吗？"

车开走了。秃子守着棺材哭了一通，就去雇了木排，将棺材抬上排，一切都收拾停当。洛河的水落了许多，但还是满河满岸，一片灰浊。秃子立在木排上，给岸上的车印、巩一胜、麻子、顺子等躬了一下腰，就对撑排人说道：

"咱走吧，你稳稳地撑，撑到商州，到了漫川，我会重重谢你，一辈子念叨你好的！"

木排出发了，浩浩的河面上，什么也没有，只有这条木排，只有排头的撑篙人，只有排尾的秃子，在他们的中间，是一只棺材，棺材里是一对死去的夫妻。河面上翻流着浪，卷着漩涡。前看白茫茫一片，天水连成一线；后看，华山渐渐远了，天和水连在一起。秃子恍惚觉得这木排是从天的那边来的，又要往天的另一边驶去。木排驶到刘家坪湾道，他撒下了整把的阴纸钱，阴纸钱在空中飘浮，悠悠落在水面，立即就卷进了漩涡。他叫道：

"刘成，回来吧，回来吧！"

他在召唤着，他害怕刘成的魂还留在这里，心里就一阵阵发紧。

到了毕家滩，他看见了那泥沙滩上自己的脚印。珍子就在这里发现的，他将怀里的阴纸钱一下子全撒了下去，大喊一声"珍子！"就扑在棺材上昏迷了。

木排继续往下驶，河面上的水鸟成团成团地绕着木排翻飞，鸣叫，那只缚在棺材上的招魂公鸡听见了鸣叫，扑打着翅膀，也在叫了。

而五十里外的华山下，巩一胜和麻子、顺子还呆呆地站在岸边，他们看着凝滞的但仍在向东南奔腾而去的河水，慢慢地将眼泪擦干了。

"咱们的任务也算结束了吗？"麻子说。

"结束了吧。"巩一胜说。

草稿完毕于一九八四年五月二日下午雨落纷纷

改抄完毕于一九八四年七月十二日夜两点半